MARC FIORENTINO

Né en 1959, Marc Fiorentino est spécialiste des marchés financiers. Diplômé d'HEC en 1982, il dirigea des banques d'affaires américaines en Europe durant quinze ans. En 1999, il créa sa propre société de Bourse et un site de conseil en investissement financier en 2007. Éditorialiste sur BFM et dans *La Tribune*, il intervient souvent dans les médias pour des analyses de la crise financière et des prévisions sur les marchés. Après *Tu seras un homme riche, mon fils* (Bourin Éditeur, 2005), paraissent *Un trader ne meurt jamais* (2008) et *Pour tout l'or du monde* (2010). *Sauvez votre argent* (2011) est son quatrième ouvrage. Tous les trois ont paru chez Robert Laffont.

POUR TOUT L'OR DU MONDE

DU MÊME AUTEUR

CHEZ POCKET

UN TRADER NE MEURT JAMAIS

POUR TOUT L'OR DU MONDE

MARC FIORENTINO

POUR TOUT L'OR DU MONDE

ROBERT LAFFONT

La papier de cet ouvrage est composé de fibres naturelles, renouvelables, reyclables et fabriquées à partir de bois provenant de forêts plantées et cultivées durablement pour la fabrication de ce papier

ISBN : 978-2-266-20986-1

À Samuel et Laura

May the force be with you

« In Gold we trust. »

PROLOGUE

Dimanche 5 avril

De : Greg Aberdeen
À : Sam Ventura
Objet : *Traders never die ?*

Salut Old Sam,

Je n'ai plus rien. J'ai tout perdu.
Mon argent. Tout mon argent…
L'argent de la Fondation aussi… *L'argent de la Fondation* !
Onze milliards de dollars envolés… Par ma faute. Placés chez cet escroc de Bernoff en attendant que tu démarres le fonds.
Il ne reste rien. Pas un *cent*. Je croyais faire un placement tranquille de père de famille. Je n'ai rien vu venir. Rien senti. Rien compris.
Je m'en vais, Sam. Je n'y arrive plus. Ne m'en veux pas. Je sais que je te laisse dans la merde. Car tu es le seul à pouvoir retrouver l'argent. Le seul à pouvoir sauver la Fondation.
Écoute-moi bien. J'ai une certitude : Bernoff n'est qu'un pion. Il y a quelqu'un derrière lui, qui veut être le maître du monde, une main assassine qui va ressurgir pour lancer une attaque massive.
L'argent ne s'est pas envolé. Il a été volé. Et il va être utilisé. Ce sera sanglant. Ce sera la guerre. Tu dois tout faire pour empêcher que cela se produise.
Désolé de t'avoir menti quand je t'ai dit « Un trader ne meurt jamais »…
Greg

Mercredi 4 mars

Plus que quatre jours de vacances. Dès lundi, je rentre à Paris. Sans appréhension. Je dois même avouer que j'ai du mal à contenir mon excitation. Cette année sera mon année. Enfin. Il m'a fallu plusieurs mois pour me décider. Mais l'offre de Greg Aberdeen, le gérant de fonds vedette de Wall Street, était, comme dit Marlon Brando dans *Le Parrain*, « une proposition qu'on ne peut pas refuser ». Moi, l'ex-loser, le has been des marchés financiers, me retrouver à la tête d'un fonds de 7 milliards de dollars : un rêve inespéré !

J'avais eu le culot de poser mes conditions à Greg. Un coup de fil mémorable.

— Greg, *I'm in* !

— Il t'en a fallu du temps ! *Fantastic, partner !* Je peux t'appeler *partner*, n'est-ce pas ?

Sa réaction me touchait. Il était sincèrement content d'être à l'origine de mon come-back sur les marchés financiers. Lui, mon ancien stagiaire devenu milliardaire. Lui qui avait encaissé 5 milliards de dollars en quelques heures avec ce pari stupide. Je l'avais aidé à le gagner, d'accord, mais il n'avait vraiment pas besoin de moi. Il aurait trouvé des dizaines de candidats de talent pour gérer cette fortune. Pourtant il avait patiemment attendu ma réponse, me répétant chaque fois qu'on se parlait qu'il ne lancerait pas ce fonds si je n'en prenais pas la direction.

— Pas encore, Greg, j'ai quelques exigences…

— Bentley cabriolet ? Suite à l'année au Plaza Athénée ? Jet privé ? Pour une soirée avec Eva Mendes, je ne peux rien te promettre…

Un vrai gosse. Et encore plus accro que moi au luxe et aux femmes.

— Non, Greg, sérieusement. D'abord, je reste à Paris. New York, ce n'est plus pour moi et Londres, c'est terminé. La City me déprime, surtout avec la crise actuelle.

— OK. *What else ?*

— Je constitue ma propre équipe. Une équipe restreinte. Nous serons cinq maximum. Et je mets Sunee dans le coup.

— Génial ! La mamma thaïlandaise va accepter de sortir de sa retraite dorée ?

— Oui. J'en suis sûr. Notre coup sur le pétrole lui a redonné le virus. Et j'ai une dernière requête. Je ne veux plus spéculer pour spéculer. Je veux monter un fonds éthique…

J'avais volontairement prononcé ce mot pour le faire sortir de ses gonds. Je l'imaginais, à l'autre bout du fil, sur son yacht en route vers les Bahamas, se dressant d'un coup et balançant rageusement un verre contre le sol. Dans le mille : après un long silence, j'ai entendu un bruit de verre brisé.

— *Bullshit !* Ne m'emmerde pas avec ces conneries de fonds éthiques ou socialement responsables ou tous ces attrape-couillons. Tu veux investir dans quoi ? Des éoliennes qui empêchent les gens de dormir, des sandales et des chemises pourries fabriquées par des coopératives en Afrique ou dans des boîtes qui font leur rapport annuel sur du papier recyclable pendant qu'elles exploitent des gosses de dix ans en Chine ? *Fuck* cette gestion éthique de merde ! Si tu veux faire don du pognon que tu gagnes à des associations, c'est ton problème. Mais quand on gère de l'argent, on gère de l'argent, tu n'es pas l'abbé Pierre.

Pendant quelques minutes, il a continué à vociférer, me mitraillant de bordées de jurons que ma connaissance de l'anglais, pourtant excellente, ne me permettait même pas de comprendre. J'ai patiemment essuyé la tempête que j'avais provoquée. Puis j'ai essayé de reprendre la main.

— Greg… Greg !… Greg !

— *Yes*, ne crie pas, je ne suis pas sourd.

— C'est toi qui hurles depuis dix minutes sans que je puisse en placer une ! Tu ne m'as pas laissé finir. Nous savons tous les deux que les marchés sont manipulés. Tous. Toujours. Quand je dis « éthique », je veux dire que je n'ai plus envie de fermer les yeux sur les manips ou, pire encore, d'y participer.

— Tu es devenu communiste ou quoi ?

— Arrête ! Écoute-moi. Je pense qu'il y a plus d'argent à gagner à identifier les manipulations et à les contrer qu'à les suivre.

— Ah ! Là, OK, tu m'intéresses.

La métamorphose était stupéfiante. Il avait suffi que je prononce les mots « argent » et « gagner » pour qu'il retrouve sa bonne humeur initiale.

— Vas-y, Sam, développe.

— C'est simple. On observe les marchés. On détecte les anomalies. On identifie les manipulations. On les laisse se développer et, vlan, on leur rentre dedans, on contre, et on gagne une fortune. Bref, on joint l'utile à l'agréable.

— Ah, le justicier masqué aux 7 milliards ! Tu t'es

choisi un costume, Batman ? Une combinaison noire avec un gros dollar dessus ?

— Tu peux me charrier mais tu sais que je dis vrai. Tous les fonds sont devenus des suiveurs. Regarde le massacre actuel. Les fonds se sont fait broyer parce qu'ils ont adopté exactement la même ligne, spéculation à la hausse du pétrole, spéculation à la hausse des matières premières, spéculation à la hausse de l'immobilier. Nous, on sera en face. Et on ramassera le gros lot.

Nouveau silence au bout du fil. Je jouais le tout pour le tout. Si Greg refusait ma dernière requête, j'accepterais quand même de gérer son argent. Et je devrais replonger dans les entrailles de la spéculation lucrative et vaine, de la spéculation pour la spéculation. À contrecœur, mais je n'avais pas d'alternative. Je l'entendais faire les cent pas sur le pont de son bateau. Nerveux. Et puis tout d'un coup :

— Sam, *I like it*. C'est une idée fabuleuse. En plus, on peut profiter de la mode des fonds éthiques et ramasser encore plus d'argent que les 7 milliards initiaux.

— Je croyais que les fonds éthiques, c'était de la merde…

— C'est de la merde. Mais s'il y a des cons pour mettre de l'argent dedans, autant en profiter. Et puis ton fonds n'est pas un fonds éthique, c'est un fonds « Marvel Entertainment ».

Greg faisait référence au célèbre éditeur de bandes dessinées de super-héros.

— *By the way*, tu vas l'appeler comment ? BatFund ? SpiderFund ? Les cinq fantastiques ? Prends ton temps mais trouve-nous un beau nom ! J'ai l'impression de retomber en enfance, ça me plaît. Tu commences quand ?

— J'attaque le recrutement dès lundi et je démarre le trading début avril. En attendant, tu mets l'argent en sécurité sur des emprunts d'État pépères. La crise financière n'est pas terminée. Je ne veux pas qu'on perde de l'argent avant d'avoir commencé.

— Compte sur moi. L'argent est sur un fonds tranquille. Un fonds qui rapporte du 7 à 8 % sans risque… Il t'attendra au chaud.

— Je vais partir quelques jours. Tu peux me joindre sur mon portable.

— Tu as enfin trouvé une gonzesse ou tu vas retrouver Eva ?

L'évocation de ce prénom m'a glacé. Depuis son e-mail et sa fuite précipitée suite à la chute du pétrole, je n'avais eu aucune nouvelle d'Eva et je ne voulais pas en avoir. Pour moi, elle était morte. J'avais déjà dit cela plusieurs fois. Et j'avais replongé. Mais cette fois c'était la bonne. Enfin, je l'espérais.

— Non. Une fille très sympa. On va en Italie.

— En Italie ? *Very romantic !* Vous ne voulez pas venir me rejoindre sur mon bateau ?

— Non merci, Greg. Ma compagne aime la lumière de l'Italie à la fin de l'hiver…

— Comme c'est touchant… La *dolce vita. Enjoy. Bye, partner !*

C'est la première fois que je visite la côte amalfitaine. Pour un Italien d'origine, j'avoue que ma connaissance de l'Italie est honteusement limitée. Rome. Quelques week-ends dans des suites tape-à-l'œil à l'Hôtel de Russie. La Sardaigne où j'allais régulièrement du temps de ma splendeur. L'hôtel Cala di Volpe à Porto Cervo, réserve obscène et outrageusement hors de prix de jeunes milliardaires dégénérés (un de mes endroits favoris de l'époque…), ou le nord, Porto Rafael, Porto

Massimo où je descendais déjeuner après une traversée bruyante et tapageuse en yacht depuis la Corse.

Après des années de restrictions budgétaires, il est temps de profiter à nouveau de la belle vie. Même si j'ai du mal à me faire à l'idée que je redeviens riche. Pour gérer 7 milliards de dollars, nous allons prélever 2 % par an, soit 140 millions de dollars plus 20 % de la performance réalisée. De quoi se faire quelques milliards sans prendre trop de risques. Greg ne veut rien toucher des 140 millions mais se réservera 50 % de la commission de performance. Belle preuve de confiance. Il est persuadé que je vais faire des miracles.

140 millions de dollars ! Même en engageant des stars pour travailler avec moi et en nous faisant livrer du caviar matin, midi et soir, je dépenserai à peine un dixième de cette somme. Et le reste va tomber automatiquement dans ma poche ! Incroyable. Vraiment incroyable. Il va me falloir des semaines pour réendosser mes habits de *winner*.

Le pire, ce serait de faire une mauvaise performance et que l'argent quitte le fonds au bout d'un an, durée minimale obligatoire d'investissement. Même dans ce cas, il me restera probablement quelques dizaines de millions de dollars… À moins que, sans m'en rendre compte, je ne prenne un risque que je n'aurais pas évalué ? Tout cela est presque trop beau pour être vrai. Et si ce n'était qu'un rêve, ou un piège ? Bon allez, assez gambergé.

Ravello. Soixante kilomètres de Naples. Pas étonnant que des artistes comme Wagner, Turner, Miró ou Tennessee Williams aient aimé séjourner dans ce village de rêve qui surplombe une mer transparente. Un petit paradis…

L'hôtel Caruso où nous sommes descendus est d'un luxe raffiné à l'extrême. Archicomplet en été, il est à moitié vide à Pâques avant le lancement officiel de la saison, et il y règne un calme apaisant.

J'ai demandé la plus belle suite. Comme au temps de ma jeunesse de golden boy. Chambre à coucher, salon, une terrasse magique avec des transats plus confortables que la plupart des lits d'hôtel de catégories supérieures, et des fleurs de toutes les couleurs…

La piscine est majestueuse, immense, on dirait qu'elle se prolonge d'un côté vers le ciel, de l'autre vers la mer. Bien qu'elle soit chauffée, personne ne s'y risque. Il fait à peine seize degrés dehors.

— Tu penses à ton boulot ?

— Bien sûr. Toujours. Jamais je n'aurais cru revenir un jour comme ça, par la grande porte. Après huit ans de traversée du désert, la gestion de 7 milliards de dollars, tu imagines ? Je vais rentrer directement dans le top 20 mondial des gérants de hedge funds, sur le devant de la scène !

— Tu es heureux, alors.

Rebecca me fascine. Elle refuse qu'on s'apitoie sur son sort si on ne vit pas un vrai malheur ou si on n'est pas confronté à un vrai problème. Elle a le don du bonheur, cette capacité naturelle à profiter de la vie. Une capacité que je croyais exclusivement réservée aux imbéciles. Mais Rebecca est brillante. Elle bouscule mes certitudes. On peut donc être intelligent et heureux !

— Franchement, c'est un rêve. J'ai peur de me réveiller et de m'apercevoir que tout cela n'existe pas, que je suis revenu au point de départ.

— Ne t'inquiète pas, *honey*. Tu vas cartonner. Bon, je vais nager.

Elle se lève lentement. Je ne peux m'empêcher de détailler son corps. Elle est superbe. Mince, presque maigre, parfaite. Il y a dix ans, j'aurais ajouté « pour une femme de son âge », mais aujourd'hui une femme de quarante-cinq ans, c'est une femme dans toute sa plénitude, qui rayonne de l'harmonie entre son physique et son expérience de la vie. Elle enfile ses petites lunettes de natation, m'envoie un baiser puis plonge avec grâce dans l'eau bleue limpide. La voici partie pour ses deux kilomètres quotidiens qui lui permettent de dévorer les spécialités italiennes de l'hôtel sans se priver et sans prendre un gramme. Je hais les femmes au régime trois cent soixante-cinq jours sur trois cent soixante-cinq qui chipotent trois légumes et un bout de poisson à la vapeur après avoir harcelé le serveur pour que le chef, surtout, mette 0 % de matière grasse dans la préparation. Mais je hais les grosses aussi…

Rebecca est blonde. J'ai toujours cru que je détestais les blondes.

Rebecca n'a pas d'enfants et a passé l'âge d'en avoir. J'ai toujours pensé qu'une femme qui n'avait pas voulu faire d'enfants était une femme sans cœur. Une femme à fuir.

Rebecca est une héritière qui dédie sa vie à une organisation caritative. J'ai toujours méprisé ceux qui ne travaillent pas. Et ceux qui se donnent bonne conscience en organisant des pince-fesses avec de gros bourgeois coincés convaincus qu'il suffit de signer quelques chèques pour racheter leurs turpitudes.

En gros, j'ai toujours eu tort. Je suis le prototype du con bouffi de certitudes. Fausses.

Je l'ai rencontrée lors de la cérémonie de remise du chèque de Greg Aberdeen à la Fondation internationale pour l'enfance – l'événement jet-set de l'année à New York, auprès duquel les Oscars faisaient pâle figure. Rebecca, présidente de la Fondation, avait réussi un joli coup. Elle se doutait que tout le monde se battrait pour assister à ce don faramineux, fruit d'un pari stupide sur le pétrole entre Greg et le raider Icohn. Même Icohn – au bord de la faillite mais déjà prêt à rebondir – avait accepté de venir. Il était joueur et bon joueur. Rebecca avait fixé à 10 000 dollars l'accès à la soirée, et limité le nombre total de participants à mille happy few. Et elle avait dû refuser des centaines de personnes ! 10 millions de dollars de gagnés. C'était toujours ça. Même si avec les 5 milliards de dollars de Greg, la Fondation avait de quoi sauver des milliers d'enfants pendant plusieurs années.

Greg avait tenu non seulement à ce que je vienne mais à ce que je sois à ses côtés lors de la remise du chèque. Et, durant son discours plein de l'humour qui le caractérise, il n'avait pas pu s'empêcher de me désigner responsable de sa victoire et donc l'unique personne que la Fondation devait remercier. C'est probablement cela qui avait poussé Rebecca – elle m'avait à peine salué lors de la cérémonie – à m'inviter à déjeuner. Elle tenait à exprimer sa gratitude à « l'homme qui a donné des ailes à l'enfance malheureuse ». Je n'en demandais pas tant. Mais pour elle j'avais décalé d'une journée mon retour à Paris. Elle avait réservé chez Nobu, Midtown, sur la 57e Rue. Le haut lieu de la cuisine « fusion » japonaise. Un des must de la jet-set new-yorkaise. Une semaine d'attente si on voulait une table au déjeuner, un mois au dîner. Pas de liste d'attente pour Rebecca, une habituée.

Elle avait fait une entrée très remarquée. Pourtant, sa tenue vestimentaire était la simplicité même, mais cette simplicité était plus fascinante que la robe la plus sexy. Un jean. Probablement un jean de designer à 1 000 dollars, pas un 501 comme ceux que je porte depuis plus de trente ans, et un petit polo Abercrombie moulant à 35 dollars. Le tout avec une paire de Tod's en daim beige. Il ne lui manquait que le collier de perles et le foulard Hermès pour que la panoplie soit complète. Tout ce que je hais, me suis-je dit en la voyant arriver à la table.

Et pourtant… Je devais être ridicule. La mâchoire pendante et les yeux exorbités. Elle a d'ailleurs éclaté de rire :

— Qu'est-ce qu'il vous arrive ? Vous ne vous sentez pas bien ?

Elle devait avoir l'habitude de produire cet effet sur les hommes. Et elle en jouait parfaitement.

— Non, non. Je vous avoue que j'étais un peu perdu dans mes pensées. Sans parler du décalage horaire…

Quel crétin… il ne manquait plus que j'évoque mes problèmes de digestion ! Mais j'étais vraiment déstabilisé. Comment une blonde si BCBG pouvait-elle me troubler à ce point ? Le relâchement après la bataille du pétrole, sûrement. Et le contre-effet de la réapparition furtive mais dévastatrice d'Eva le démon brun dans ma vie…

— Greg raconte partout que c'est grâce à vous que la Fondation va sauver le monde.

— Il exagère. Il n'y avait qu'un fou comme lui pour faire un tel pari !

— C'est vrai qu'il est fou…

Le ton sur lequel elle avait prononcé cette dernière phrase avait éveillé ma jalousie. Entre un dragueur invétéré comme Greg et une femme aussi séduisante que Rebecca, la conclusion me paraissait malheureusement évidente.

Elle avait commandé une deuxième assiette d'algues japonaises, la spécialité de Nobu. Elle les engloutissait avec une gloutonnerie qui s'accordait mal à son physique de sylphide. La simple vue du plat me donnait la nausée. Je m'étais replié sur des sushis classiques. Délicieux et hors de prix, bien sûr.

— C'est amusant que vous vous appeliez Ventura.

— Ah bon ? On ne m'a jamais dit que c'était un nom amusant.

— Non. Ce qui est amusant, c'est que je me suis largement inspirée de l'association Perce-Neige créée par Lino Ventura pour monter la Fondation. Ce que fait cette association est épatant. J'essaie de suivre leur exemple.

— Je n'ai aucun doute sur votre efficacité…

— Vous vous relancez dans le trading avec un fonds antimanipulations ?

— Je vois que Greg vous a tout dit. Il vous a sûrement annoncé aussi que j'allais arriver revêtu de ma cape de super-héros.

— À peu près, a-t-elle souri, décidément craquante.

— Je repars au combat avec un fonds, ai-je repris, me sentant rougir comme un adolescent. Avec une approche un peu originale. Je cherche encore le nom, celui de mon personnage et ma tenue pour voler dans les rues de Paris la nuit.

— Je vais y réfléchir. Je suis très douée pour ça.

— Je n'en doute pas. Vous vivez à New York ?

— Non. La Fondation a son siège à New York mais je n'y suis qu'une semaine par mois et pour les grandes soirées que nous organisons. Je vis à Paris. Comme vous.

— Voilà une bonne nouvelle. On va pouvoir passer toutes nos soirées ensemble !…

Son sourire s'est figé. En une seconde, son regard bleu est devenu glacial.

« On va pouvoir passer toutes nos soirées ensemble… » Mais où étais-je allé chercher ça ? Quel con ! Mais quel con ! Comment rattraper le coup ? Elle n'accepterait plus jamais de me revoir. Mais je voulais au moins éviter qu'elle me plante devant mes sushis au milieu du repas.

— Humour français. Désolé. C'était une plaisanterie un peu lourde... Et vous, Rebecca, dites-moi, d'où êtes-vous originaire ? Vous parlez anglais et français sans accent.

Hum... Repli catastrophique mais une chance de m'en sortir quand même.

— Je suis un curieux mélange. Ma mère est suédoise, ce qui explique les yeux et les cheveux. Et mon père italien. C'est du moins ce que m'a dit ma mère. Elle voulait faire un enfant toute seule. Une féministe acharnée. Elle a choisi un géniteur et l'a jeté le lendemain. Je n'ai jamais connu mon père.

— Aïe... J'espère que vous n'avez rien contre les Italiens ? Ma famille est d'origine italienne mais nous avons transité pendant trois générations en Tunisie.

— Rien du tout. J'en veux plutôt à ma mère. Rien de plus pénible que de vivre en tête à tête avec une mère sans un père. D'autant que la mienne est peintre et que nous avons passé notre vie à voyager. Jamais plus de trois ans au même endroit. Facile pour elle de prétendre vivre une vie de bohème et d'artiste avec mon grand-père qui épongeait régulièrement toutes ses ardoises.

Greg m'avait dit que Rebecca était la seule descendante d'un des fondateurs d'Ikea. Un associé de la première heure qui avait conservé 10 % du capital avant de le revendre pour plusieurs milliards d'euros quelques jours avant sa mort afin de les léguer à sa fille unique et donc à sa petite-fille.

Je lui ai posé mille questions sur la Fondation. Sans oser aborder celle qui me brûlait les lèvres : comment une femme qui ne voulait pas avoir d'enfants consacrait autant de temps à ceux des autres ? Question déplacée, trop personnelle.

Je crois que j'avais rattrapé ma bourde. Par contre, je ne me faisais aucune illusion sur mes chances de la revoir.

Nous nous sommes quittés devant la porte du restaurant. Le voiturier lui a tendu les clés de sa voiture. Une magnifique Ford Mustang cabriolet bleu marine des années 1970. Elle a noué un foulard autour de ses cheveux, m'a serré froidement la main et s'est avancée vers sa voiture sans se retourner.

Le voiturier lui a ouvert la portière. J'allais partir. Elle est revenue vers moi et a planté son regard dans le mien :

— Vous êtes toujours aussi gauche quand une femme vous plaît ?

— Oui. Surtout quand elle me plaît beaucoup.

Il était temps que je retrouve un semblant de sens de la repartie.

— Tenez. Voici mon numéro. Rappelez-moi à Paris. J'ai envie de vous revoir.

Et vlan… Elle avait dû hériter un peu du féminisme de sa mère. Et moi, je ressemblais au collégien d'*Un été 42* qui découvre l'amour avec une femme mûre sublime.

Nous nous sommes revus à Paris. Dès notre deuxième rencontre, nous sommes restés collés l'un à l'autre.

Lundi 6 avril

« J'espère que le champagne sera encore frais quand vous arriverez. Désolé de ne pouvoir vous servir moi-même… »

C'est le petit mot qu'avaient trouvé les inspecteurs du NYPD en arrivant dans l'appartement de Greg. Deux magnums de Comtes de Champagne Taittinger millésimés prêts à être débouchés trônaient sur la table de chevet dans un superbe seau à glace. Avec une douzaine de coupes.

Greg était parti comme un prince.

Il était allongé sur son lit, le visage serein, presque souriant, revêtu de sa tenue de yachtman. Pantalon blanc Ralph Lauren, polo bleu marine Brooks Brothers, mocassins blancs Gucci. Son blazer bleu marine était soigneusement posé sur le lit comme s'il s'apprêtait à sortir après une petite sieste.

La veille, il avait libéré sa femme de ménage et sa cuisinière plus tôt, sous prétexte qu'il recevait une jeune femme très timide. Sa femme de ménage l'avait découvert le lendemain matin en prenant son service, à 10 heures. C'est elle qui avait alerté la police.

Les boîtes vides de barbituriques étaient alignées, soigneusement rangées, sur le bureau.

Greg n'avait pas dîné. De peur sûrement de se rater.

Quand on me l'a raconté, je me suis souvenu du jour où il avait évoqué un de ses potes qui s'était manqué en absorbant des somnifères après un énorme gueuleton solitaire d'adieu à lui-même. On avait retrouvé l'homme baignant dans son vomi, et vivant. Greg avait eu ce mot terrible : « Quel loser, il n'a même pas réussi à réussir son suicide. »

La police avait conclu au suicide sans la moindre hésitation. Confortée dans sa conclusion quand, quelques heures après la découverte du corps, j'avais ouvert le mail que Greg m'avait adressé juste avant de « partir ».

Greg avait fui. Je lui en voulais.

Il avait merdé. Il avait détruit mes rêves ; pire encore, il avait détruit la Fondation et brisé le rêve de milliers d'enfants. Au lieu de lutter, avec moi, il s'était débiné. Je lui en voulais. À mort. Mais il était déjà mort…

Espèce de salaud. Je t'aimais. Et tu me lâches comme une merde. Comment veux-tu que je m'en sorte ? Comment veux-tu que je nettoie le bordel que tu as laissé derrière toi ? Tu as vraiment cru que j'étais devenu le super-héros que tu raillais quand je te parlais de mon fonds ?

Je te hais.

Je t'aimais. Tu m'avais redonné la vie.

Et tu viens de me tuer.

Tu m'as pris de vitesse.

Si j'avais su la nouvelle avant, moi aussi je me serais allongé sur mon lit pour en finir. Avec moins de panache que toi, certes, sans champagne, et en jean crade, sûrement. Mais maintenant je n'ai plus le droit de le faire. Il y avait un joker et c'est toi qui l'as utilisé. Sale lâcheur.

Toi, le requin de Wall Street arnaqué par Bernoff, ce salopard à visage d'ange. Ce bon grand-père qui se révèle, heure après heure, le plus grand escroc du siècle. Toi qui te vantais de sentir les arnaqueurs à des kilomètres, tu as confié *tout* notre argent à cette ordure. Et tu n'as rien vu ! Rien ! Tu savais bien qu'on ne peut pas gagner 8 à 10 % par an sans prendre de risques ! Tu savais bien qu'il y avait anguille sous roche. Que des néophytes se soient fait baiser, c'est normal. Ils sont là pour ça. Mais toi ! Toi qui t'es battu pendant des années pour chaque pourcentage de ta performance, pour le moindre dollar. Quel connard tu fais ! Tu m'en aurais parlé, même une fois, je t'aurais dissuadé de mettre tous tes œufs dans le même panier. Si tu n'étais pas mort, je t'étranglerais de mes propres mains, je brûlerais ton corps et je disperserais tes cendres aux quatre coins des terrains de la Fondation sur lesquels nous ne pourrons plus construire d'hôpital. Putain, mais quel connard ! Parier ton pognon, tu faisais ce que tu voulais, mais celui de gosses qui n'ont pas toujours leurs yeux pour pleurer, non, tu n'avais pas le droit.

J'ai des envies de meurtre. Finalement, tu as bien fait de partir. Je n'aurais jamais pu te regarder en face à nouveau.

Et ton message ? Tu t'es cru dans un livre de Dan Brown ? « Bernoff n'est qu'un pion. » Qu'est-ce que tu veux dire ? Tu en as trop dit ou pas assez. Si tu en savais plus, pourquoi ne pas m'avoir donné davantage de détails ? Qui est derrière Bernoff ? Où est l'argent ? À quoi ces 40 milliards d'euros détournés – tu dis qu'ils ne sont pas perdus – vont-ils servir ? Comment vais-je les repérer ?

Tu imagines dans quel bordel tu me laisses ?

Fuck you, Greg.

Mardi 7 avril

Je ne suis pas retourné à New York pour l'enterrement de Greg. Pas envie de le voir. Même une dernière fois. Pas envie non plus de croiser les vautours qui vont se réjouir en silence, derrière des mines défaites, de sa chute brutale. J'entends d'ici les commentaires : « Il aimait jouer ?... Eh bien, il a perdu » ; « Quel scandale, jouer l'argent d'une fondation ! », ou encore : « Bizarre tout de même cette histoire... et s'il était complice de Bernoff ? »

J'avoue que je me suis posé la question. Je n'arrive toujours pas à comprendre que ce génie de la finance qu'est... qu'était... Greg ait pu se faire avoir par ce chien de Bernoff. C'est trop simple pour être vrai. Mais Greg n'a jamais arnaqué personne. Pourquoi aurait-il investi son propre argent dans une arnaque ? Cela ne tient pas. Non, il s'est tout simplement fait avoir comme un pauvre con qu'il est... qu'il était.

Depuis le mail fatidique, je n'ai pas quitté mon appartement.

Un appartement que je me suis empressé de louer en rentrant d'Italie. J'étais à nouveau riche, à nouveau nouveau riche. Mes deux premiers coups de fil avaient été pour l'agence immobilière Blackwell Colders, avenue Paul-Doumer dans le 16e et pour le garage Bentley avenue de Madrid à Neuilly. On ne se refait pas.

Chez Blackwell, j'ai eu l'impression que c'était le golden boy de trente ans qui parlait :

— Bonjour, je cherche une location.

— Nous faisons peu de locations, désolée. Uniquement des biens exceptionnels.

Bien joué, gamine. Tu sais attirer les grandes gueules comme moi…

— Ça tombe bien, c'est exactement ce que je cherche.

— Quel budget ?

— Le budget n'est pas un sujet.

J'avais attendu près de huit ans pour pouvoir prononcer à nouveau une phrase aussi provocatrice et vomitive. « Le budget n'est pas un sujet » ! Comme c'est bon d'être riche et con ! Quelle sensation incroyable !

— C'est pour une famille ?

La voix de la responsable commerciale de l'agence avait changé. Elle était plus douce, beaucoup plus douce, mielleuse. Mon téléphone en devenait presque gluant…

— Oui. Une famille monoparentale sans enfants…

J'étais très fier de ma formule. Ça a quand même plus de gueule qu'avouer « Je suis seul », non ?

Je n'étais d'ailleurs pas tout à fait seul. Rebecca avait insisté pour que je m'installe chez elle. Mais j'avais refusé. Non. Je voulais mon appart. Juste pour refaire le jump, ce saut entre un studio de trente-cinq mètres carrés et un « bien exceptionnel »…

— J'ai ce qu'il vous faut.

Vous avez remarqué comme les agents immobiliers ont soudainement ce qu'il vous faut quand vous leur dites que vous n'avez pas de contraintes de budget ?

— Quatre cents mètres carrés mais trois pièces seulement. Une réception de cent cinquante mètres carrés en rotonde qui donne sur la place du Trocadéro, un bureau de cinquante mètres carrés entièrement équipé informatiquement avec un faux plancher technique pour des installations sophistiquées et une master suite de deux cents mètres carrés avec un dressing de quarante mètres carrés en bois précieux et une salle de bains avec salle de sport et hammam intégrés. Il a été entièrement refait pour un oligarque russe qui n'a pas eu le temps de l'habiter. Trois millions d'euros de travaux.

Trois millions d'euros de travaux pour une location ! Quatre cents mètres carrés et une seule chambre à coucher ! La démesure. La vraie. Je ne pouvais pas reculer… Elle attendait la question sur le loyer que je me refusais à poser. Nous jouions au chat et à la souris. Des animaux répugnants de luxe tapageur.

— L'exposition est bonne ?

— Plein sud…

J'étais à court de questions.

— Très bien, je viendrai le voir cet après-midi. Apportez les papiers. Je le prendrai tout de suite.

— Parfait. Je dois avoir l'accord du propriétaire. Vous comprenez… À ce prix… Oh, mais, suis-je étourdie ! J'ai oublié de vous donner le loyer mensuel. 16 000 euros plus 1 500 de charges.

Dix fois plus que ce que je payais pour mon trente-cinq mètres carrés. Une insulte. Exactement ce qu'il me fallait.

— Vous avez de la chance. Le propriétaire ne réclame rien pour les travaux car ils ont été entièrement réglés par le précédent locataire.

Quelle chance ! Vraiment trop sympas, ces Russes.

— Quelles garanties vous faut-il pour emporter la décision de votre propriétaire ? Vous imaginez bien que je n'ai pas de bulletins de salaire.

J'avais éclaté d'un rire faux et lâché le mot bulletin de salaire comme une grossièreté.

— Si vous voulez être sûr de l'avoir tout de suite, apportez un chèque de banque pour les quatre premiers mois.

— Pas de problème. Je suppose qu'il est vide ?

— Entièrement vide. Mais la cuisine est équipée.

Nous avions fait affaire en quarante-huit heures. Je m'étais fait livrer un lit du Lit national de l'autre côté de la place du Trocadéro. Il leur restait en stock un modèle sur mesure commandé et annulé. Décidément la crise avait du bon. Deux mètres vingt sur deux mètres vingt. Un lit pour géant ou pour gros con mégalo comme moi.

J'avais été agréablement surpris par l'appartement, décoré de façon relativement sobre. La décoration me semblait même de très bon goût. Ou peut-être avais-je très mauvais goût… Je penchais pour la deuxième option depuis que Rebecca m'avait dit, quand je l'y avais amenée :

— Tu avais besoin de cette surface ? Tu ne trouves pas qu'il y a un peu trop de marbre partout ? Que c'est un peu flashy ?…

Dans la même semaine, j'avais récupéré, avec une décote de 10 %, une Bentley cabriolet neuve, noire, intérieur en cuir beige, commandée par un trader quelques jours avant sa ruine. Les marchés sont vraiment un jeu à somme nulle. Un gagnant pour un perdant. En ces temps de crise, qui pouvait se payer une voiture à 200 000 euros ? Qui aurait osé se promener dans un cabriolet aussi tapageur, à part moi ? Moi, je trouvais ses couleurs presque trop discrètes.

Appart de quatre cents mètres carrés, Bentley cabriolet. J'avais à nouveau tous les attributs du trader au sommet. Un petit écart avant de rentrer dans ma combinaison de super-héros financier gérant d'un fonds éthique… Vive le paradoxe… Vive la finance !

Tout cela ne m'a pas réussi. Tout cela m'a porté malheur. Le « mauvais œil », dirait ma mère sans hésiter. « Il ne faut pas susciter la jalousie et l'envie, mon fils, ce n'est pas bien. »

Tu avais raison, maman.

Je n'ai profité de cet appartement et de la voiture qu'un peu plus d'un mois. L'appartement est payé pour quatre mois. Je le quitterai à la fin du terme. Fin juin. J'avais prévu de prendre mon temps pour le meubler. Il restera vide. Un lit. Et une grande télévision. Je ne fous d'ailleurs jamais les pieds en dehors de la chambre. L'immense salon et le bureau sont déserts. Morts. Comme Greg.

Je vais appeler Bentley et leur demander de venir reprendre la voiture. À n'importe quel prix. Ils vont m'expliquer qu'elle ne vaut plus rien. Il y a un mois elle valait une fortune et j'avais une chance incroyable qu'un de leurs clients ait annulé car « un modèle comme cela, il faut attendre un an pour l'avoir ». Aujourd'hui, ils vont me parler de la crise, du mauvais temps et de ne je ne sais quoi d'autre. Je m'en fous. Je vais perdre 50 000 euros voire plus, mais je ne veux plus voir cette caisse. Elle m'a porté la scoumoune.

Je reprendrai ma Harley que j'ai eu la bonne idée (la seule bonne idée en un mois) de ne pas vendre. Si je ressors dans la rue. Si j'arrive même à me tenir debout. Je suis sonné. Détruit. Pulvérisé. Je n'ai qu'une envie : rester seul dans ce grand lit jusqu'à ce qu'on me jette dehors à la fin du mois de juin. Pas la force de jouer les Hercule Poirot cherchant qui est le coupable parmi les dix petits grands maîtres du Monde. Rebecca est à New York pour l'enterrement. Elle a pris la nouvelle avec un calme exemplaire. La Fondation pour l'enfance venait de voir 5 milliards s'envoler et c'est à peine si on pouvait remarquer chez elle un battement de cils. Alors que j'étais effondré. Elle a encaissé le coup avec un stoïcisme incroyable. Pourquoi Dieu a-t-il créé des gens forts et des gens déprimés ?

C'est injuste. J'ai pris trop de Valium. Je n'arrive pas à garder les yeux ouverts. J'ai juste envie de dormir. Dormir. Longtemps… La télé est allumée, je n'ai pas la force de l'éteindre. Les rideaux sont tirés, il n'y a aucune lumière dans la chambre, je ne sais même pas s'il fait jour ou nuit. Je sais juste que je vais m'endormir. Sans lutter. Quel bonheur d'être aspiré. Plus de stress. Plus d'angoisse. Je flotte. C'est merveilleux.

Mercredi 8 avril

Ce bruit me rend dingue. Cette sonnerie. Je dois ouvrir les yeux. Il le faut. Je dois crier pour que ce bruit strident cesse mais aucun son ne sort de ma bouche. Mes bras ne répondent pas. Mes jambes ne répondent pas. Je ne peux pas bouger. Je suis peut-être mort ? Génial, je suis mort ! Greg, mon salaud, je t'ai bien baisé…

— OUVREZ LES YEUX ! Monsieur, ouvrez les yeux, restez avec nous, respirez, restez avec nous !

— Sam, dis quelque chose. Sam. Réponds !

Vendredi 10 avril

— Qu'est-ce que tu fais là ? Tu n'es pas à New York ?

— Je suis rentrée avant-hier. Je t'ai appelé cent fois. J'ai sonné chez toi, je n'avais pas les clés. J'ai cherché à te joindre partout. J'ai fini par appeler les pompiers. Ils ont défoncé ta porte et on t'a transporté à l'hôpital Américain. Tu as avalé une boîte de Valium.

J'avais encore du mal à ouvrir les yeux. Ma bouche était pâteuse. Mon bras était immobilisé par une perfusion. Rebecca était superbe malgré son visage fermé. Elle me tenait la main avec une extrême tendresse mais me regardait avec un air de reproche.

— Tu as voulu imiter Greg ? Partir comme un lâche ? Tu as fait une tentative de suicide.

— Mais non. Je t'assure. Je voulais juste dormir.

— Dormir quelques siècles ! Ça me dépasse. Vous vous écroulez à la moindre épreuve. Ma mère avait raison, il n'y a plus d'hommes. Que des lavettes. Pour fanfaronner en Bentley, tout le monde qu'on veut mais plus personne dès qu'il y a un problème.

— Un problème, Rebecca ? Mais c'est un cataclysme ! La Fondation a perdu 5 milliards ! Je ne gérerai jamais ce fonds dont j'ai rêvé. Tu vois bien que c'est fini. Fini.

— Tu pleurniches comme une vieille grand-mère pied-noir.

Rebecca ne m'avait jamais parlé comme ça. Je ne l'avais jamais vue aussi énervée. Elle, qui n'élevait jamais la voix, hurlait. Ou peut-être était-ce mon mal de tête abominable qui me donnait l'impression qu'elle hurlait.

Heureusement, une infirmière est entrée et lui a demandé de sortir pour me prendre la température.

On se sent vraiment con à poil dans un lit d'hôpital devant une infirmière qui vous met un thermomètre dans le cul. Je croyais qu'on ne prenait plus la température qu'à la bouche dans les hôpitaux. J'ai dû tomber sur une infirmière perverse. Comme dans les pornos à un euro. Mais qu'est-ce que je raconte ? Et pourquoi personne ne veut me laisser dormir ? Je resterais bien à l'hôpital Américain quelques semaines à dormir. C'est cher mais je pourrais utiliser l'argent qu'il me reste de mon profit sur le pétrole. Je n'y ai pas touché. C'est Greg qui a payé pour l'appart et pour la Bentley avec une avance sur les frais de gestion du fonds. Un fonds qui ne verra jamais le jour.

L'infirmière est partie.

Rebecca n'est pas revenue.

Je l'ai attendue puis j'ai dû m'endormir.

Samedi 11 avril

Je me sens bien.

J'ai envie de me lever.

Je me retourne. Rebecca est là. Elle me regarde. Son visage s'est radouci. Elle me sourit. J'ai dû faire un cauchemar. Jamais Rebecca n'aurait pu crier comme elle a crié ni me parler comme elle l'a fait.

— Je suis content que tu sois là.

— J'ai failli ne pas revenir, Sam. J'étais furieuse hier.

Ce n'était pas un cauchemar…

— C'est Sunee qui m'a convaincue.

J'ai à peine le temps d'entrapercevoir le visage souriant de Sunee qui se jette sur moi pour m'embrasser.

— T'as vraiment fait le con, Sam. Tu allais laisser ta petite sœur chinoise toute seule !

— Tu n'es pas chinoise, tu es thaïlandaise. Et je n'allais laisser personne, je voulais juste DORMIR, j'ai forcé sur la dose pour dormir plus longtemps, c'est tout.

— Espèce d'idiot, si Rebecca ne s'était pas inquiétée en rentrant de New York, tu y serais passé. Ou tu serais resté débile toute ta vie. Encore plus que maintenant. Bon, qu'est-ce qu'on va faire ?

— Je vais aller pisser. Mesdames, merci de sortir. Je n'ai pas de slip.

— Très classe, Sam. Rebecca, je ne sais pas comment tu fais pour le supporter.

— Je te rassure. Je ne le supporte plus.

On m'avait enlevé la perfusion, c'était la première fois que je me levais depuis que j'avais été amené ici. Quel bonheur de pisser debout, aux toilettes, comme un homme ! Je n'ai pas relevé le rabat et je me suis même offert le plaisir de l'arroser. Ça énerve toujours les femmes. Bien fait pour elles.

J'ai eu l'impression de pisser dix minutes et de ne plus pouvoir m'arrêter.

J'ai enfilé le T-shirt blanc et le caleçon bleu à fines rayures que Rebecca m'avait apportés.

— Vous pouvez rentrer, je suis présentable.

— Tu ne dirais pas ça si tu voyais ta tête, Sam.

— Au moins je n'ai pas le visage écrasé comme si je m'étais pris un camion de face, sale Jaune.

Rebecca s'était assise et attendait patiemment que j'aie fini mes pauvres blagues d'ado.

— Sam, qu'est-ce qu'on fait maintenant ? Sunee t'a posé la question.

— Mais qu'est-ce que tu veux que je fasse ? Je n'ai pas un sou. Tout l'argent s'est envolé. Greg m'a laissé un message incompréhensible. Il devait délirer. Bernoff est en prison. Il a probablement perdu tout l'argent qu'il a détourné ou il l'a dépensé. C'était lui le grand manipulateur. Personne ne le manipulait. L'argent est perdu. PERDU. Il faut se faire une raison. Il faut faire notre deuil. Greg est mort. Il ne ressuscitera pas. L'argent est mort. Il ne reviendra pas.

Sunee s'est approchée de mon lit.

— Sam, réfléchis. Comment Bernoff aurait-il pu perdre ou dépenser l'argent de la fondation et celui que tu devais gérer pour Greg ? Des milliards ne peuvent pas s'envoler comme ça en quelques semaines !

— Tous les flics américains sont mobilisés sur cette affaire. Des milliers d'avocats se sont rués sur les milliers de victimes pour leur prendre le fric qui leur reste en leur faisant croire qu'ils vont récupérer le pognon volé par Bernoff. On ne peut pas faire mieux que la police et si Rebecca veut jeter par les fenêtres l'argent qu'elle a encore dans la Fondation, elle n'a qu'à engager les meilleurs cabinets d'avocats américains. Laissons faire les professionnels.

— Mais les professionnels, c'est nous, a rétorqué Sunee.

Elle ne souriait plus du tout. Elle était très sérieuse. Elle avait sa tête déterminée des coups de spéculation de la grande époque.

— Les flics ne comprennent rien à la finance. La Securities and Exchange Commission censée contrôler les marchés n'a rien vu des magouilles de Bernoff pendant vingt ans. Comment veux-tu qu'ils retrouvent l'argent ?

Rebecca s'était levée et marchait de long en large dans la chambre. Elle s'est tournée vers moi :

— Et si Greg avait raison ? Et si l'argent était quelque part ? Et s'il était en effet destiné à financer une manipulation monstrueuse ? On ne peut pas rester les bras ballants, Sam. Greg t'a chargé de t'en occuper. Tu dois respecter ses dernières volontés.

J'ai failli m'étouffer.

— Vous vous foutez de moi ! Ce con a perdu tout l'argent et s'est taillé comme une merde et je devrais culpabiliser parce que je ne veux pas mener une enquête sur une prétendue intuition qu'il a eue. Si son intuition était aussi bonne que celle qui l'a fait investir chez Bernoff, on n'aura pas de troisième guerre mondiale avant plusieurs siècles !

Rebecca s'était approchée de mon lit. Son visage

n'était qu'à quelques centimètres du mien. Elle a pointé son doigt sur ma poitrine, à l'endroit du cœur.

— Si tu ne veux pas le faire pour Greg, fais-le pour la Fondation. Fais-le pour les enfants. Fais-le pour moi. Je pars. Envoie-moi un SMS pour me dire si tu es prêt à chercher l'argent. Si c'est oui, je viendrai te chercher demain. Oui, ne prends pas cette mine déçue ; tu sors demain, l'hôpital Américain n'a aucune raison de te garder, tu es en parfaite santé. Si c'est non, tu rentreras en taxi et tu ne me verras plus.

— Bien parlé, *sister*.

Sunee se retenait d'applaudir.

J'ai juste eu le courage de prononcer quelques mots :

— C'est une menace ?

Rebecca m'a répondu sèchement :

— Oui. Tu viens Sunee ? On s'en va.

La porte s'est refermée avec un claquement.

Sunee l'a rouverte pour passer la tête. Elle était hilare. Avec son pouce, elle a mimé un couteau qui tranche la gorge et dit : « Couic, t'es mort ! »

Quel cauchemar.

Je devais choisir entre la peste et le choléra.

Je venais de réchapper de la mort et ces deux mégères voulaient me renvoyer en enfer.

Nous n'avions aucune piste à part l'intuition de Greg.

J'ai retrouvé trois Lexomil planqués dans mon jean. J'allais profiter de ma dernière nuit d'hôpital. Je ne voulais pas réfléchir…

Et puis j'ai pris mécaniquement mon portable. Je l'ai allumé. Je me suis connecté sur les SMS. J'ai juste tapé « c'est oui » et j'ai envoyé le message à Rebecca.

Les dés étaient jetés.

Dimanche 12 avril

Je suis rentré dans mon tombeau de luxe. Rebecca n'a pas insisté pour rester avec moi. Je ne suis même pas certain qu'elle en avait vraiment envie. Elle n'a pas évoqué mon SMS. Mais elle était en bas de l'hôpital à ma sortie. Pas un mot échangé pendant le trajet. Un baiser chaste sur la joue au moment de nous séparer. Une gêne étrange. Pas un son ne semblait vouloir sortir de ma bouche. Quant à elle, soit elle m'en voulait encore, soit elle avait peur que je ne change d'avis et que je refuse à nouveau de rechercher l'argent disparu.

Je me suis écroulé sur l'unique fauteuil du salon. Une pièce inhabitée. Mais je voulais résister à l'attrait de ma chambre et du lit. De crainte peut-être d'être tenté de me recoucher quelques heures, quelques semaines, quelques mois.

Par terre, une pile de journaux éparpillés.

Partout la crise. La crise financière. La crise économique. La crise sociale.

Pendant que mon rêve s'écroulait, le monde s'est écroulé et continue de s'écrouler, jour après jour, heure après heure.

Ces quelques semaines ont été les plus délirantes de toute l'histoire de la finance et de l'économie modernes.

Tous les médias ont rivalisé d'imagination pour trouver le qualificatif ou le superlatif le plus adapté à ce que nous avons vécu. Fou, incroyable, historique… aucun de ces termes ne reflète pourtant la violence du séisme qui a détruit Wall Street, la finance et l'économie mondiales.

La quatrième banque d'affaires américaine, Lehman Brothers, a été poussée à la faillite et l'effondrement du capitalisme financier s'est accéléré. Un tremblement de terre, un tsunami, un cyclone… Après son passage, il ne reste rien ou presque. Les immeubles de Wall Street et de la City sont intacts mais ce ne sont plus que des façades hollywoodiennes des années 1950, des décors de films de série Z. Derrière, il n'y a rien d'autre que du vide. Des banques en faillite virtuelle que les États les plus libéraux ont dû nationaliser. Des banques sous perfusion qui refusent de jouer leur rôle de peur de mourir, et ne prêtent plus d'argent.

Les populations sont en colère et les pouvoirs politiques leur livrent en pâture des boucs émissaires, des coupables réels mais pratiques : les traders, les banquiers, et maintenant les patrons.

Ces appels au lynchage ne présentent que des avantages. Ils ne coûtent pas grand-chose, ils n'auront aucune conséquence, ils sont dans la droite ligne d'une tradition populiste aussi vieille que le monde et ils permettent surtout de dissimuler les véritables responsabilités. Jetons quelques coupables en pâture pour ne pas avoir à faire face à la réalité. On évitera ainsi d'ouvrir un vrai débat sur les causes de la crise financière. Un débat dont les conclusions seraient dévastatrices pour les autorités politiques et financières du monde entier.

Le scandale des subprimes était connu de tous depuis près de deux ans, l'excès de liquidités tournées vers la spéculation était une évidence quotidienne, la flambée surréaliste des prix de l'immobilier faisait depuis longtemps la une des journaux et pourtant personne n'a réagi. L'omerta a régné. Car le crime profitait à tous. Comment dénoncer un dérapage généralisé dont la conséquence immédiate était une croissance mondiale record de plus de 5 %, devant laquelle tout le monde se pâmait ? Une croissance virtuelle alimentée par la spéculation financière et immobilière. Alors, tous coupables ? Oui. Il faut assumer nos responsabilités. Banquiers, traders, spéculateurs, vendeurs de produits financiers, FED, BCE, SEC, autorités de marché européennes, agences de notation, hedge funds, gouvernements… Tous coupables et responsables. Ne tombons pas dans la facilité des victimes expiatoires. Je déteste ces lynchages téléguidés. Cela me donne la nausée. Comme la vision des foules de collaborateurs qui sont devenus des résistants zélés de la vingt-cinquième heure. Ce n'est pas parce qu'on rase un crâne qu'on devient résistant. Beurk.

C'est officiel. C'est la fin du monde…

Heureusement qu'il y a le Messie.

Personne ne le connaît mais tout le monde le croit capable de sauver le monde. Je n'ai rien contre Barack Obama, je ne le connais pas, il n'a pas dit grand-chose pendant sa campagne à part « *Hope* » et « *Yes, we can* », mais je hais les hystéries collectives, je hais les consensus. J'espère qu'il réussira mais tout cela me prend la tête. Surtout en France : 84 % des Français soutiennent Obama. Combien accepteraient un président noir en France ?…

Il n'y a plus d'espoir. C'est vraiment l'ambiance qui règne sur les marchés financiers depuis le début de l'année.

Ce n'est plus la déprime. C'est la dépression.

C'est, chaque jour, dix mauvaises nouvelles économiques, plus trois faillites, plus dix grandes boîtes qui annoncent des pertes. Un vrai cauchemar. Une incitation quotidienne au suicide.

Curieux d'ailleurs qu'il n'y en ait pas plus.

Lentement mais sûrement. Certains se rongent les ongles, d'autres se rongent les sangs. Moi, je vais me ronger les entrailles. Un jour j'aurai tout bouffé et je me dégonflerai. Ma peau tombera par terre comme un ballon crevé.

Le visage de Greg me hante. Son rire. Ses cris. Ses excès. Caricaturaux et volontaires. Greg, tu me manques. Plus que mes rêves de redevenir le maître du monde avec 7 milliards d'euros sous gestion. Je veux te venger même si je te déteste autant que je t'aime. Je veux crever ceux qui t'ont baisé. Ceux qui ont volé l'argent de tous ces enfants qui ne pourront pas survivre sans la Fondation. Je veux les retrouver et les éventrer. J'ai du Jack Bauer en moi. Je suis une *killing machine*. Sans état d'âme mais en état de haine.

Je me donne un peu plus de deux mois pour accomplir ma mission. En mémoire de Greg mais surtout pour la Fondation pour l'enfance. Mais que j'échoue ou que je réussisse, j'ai pris une décision.

Celle de quitter ce monde de merde, moi aussi.

Je ne pourrai plus jamais spéculer comme je spéculais avant.

Un coureur de sprint sur un fauteuil roulant après un accident, un chanteur devenu muet, un peintre aveugle… bon, j'arrête. Vous avez compris l'image. Plus besoin de métaphores à deux balles.

Je suis malade. Malade de ne plus pouvoir spéculer. Malade de ne pouvoir être heureux, malade de ne plus supporter le malheur non plus.

Je dois regarder les choses en face. Je suis malade.

Et je n'ai pas envie de me faire soigner. J'ai juste envie de m'endormir et de ne plus jamais me réveiller. Malheureusement, il va falloir que j'aide un peu la mère Nature…

Ma décision est prise. Elle est irréversible. Je tirerai ma révérence. Comme Greg. Le compte à rebours a commencé.

J'ai une poignée de semaines pour retrouver l'argent et autant pour trouver le bon moyen de me flinguer.

Le compte à rebours… Tic-tac, tic-tac, tic-tac…

Je compte : il reste SOIXANTE-DIX-NEUF JOURS.

Lundi 13 avril
J – 78

Je débarque à 6 heures au bureau.

Nuit blanche ou presque.

Je croyais me retrouver seul mais la lumière de la salle des marchés est allumée. Sûrement l'équipe de nettoyage. Ce qui marche bien dans ces grands centres d'affaires comme celui du Trocadéro, c'est le nettoyage… Cela justifie des loyers au double du prix des bureaux installés dans des immeubles haussmanniens.

J'adore cette salle des marchés flambant neuve.

Elle a été construite par un architecte spécialisé en moins d'un mois. Prête à démarrer aujourd'hui, le 13 avril, pour gérer les 7 milliards de dollars. Greg avait avancé l'argent qui nous avait permis de récupérer en location deux cents mètres carrés sur le même étage que les bureaux de ma société de conseil et de faire des travaux somptueux afin de créer cette salle des marchés de huit positions. Pour quatre traders et quatre stagiaires ou juniors. Le dernier cri de la technologie. J'avais fait travailler une équipe new-yorkaise qui avait accepté de bosser à des tarifs plus compétitifs que les équipes françaises. Ces architectes avaient conçu les salles des marchés de JP Morgan et de Goldman Sachs à New York et à Londres. Ils s'étaient battus sur notre contrat comme si c'était le deal du siècle… Il faut dire qu'on devait être les seuls en cette période à créer une salle des marchés. Avec les faillites, toutes fermaient ou réduisaient leur taille.

Un architecte m'avait même proposé de récupérer du matériel tout neuf qui n'avait jamais servi. Quand il m'a dit que c'était le matériel de Lehman Londres, j'ai décliné l'offre. Ce matériel avait été installé quatre jours avant la faillite. Superstition, quand tu nous tiens…

Latika a les yeux fixés sur ses écrans d'ordinateur. Un exercice difficile car elle en a demandé huit pour pouvoir suivre l'intégralité des marchés. Elle ne bouge pas. Son siège est dos à la porte et elle ne m'a pas vu arriver. Mais quand je lui dis bonjour, elle ne sursaute pas.

— Latika, tu es tombée du lit ?

Elle se retourne vers moi. Doucement. Avec une grâce infinie. Latika aurait pu faire carrière à Bollywood. Elle est d'une beauté stupéfiante. Lors des entretiens de recrutement que Sunee et moi lui avons fait passer, c'est son regard qui m'a hypnotisé. Et pourtant, elle se bat depuis son plus jeune âge pour faire oublier son physique. Elle fait des efforts désespérés pour se fondre dans la masse. Sans y parvenir.

Pas un gramme de maquillage. Un pantalon sans forme et un pull tricoté par une grand-mère probablement aveugle. Des lunettes qui ne lui servent à rien d'autre (elle n'a aucun problème de vue) qu'à cacher la beauté de ses yeux. À trente ans, Latika veut qu'on ne voie en elle que le monstre en informatique qu'elle est. Mais impossible de faire abstraction de sa beauté. Une beauté qui me fascine tout en me laissant étrangement indifférent. Le mélange des genres dans le travail ne m'a jamais vraiment réussi… De toute façon, depuis la mort de Greg et l'écroulement de mes rêves, mes pulsions de vie sont aux abonnés absents.

— C'est le premier jour. Je voulais vérifier mon équipement avant de démarrer.

— Latika, tu sais bien qu'il n'y a plus de fonds. Nous n'avons plus d'argent. J'ai laissé quatre messages sur ton répondeur pour te prévenir de ne pas quitter Goldman.

Elle baisse les yeux. Émouvante.

— Quand j'ai accepté ton offre, j'étais motivée par la taille du fonds, l'excitation de rejoindre un des plus gros acteurs de la spéculation. Mais depuis que tout cela s'est envolé, je suis encore plus motivée !

— J'étais sûr que tu ne viendrais pas.

— Je t'avoue que j'ai eu un choc, bien sûr. Pour moi aussi le rêve s'écroulait. Mais quand tu m'as appelée, j'étais allée passer quelques jours dans ma famille à Mumbai. J'étais perdue.

— Heureusement que tu n'as pas encore donné ta démission… Tu peux faire machine arrière.

— C'est vrai. Je peux retourner chez Goldman Sachs à Londres. Malgré la crise, ils m'ont donné un bonus de 2 millions d'euros et ont augmenté mon salaire à 1,5 million d'euros. Mais cela faisait plusieurs mois que je me posais des questions. Surtout depuis que mes modèles de trading avaient été utilisés par l'équipe de spéculation sur les matières premières alimentaires et qu'ils étaient venus hilares dans mon bureau avec une bouteille de champagne pour me dire que, grâce à moi, la firme avait gagné 1 milliard de dollars sur la hausse du riz. Le soir, les informations montraient les images des émeutes de la faim en Afrique et en Asie du fait du prix inabordable du riz. J'aime les marchés financiers. Mais je ne savais pas si j'étais prête à aller jusque-là. Ta proposition est venue à point nommé. Travailler dans un fonds énorme mais qui allait lutter contre les bulles, c'était comme un rêve. Mais comme pour toi, le rêve s'est transformé en cauchemar. Et j'ai failli replonger chez Goldman.

— Tu n'as pas répondu à mes messages.

— Je sais. J'avais coupé tout contact avec le monde extérieur. Il faut dire que tu passais d'une proposition de 1 million d'euros avec un bonus garanti de 2 millions d'euros par an à rien…

Je proteste mollement.

— Rien, non…

— Sam, sois réaliste. Tu sais que cet argent va être extrêmement difficile à retrouver. Nous sommes les seuls à penser que le fric de Bernoff existe et qu'il est planqué quelque part. Et même si Greg avait raison, rien ne prouve qu'il va ressurgir. Bernoff l'a peut-être planqué dans des paradis fiscaux en attendant de sortir de prison ou pour ses enfants et ses petits-enfants.

— Tu as raison. Mais Greg a toujours eu un excellent feeling.

— Si Greg avait eu un bon feeling, il n'aurait pas confié tout l'argent à Bernoff…

— C'est juste. Alors, pourquoi tu es là ?

— Écoute, je vais être honnête : c'est une opportunité pour moi. J'avais envie de faire de l'humanitaire mais je ne me voyais pas faire des piqûres ou donner des cours aux enfants des bidonvilles d'Inde que je connais trop bien. Avec toi, j'ai l'impression de faire de l'humanitaire tout en restant sur les marchés. Sans compter que j'ai toujours rêvé de passer quelques semaines à Paris…

Latika part d'un petit rire qu'elle réprime instantanément – sa pudeur naturelle.

— Qu'importe les raisons. Je suis heureux que tu

sois avec nous, Latika. Je pense que tu es la meilleure techie de ta génération et que tu seras capable de détecter le moindre mouvement suspect sur les marchés.

Elle est visiblement aux anges que je la complimente sur ses compétences professionnelles.

— Mais je te demande de ne pas venir tous les matins à 6 heures, tu ne tiendras pas longtemps à ce rythme.

— Ne t'inquiète pas. C'est le premier jour. Je vais vite reprendre mes mauvaises habitudes…

Mardi 14 avril
J – 77

Je me sens libéré.

Le simple fait d'avoir décidé de « partir » me fait le même effet qu'une gigantesque injection d'un produit planant. Je ne sens plus mon corps. Je ne sens plus mon âme. Je flotte. C'est vraiment génial. Cette idée que je caresse depuis des années, je vais enfin la mettre en pratique. Du coup, rechercher l'argent de Bernoff m'enthousiasme. Je le prends comme un jeu. J'ai moins de trois mois devant moi. Soixante-seize jours exactement. Peut-être les soixante-seize jours les plus excitants de ma vie. À rajouter à des dizaines d'années délirantes dans ma carrière. Qui peut se vanter d'avoir vécu cela même en vivant jusqu'à quatre-vingt-dix ans ?

J'ai dormi comme un bébé.

Nous avons une réunion ce matin à 10 heures.

J'ai demandé à tous ceux qui devaient participer à l'aventure du fonds d'y assister. Ils savent tous que le projet est mort, ils savent tous que l'argent qu'on devait gérer s'est envolé et que Greg a laissé Bernoff briser notre rêve. Je vais leur proposer un nouveau deal. Latika a déjà donné sa réponse en venant au bureau lundi à 6 heures du matin. Sunee va foncer aussi. Reste à connaître la réponse de Ben Bardavid, mais je pense que notre nouveau projet va l'exciter bien plus que le fonds lui-même. Et celle de Rick Marciano.

Il est à peine 8 heures. J'ai deux heures pour checker les marchés et lire les news. Mon sport favori.

On sent un changement d'ambiance très net.

Après avoir plongé à 2 520 le 9 mars, le CAC repasse pour la première fois la barre des 3 000 à la hausse. Ce n'est pas l'euphorie mais c'est un léger mieux. Des actions massacrées pendant la crise comme les financières ou l'automobile ont rebondi. À l'intérieur des valeurs du CAC, beaucoup ont flambé de 80 %, voire de 100 % : Alcatel + 92 %, Axa + 102 %, BNP + 84 %, Dexia + 174 % ! Et Renault en hausse de 115 % ou encore Société générale de 106 %. Certes, toutes ces valeurs sont loin, très loin même de leurs records historiques mais c'est tout de même drôle de voir certains traders et fonds spéculatifs gagner une fortune en jouant le rebond des valeurs massacrées alors que le G20 et autres instances internationales dénoncent la spéculation. J'adore. Vive l'hypocrisie ! Des mines de circonstance à la télé sur la tête des politiques et, derrière, mes confrères qui se goinfrent en se tapant sur le bide. Quelle vaste mascarade !

Le rebond devrait durer. Jusqu'à l'été. Jusqu'au 30 juin… Ma date officielle de décès. Tant mieux. Je n'aurais pas aimé partir en plein krach. Ni en hiver.

Si le 30 juin il pouvait y avoir un soleil resplendissant et un CAC à 4000, je m'envolerais comblé…

Je suis de très bonne humeur. C'est vraiment une bonne idée, cette décision de suicide.

En regardant les cours sur les marchés financiers, je ne vois rien. Pas de vraie anomalie qui pourrait m'alerter sur une manipulation ou une offensive en préparation. À l'œil nu, même d'un pro, tout est normalement délirant. Rien de remarquable.

J'ai encore une demi-heure avant qu'ils arrivent. J'ai répété mon petit speech. Je suis prêt.

Il faut que je résolve le problème de ma technique de suicide. Pas de guide disponible. Le bouquin *Suicide mode d'emploi*, écrit dans les années 1970, donnait une recette imparable mais il a été interdit et je n'arrive pas à le retrouver, même sur les sites de livres d'occasion. Si seulement je pouvais mettre la main sur les médicaments magiques qu'a avalés Dalida ce 2 mai 1987. Moi aussi, *Je suis malade*. J'adore cette chanson d'ailleurs. Je la mets à fond sur les enceintes Bose de mon ordinateur. Elle est vraiment émouvante.

— Sam ?... Sam ?

Latika m'observe avec curiosité. Un petit sourire en coin. Elle doit me regarder depuis un certain temps.

— Belle chanson, Sam. Je ne connais pas.

— Désolé, j'étais perdu dans mes pensées. Normal que tu ne connaisses pas. Tu n'as jamais vécu en France et tu es trop jeune. Tu verras, je te ferai une petite compil de chansons françaises un peu rétro que j'adore.

— Quand tu veux... En attendant, tout le monde est dans la salle de réunion. On peut commencer.

— J'arrive.

Allez, Sam. C'est parti.

— Salut à tous !

Mon ton enjoué tombe instantanément à plat...

Il faut que je reprenne la main très vite. Sunee est à peine coiffée. Visiblement d'une humeur massacrante. Elle a trois gobelets de café devant elle. Avant midi, il vaut mieux ne pas l'approcher... Elle me fait un vague signe avant de replonger dans son café brûlant.

— Merci à tous d'être venus. Quand je vous ai

recrutés il y a quelques semaines, nous devions refaire le monde et en devenir les nouveaux maîtres. Gérer 7 milliards de dollars aurait dû vous permettre, nous permettre de devenir riches. Très riches. Et de nous faire plaisir en faisant la chasse aux manipulateurs et autres souffleurs de bulles.

« Aujourd'hui, tout cela est fini. Greg est mort. Bernoff est en taule et aux yeux de tous, sauf à ceux de Greg, l'argent a été perdu. Pour tous sauf pour Greg. Greg nous a légué son appartement de Manhattan afin que nous le vendions et que nous utilisions l'argent pour mener nos recherches. L'appartement a été vendu rapidement. Il valait 30 millions de dollars début 2007 avant la crise, on en a obtenu 14 à l'arrache. On aurait pu en obtenir 17 ou 18 mais il aurait fallu attendre quelques mois. J'ai préféré le larguer, même à la casse. Et en ce moment, les acheteurs ne se précipitent pas, à New York comme ailleurs. Greg est parti persuadé que Bernoff agissait pour le compte de quelqu'un, un fonds, une banque, une bande organisée, un pays même, pourquoi pas ? Pour lui, l'argent n'a pas disparu. Il a été détourné et il va être utilisé pour un coup gigantesque. Un nouveau 11 Septembre. Mais sur les marchés. J'ai décidé de suivre la piste qu'il a évoquée. Le deal que j'ai à vous proposer est simple. Pour chacun d'entre vous, un salaire de 50 000 euros sur une base annuelle. Je sais, on est loin des 2 millions d'euros que je vous avais garantis. Mais si on retrouve l'argent, c'est 20 % pour nous. Greg a laissé des instructions précises dans son testament. Il a perdu 9 milliards à titre perso : si on les récupère, 1,8 milliard tombent dans notre poche et le reste, soit 7,2 milliards, ira à ses héritiers qui auront l'obligation de nous les donner à gérer. La Fondation pour l'enfance, elle, a perdu 5 milliards d'euros. Ils ont aussi proposé de nous donner 20 %. J'ai refusé mais ils ont insisté. J'ai négocié 10 %. Ils ne voulaient pas descendre en dessous. Oui, Rick ?

— Donc, boss, ce que tu es en train de nous dire, c'est *bye bye* les 2 millions d'euros garantis. La seule garantie qu'on a, c'est 50 000 euros, c'est-à-dire en gros rien… Même aujourd'hui avec la crise, on se placerait tous à 1 million minimum… Mais en revanche, si on y arrive, c'est 2,3 milliards d'euros à nous partager en cinq…

— Exactement…

Rick se gratte la tête, perplexe. Latika prend la parole.

— Je crois qu'il faut être clair. On ne parle plus d'argent ici. On parle d'une mission…

— Écoute Bollywood, l'interrompt Rick brutalement, c'est facile pour toi de dire ça. Tu peux retourner quand tu veux chez Goldman et gagner une fortune. Moi, si je sors du circuit, j'aurai du mal à me recaser.

— Eh bien, casse-toi alors. – Sunee a lancé ça avec sa voix des mauvais jours, ou plutôt des mauvais matins. – Casse-toi et ne nous emmerde pas. Va bosser dans une banque de merde, va te bourrer la gueule dans les pubs à Londres avec tes potes traders dont la moitié sont chômeurs, et ne nous casse pas les couilles.

Le contraste entre le physique raffiné et subtil de Sunee et son vocabulaire de charretier surprend toujours ceux qui ne la connaissent pas comme moi depuis des années. Il faut que j'intervienne.

— On se calme. Rick, pour commencer, tu arrêtes d'appeler Latika « Bollywood » ou je vais vraiment m'énerver. Sunee, il est normal que chacun réfléchisse. Gagner 50 000 euros quand on peut gagner 2 millions n'est pas un choix facile et notre recherche risque d'être quand même très compliquée.

— À ce propos, combien de temps tu penses que durera la mission ?

Ben est resté silencieux jusque-là. Il parle d'une voix posée, moins inquiète que les autres.

— Fin juin. Pas plus tard. Si, le 30 juin, nous n'avons pas remis la main sur l'argent, nous n'aurons aucune chance de le revoir. C'est comme pour les enlèvements, les flics te disent qu'après vingt-quatre heures les chances de retrouver la personne kidnappée s'effondrent. Pour nous, c'est dix semaines.

— C'est court, réplique Ben.

— Oui. C'est court. Mais d'un autre côté vous serez vite fixés. Soit fin juin on est tous riches avec en plus 7 milliards à gérer, soit on a foiré et on retourne chacun à nos petites occupations.

Je souris intérieurement en pensant que dans les deux cas de figure mon sort est scellé.

Latika se lève doucement.

— Sam, je te confirme ce que je t'ai déjà dit. *I'm in.*

— Pareil pour moi, murmure Sunee qui continue à fusiller Rick du regard.

Ben me regarde longuement et éclate de rire.

— Je vais te dire la vérité : je trouve ta proposition cent fois plus excitante que de spéculer sur les marchés comme tous ces cons que je déteste. Rappelle-toi que je suis un vieux journaliste d'investigation. Alors, non seulement je dis oui, mais je t'avoue – mesdames, excusez mon langage – que tu viens de me faire bander comme cela ne m'est plus arrivé depuis dix ans.

Je lance un clin d'œil à Ben avant de me tourner vers Rick.

— Ben moi, je suis chaud, à condition que le dragon vietnamien ne me saute pas dessus dès que je l'ouvre un peu…

— Je suis thaïlandaise et je t'emmerde, réplique

Sunee, mais si tu es dans l'équipe et que tu arrêtes de nous donner des surnoms à tout bout de champ, je promets de t'épargner. Jusqu'au 30 juin. Après, on verra.

— Alors, c'est bon pour moi. Je peux poser une question ?

Sunee prend un malin plaisir à froncer les sourcils. J'interviens :

— Mais bien sûr, Rick. Ne te laisse pas intimider par Sunee, elle adore effrayer les jeunes play-boys comme toi.

— Si on retrouve l'argent, les 2,3 milliards qu'on gagne, on se les répartit comment ? Normal que toi et Sunee ayez la plus grosse part, mais nous on aura quoi ?

— Non. Personne n'aura une plus grosse part. Sunee est d'accord. On se répartira le gain en cinq parts équitables : 460 millions d'euros chacun.

— Putain mais c'est énorme !

— Te chauffe pas trop, Kid, lance Ben. Pour l'instant, ce que tu es sûr de gagner sur les dix semaines qui viennent, c'est 50 000 euros en base annuelle, soit environ 10 000 euros ce qui, vu ta façon de te fringuer, doit correspondre à ton budget pompes et cravates sur un mois…

— C'est pas faux, répond Rick en rigolant. Bon, on attaque comment, boss ?

— D'abord je tiens à vous remercier de m'aider dans cette aventure. – Silence. – Vous avez déjà fait connaissance. – Je marque une pause avec un grand sourire. – Mais je pense qu'il serait utile que chacun se présente. Pendant les semaines qui viennent, on va vivre les uns sur les autres, alors autant qu'on sache un peu qui on est et qu'on s'apprécie.

— J'adore, dit Rick, on se croirait dans *Mission impossible* !

— Eh bien, commence, Rick, puisque tu as l'air d'avoir envie de t'exprimer…

— *No problem. My name is* Rick Marciano. Presque comme Rocky Marciano. Mon père était fan de boxe… Rital comme son nom l'indique. C'est sûrement pour ça que Sam m'a choisi. Mère kenyane. Eh oui, mesdames, ma mère est black mais cela ne se voit pas, je suis blanc comme un vrai petit Blanc raciste ! Né à Montréal. J'ai étudié là-bas toute ma vie. Université de Mac Gill. MBA. Je sais, ce n'est pas Harvard ou Stanford, mais c'est pas mal et en plus c'est très sympa. Deux ans chez Lehman Brothers à Londres. Trois ans chez Soros à New York. Dans son fonds Quantum. Une carrière foudroyante et un salaire exponentiel jusqu'à que je croise malencontreusement Sam à la soirée de la Fondation pour l'enfance à New York. Voilà comment je suis passé d'une rémunération de plusieurs millions de dollars à 50 000 euros ce qui, même avec la hausse de l'euro, fait une grosse différence mais je n'en parlerai plus. Ma spécialité ? Le trading. Pur et dur. Je suis la combinaison parfaite du sens du trading animal et instinctif de Sunee et du trading technique de Sam. Je suis le trader parfait, un monstre, une machine. La perfection faite homme… Dès qu'un truc est anormalement cher, je le vends, dès qu'un autre est sous-évalué, je l'achète. J'ai un flair qui frise le génie et des contacts dans les fonds et les banques de trading du monde entier…

J'ajoute :

— Et une humilité digne de l'abbé Pierre.

Tout le monde a éclaté de rire. Rick était adopté. Une grande gueule mais un gosse génial.

— Ah oui, j'oubliais, j'ai trente ans depuis une semaine. J'accepte encore les cadeaux d'anniversaire. Et je suis célibataire, alors merci d'avertir toutes vos copines que le Kid *is in town*. Oui. J'aime bien qu'on m'appelle Kid si ça ne vous dérange pas…

— Merci, Kid. Latika, tu veux te jeter à l'eau ?

— Je suis née à Mumbai quand la ville s'appelait encore Bombay. Je vous arrête tout de suite : je ne viens pas d'un bidonville même si je m'appelle Latika et que vous venez de voir *Slumdog Millionaire*, et je ne suis pas non plus une fille de la haute aristocratie qui rêve de devenir actrice. Non. Mère au foyer, père expert-comptable. Juste un petit frère. Pression familiale infernale pour les études. J'ai quitté l'Inde à dix-huit ans pour l'Angleterre. Six ans à Cambridge. Trente-deux ans aujourd'hui. Célibataire aussi mais moins disponible que notre Kid. Voilà, je crois que j'ai tout dit. Ah non ! Ma carrière : huit ans chez Goldman Sachs à Londres. Je n'ai jamais changé.

— Latika oublie de dire qu'elle est un génie de l'informatique. Elle a conçu des logiciels impressionnants qu'elle utilisait chez Goldman pour déceler les anomalies de marché. Grâce à elle, les traders de la salle sont sortis des subprimes avant la crise et ont sauvé la banque. C'est pour cela que je l'ai contactée, entre autres. S'il y a le moindre truc anormal dans le marché, Latika le verra.

— Merci, Sam. C'est gentil.

Ben prend la parole :

— Latika, tu es du genre hacker, façon Lisbeth Salander dans *Millenium* ?

— Non. Pas du tout. Je ne sais pas pénétrer dans les systèmes informatiques ou pirater les ordinateurs…

— Disons, pour être exact, que Latika en est capable mais que son sens de la moralité l'empêche de faire quoi que ce soit d'illégal. Je ne demande pas à Sunee de subir le même exercice de présentation. Vous la connaissez tous de réputation. Kid a même dévoilé que c'était sa mère spirituelle… et vous avez vu ce matin l'essentiel de ce qu'il faut savoir sur elle : ne jamais lui parler avant midi si elle n'a pas eu sa dose de caféine…

— Vraiment très drôle, Sam.

Mais Sunee sourit. L'orage est passé. Le jour s'est levé.

— Mon parcours, je vous l'ai expliqué à chacun lors de nos entretiens. Maintenant, je voudrais faire une petite exception pour Ben, si Ben me le permet. Il est trop modeste et trop humble et ne dira jamais qui il est réellement et pourquoi je l'ai supplié de me rejoindre pour le projet du fonds alors qu'il hait l'argent.

— Je pourrai avoir sa part si on retrouve les fonds de Bernoff ? S'il hait l'argent, je ne veux pas qu'il souffre inutilement…

— Bien vu, Kid. Tu négocieras directement avec lui. Et maintenant, Ben… Comment vous le présenter rapidement sans rien oublier ? Est-ce que vous vous souvenez du film *Les Hommes du président* ?

— Bien sûr, hurle Kid. Énorme, *Les Hommes du président*, avec Redford et Hoffman. Moins speed que *24 heures chrono*. Mais énorme quand même ! Ben, c'est le petit frère de Dustin Hoffman ?… C'est vrai qu'il lui ressemble.

— Pas tout à fait mais tu n'es pas loin. En août 1974, Richard Nixon est contraint à démissionner. Après deux ans de dénégations, il doit reconnaître son implication dans le scandale des écoutes et du cambriolage dans des bureaux du Parti démocrate, situé dans l'immeuble Watergate à Washington. Deux journalistes du *Washington Post* se sont battus pendant ces deux ans pour que la vérité soit révélée au grand jour, Bob Woodward et Carl Bernstein. Ces deux gars deviennent à cette époque les maîtres absolus du journalisme d'investigation. Ils ont environ trente ans ; à leurs côtés, il y a un petit jeune qui entre au journal, comme stagiaire, deux jours à peine avant que le scandale n'éclate. Et qui va apprendre en deux ans plus que tous les journalistes que vous avez pu rencontrer. Ce qu'il ne vous dira jamais, c'est que c'est lui qui a identifié le contact au sein de la Maison Blanche qui a tout balancé.

— Le fameux Gorge profonde, *Deep Throat*...

— Exactement, Sunee. Je laisse Ben vous raconter la suite. Ben, à toi.

— Après la démission de Nixon, je suis resté quelque temps avec Bob Woodward au *Washington Post*. Puis j'ai eu envie de voyager. Le *Post* a accepté de me donner ma chance comme reporter de guerre en 1976. J'avais raté la guerre du Vietnam mais je suis passé de coup d'État en révolution et en dictature pendant près de vingt ans, principalement en Amérique du Sud et en Asie. Un peu aussi en Afrique, mais moins souvent. En 1998, j'avais quarante-six ans et l'impression d'en avoir quatre-vingt-cinq. J'ai décidé de poser mes valises. Je ne me voyais pas retourner dans un journal derrière un bureau. J'ai accepté un poste à New York University où j'enseignais jusqu'à la semaine passée le journalisme d'investigation.

— Ça existe encore ? demande Latika sans agressivité mais avec un petit sourire.

— C'est une excellente question, Latika. Oui. Cela existe encore, le vrai journalisme d'investigation. C'est rare mais cela existe. Je vois passer des jeunes avides de vérité et d'aventures même si je dois avouer que, la plupart du temps, je les retrouve cinq ans plus tard à pantoufler et à pomper le boulot de leurs petits camarades...

— Et Sam, sans indiscrétion et malgré le parcours passionnant de Ben, qu'est-ce qui t'a donné l'idée de le contacter ? interroge Sunee.

— J'ai eu la chance d'assister à plusieurs conférences de Ben sur le rôle involontaire des médias dans la manipulation des marchés financiers. Il avait notamment développé une théorie incroyable sur le sous-commandant Marcos. Pour résumer, selon Ben, le commandant Marcos était un trader qui utilisait la guérilla et ses connexions avec les réseaux internationaux pour manipuler les marchés et gagner de l'argent qu'il redistribuait aux paysans du Chiapas. Révolutionnaire le jour, trader la nuit. Un Robin des Bois moderne. C'est en partie grâce à ses enseignements que j'ai détecté les manips sur le pétrole. Et je l'ai contacté directement quand Greg m'a confié le fonds. À cinquante-six ans, Ben avait la bougeotte, l'envie de voyager à nouveau, et l'idée de détecter sur le terrain même les manipulations de marchés l'amusait. Je dois juste dire qu'il était opposé à l'éventualité d'avoir un salaire garanti trop élevé.

— Eh bien, il est servi maintenant ! s'exclame Sunee en éclatant de rire.

Ben lui sourit en retour.

— C'est vrai, je me sens plus à l'aise aujourd'hui à chasser les méchants qu'à gagner de l'argent en combattant des méchants mais en étant un peu méchant moi-même…

— Tu m'as perdu avec ton histoire de méchants, dit Kid, mais je te renouvelle mon offre. Si on retrouve l'argent, je m'occupe de ta part ; je ne voudrais pas que tu sois confronté à un problème de conscience.

— Merci de ta sollicitude, Kid. Je saurai me la rappeler.

— Voilà. Les présentations sont faites. Je vous propose de vous familiariser avec le matériel, avec vos bureaux, vos équipements et de profiter un peu de Paris.

Il fait beau et c'est rare. Demain, je vous exposerai mon plan.

— Compte sur nous, dit Sunee. Bon, je vous laisse. Tu n'as besoin de rien aujourd'hui, Sam ?

— Non, merci. Rentre. Je t'appellerai peut-être en fin de journée et... *thanks for everything, dear.*

Latika et Kid ont décidé de passer la journée au bureau. Ben doit visiter plusieurs petits hôtels dans le Quartier latin, son quartier favori. J'ai eu le malheur de lui réserver une chambre dans le 8e... Un affront !

J'ai fait bonne figure devant l'équipe mais j'ai l'impression que ma tête va exploser. J'ai sous le crâne une bombe programmée pour le 30 juin et son tic-tac me donne une migraine insupportable.

Mercredi 15 avril
J – 76

— Mon plan est simple. Si Greg a raison, et nous allons tous nous en convaincre jusqu'au 30 juin, 40 milliards de dollars sont planqués quelque part. Dans un fonds très probablement. Un fonds spéculatif, un hedge fund, suffisamment gros ou au contraire discret pour que 40 milliards ne se remarquent pas. Ce fonds a déjà commencé à utiliser ou va utiliser cet argent pour manipuler un ou plusieurs marchés. Avant la crise, en pleine période d'euphorie, avec 40 milliards, un fonds pouvait obtenir un prêt pour spéculer égal à dix fois la mise, le fameux « effet de levier ». Mais même aujourd'hui, les banques sont encore prêtes à accorder un prêt de quatre fois la somme de départ. Ce fonds dispose donc d'une force de frappe totale de 200 milliards de dollars. Et 200 milliards aujourd'hui, avec les cours de toutes les actions mondiales qui se sont effondrés, cela équivaut à 1 000 milliards de dollars il y a encore deux ans. Pas la peine de vous préciser qu'avec 1 000 milliards de dollars, on peut se payer la terre entière ou presque. Cela veut dire que nous avons en face de nous un ennemi redoutable. Qui a entre les mains une véritable arme de destruction massive et qui peut prendre le contrôle de ce qu'il veut en un rien de temps.

Je marque une pause de quelques secondes. J'observe les réactions. Je ne lis aucune incrédulité sur les visages des membres de l'équipe. Même Sunee est captivée. C'est Latika qui réagit la première :

— Il y a peu de hedge funds aujourd'hui capables d'absorber 40 milliards de dollars sans se faire remarquer.

— C'est vrai. C'est pour cela que, Kid, tu vas me lister l'ensemble des gros hedge funds et contacter tous tes potes pour savoir si un de ces fonds est soudainement devenu beaucoup plus actif. Toi, Latika, tu vas passer tes journées à scanner tous les marchés. Dès que tu remarques une anomalie, un volume particulièrement élevé ou encore une fluctuation étrange, tu nous alertes. Sunee, tu filtreras les informations que te fournira Latika et tu activeras tes anciens réseaux pour savoir si l'anomalie est explicable. Ben, toi, il faut que tu prennes ta valise. Je te veux sur le terrain. Impossible qu'une manip de cette ampleur n'implique pas un État. Tu veux commencer où ?

— J'ai pris un billet pour Téhéran. Je sais qu'ils font figure de coupable évident mais tu parlais d'enlèvement et, dans les enlèvements, dans 80 % des cas, ce sont les proches qui sont coupables. Alors je préfère commencer par le plus évident…

— Sois prudent tout de même.

— Ne t'inquiète pas. J'ai l'image d'un démocrate éclairé et je vais m'enfoncer dans la brèche de la main tendue par Obama aux Iraniens. C'est dans l'air du temps. J'ai plein d'amis dans la presse là-bas. Elle est muselée par le gouvernement mais ils seront contents de me donner des informations. La lutte des clans bat son plein avec l'approche des élections et le pouvoir est aux abois avec la chute du pétrole.

— Parfait. Vous savez tous ce qu'il vous reste à

faire. Vous avez mon numéro de portable. Je suis joignable vingt-quatre heures sur vingt-quatre. Sans être parano, restez sous les radars, ne vous faites pas remarquer. Si on pose des questions sur notre équipe, dites qu'on démarre le fonds avec seulement une dizaine de millions d'euros mais qu'on va procéder à une levée de fonds auprès d'investisseurs. Soyez prudents, faites attention à ce que vous dites.

— Sam, tu ne penses pas que tu pousses un peu le côté film d'espionnage américain ?

— Sunee, on va entrer en eaux très troubles et on ne sait pas qui on en face de nous. Ça peut être la mafia russe ou Al-Qaida.

Sunee éclate de rire.

— Rigole si tu veux. Mais je ne serais pas étonné que nous ayons de mauvaises surprises dans les jours qui viennent. Je préfère être ridicule et prudent qu'avoir à gérer une situation très inconfortable, voire dangereuse. On fonce, mais on assure nos arrières.

Jeudi 16 avril
J – 75

« Info du jour » du *Parisien* : « La hausse des suicides préoccupe la SNCF. Les suicides sur les voies ferrées se multiplient en Île-de-France. » Pas idiot comme idée. Mais ça doit quand même être un peu violent de se retrouver sur les rails et de se prendre un train de face. Le plus sûr, c'est certainement le TGV, en plus un de nos fleurons nationaux. Quitte à mourir, autant mourir avec le must.

Vendredi 17 avril
J – 74

Les banques américaines publient leurs résultats trimestriels. C'est une résurrection pour certaines d'entre elles comme Citigroup. Sans même parler de Goldman qui a vraiment profité de la crise. Elles ont été sauvées avec l'argent des couillons de contribuables et elles se remettent à spéculer et à distribuer des bonus. Du coup le CAC ouvre à la hausse. Les 3 000 ont été repassés allégrement et on s'approche des 3 100. Ce n'est toujours pas l'euphorie mais ce n'est plus la dépression totale.

Je vais faire un tour dans la salle des marchés.

— Latika, rien de spécial ?

— Non, Sam. La hausse se fait dans des volumes raisonnables mais pas délirants. Certaines actions explosent comme la banque Dexia qui rebondit de 15 %. Elle valait 1,1 euro le 9 mars, aujourd'hui elle cote 4,20.

— Tu penses que quelqu'un pourrait tenter quelque chose dessus ?

— Non. Le capital est verrouillé par les gouvernements belge et français depuis le sauvetage. Et elle valait encore 25 euros en mai 2007, alors même à 4 euros, ce n'est pas un rebond spectaculaire.

— Le pétrole ?

— RAS. 52 dollars. Ça ne bouge plus depuis des semaines.

— L'or ?

— 870 dollars. Pareil. C'est calme. Le seul marché qui bouge un peu, c'est le change mais pas dans des volumes anormaux. Non, Sam. J'ai fait tourner tous mes modèles. Tout est parfaitement normal.

— OK. Et toi Kid ? Tu as eu des contacts avec les fonds ?

— Oui. Je ferai un topo tout à l'heure mais en bref il n'y a pas eu de mouvement particulier sur les encours des gros hedge funds récemment. Ils ont plutôt subi beaucoup de retraits du fait de la crise mais aucun n'a fait entrer un montant conséquent. Surtout pas 40 milliards.

— Merde. Il n'y a aucun signe. Et on n'aura pas de nouvelles de Ben aujourd'hui, il est dans l'avion. Ce week-end, vous êtes off. Profitez bien de Paris.

— *Thanks, boss.*

Bizarre tout ça. Très bizarre. Tout est calme sur les marchés. Trop calme. Après la déroute des semaines précédentes, ce parfum d'optimisme m'étonne. Et ce calme relatif, ces volumes anémiques. J'ai l'impression que notre ennemi rôde. Qu'il nous observe. Camouflé. Qu'il nous a repérés sans que nous puissions même l'apercevoir. Je délire, sûrement. Mon portable sonne.

— Salut Sam, c'est Sunee. Quoi de neuf ?

— Ben est dans l'avion. Kid n'a pas fini de faire le tour des fonds et Latika n'a rien remarqué de particulier sur les marchés.

— Normal. Ils vont attendre que les volumes soient plus étoffés avant de tenter quoi que ce soit. Aujourd'hui, avec 20 milliards tu te fais repérer à cent kilomètres, alors avec 200 tu imagines !

— Ils n'en ont que 40.

— Tu oublies l'effet de levier. Avec l'effet de levier, ils ont près de 200 milliards

— C'est vrai. J'avais oublié. Mais qu'est-ce que tu penses qu'ils veulent faire ? Se payer les plus belles boîtes de la Bourse dans tous les grands pays avec les valorisations à la casse ?

— Non. Ce serait trop simple. Et pourquoi monter une telle machine de guerre pour prendre le contrôle de quelques grands groupes ? Le fait d'être actionnaire principal ou majoritaire de ces mastodontes fragilisés ne changera pas la face du monde. Greg parlait d'un vrai danger. D'une attaque massive. Pas d'un coup de spéculation ou d'un coup de Bourse. Si j'étais eux, je ferais un ou deux petits coups pour faire diversion et en profiter pour gagner plus d'argent, avoir plus de munitions et je lancerais ensuite ma grande offensive.

— Si tu dis vrai, il faut à tout prix qu'on ne les loupe pas quand ils feront leurs petits coups. C'est notre seule chance de les identifier avant qu'il ne soit trop tard. Dans quelques jours, les Anglais rentrent de leurs vacances de Pâques, la City va tourner à nouveau. Ils vont devoir sortir du bois.

— T'inquiète, s'ils existent, on les coincera. Tu fais quoi ce week-end ? On reste à Paris, il pleut en Corse, mon mari travaille sur un gros projet pour sa boîte et les gosses ont des compètes de tennis. Tu veux venir dîner à la maison avec Rebecca ?

— Non. Rebecca préfère qu'on ne se voie plus pendant quelques semaines. Elle est repartie à New York pour s'occuper de la Fondation. C'est un peu la panique là-bas. Ils avaient prévu de faire des miracles avec cette manne. Il faut annuler tous les projets.

— Ou les mettre en stand-by si on retrouve l'argent.

— Si on retrouve l'argent, Sunee, comme tu dis.

— Pourquoi… tu doutes ?

— Non. Mais ce n'est pas gagné. Je me dis quand même qu'on a l'habitude des combats perdus d'avance. On est des *fighters*, non, petite sœur ?

— Oui, Sam, on est des *natural born fighters*. Bon, viens dîner quand même, ça te détendra.

— Non. Je te remercie. Je suis occupé.

— Déjà ! Tu as remplacé Rebecca !

— Ne dis pas de conneries. Non, je vais réfléchir.

— Réfléchir, réfléchir. Tu ne fais que ça et ça ne te mène à rien. Bon, si tu changes d'avis, débarque sans prévenir. La porte t'est ouverte, espèce d'ours.

— Salut, la Chinetoque.

— Salut, le Rital.

Samedi 18 avril
J – 73

C'est vraiment délirant. Je crois que je n'ai jamais aussi bien dormi que depuis que j'ai décidé de « partir ». J'ai même tenté l'expérience incroyable, tenez-vous bien, de ne pas prendre mon demi-Lexomil avant de dormir. Cela ne m'est pas arrivé depuis vingt ans au moins. Bingo. J'ai dormi huit heures en me réveillant juste une fois à 3 h 17 (j'ai regardé mon radio-réveil) pour aller pisser. Plus de Lexo ! Quelle libération. J'ouvre les stores électriques de la chambre. Merde, il fait gris. Pas de pluie heureusement. Rien de plus pénible que la pluie. Pour la moto. Et pour le moral. Mais je crois qu'en ce moment même un temps immonde de Toussaint ne m'atteindrait pas.

Je ne sais pas ce que je vais foutre aujourd'hui. J'aurais bien loué des gosses pour les derniers jours de ma vie. Juste histoire de voir ce que c'est que d'être père. Un jour comme celui-ci, ce doit être sympa de se réveiller avec eux. Prendre le petit déj ensemble. Aller bouffer à L'Entrecôte de la porte Maillot. Il paraît que les gosses adorent la sauce et les frites là-bas. En plus, on mange en une demi-heure et j'ai remarqué que les mômes de tous âges ont une capacité de résistance maximale de trente-six minutes à table, même à quinze ans. Ensuite, direction le Jardin d'Acclimation. Puis un petit ciné en fin d'après-midi, un bon vieux film d'action. Et retour à la maison, pour un dîner pizzas commandées avant qu'ils ne se replongent dans leurs ordis avec leur MSN, et Facebook. Hé oui, je suis bien renseigné. Mais je n'ai pas de gosses, mes neveux et nièces sont adultes et j'aurais du mal à les convaincre de se goinfrer avec moi de barbe à papa et de churros au Jardin d'Acclimatation. Les gosses, ça ne se loue pas, et personne ne voudrait de moi comme baby-sitter. On me prendrait pour un pervers ou un pédophile.

Je vais me faire mes quatre tours du lac du bois de Boulogne. Malgré la déroute des dernières semaines, je n'ai pas lâché le sport, mon antidépresseur. Et j'ai vraiment envie d'être svelte et baraqué quand ils me foutront à poil pour me nettoyer avant de me mettre dans la boîte pour m'enterrer.

Rebecca m'a lâché et il me reste peu de temps. Je n'ai pas envie d'attendre qu'elle revienne. Si elle se réveille dans un mois, j'aurai perdu un mois sans femmes. Et ça, ce n'est pas possible quand on n'a plus que quelques semaines à vivre et qu'en plus on est en pleine forme physique… Je vais inviter une nana à passer l'après-midi avec moi et plus si affinités (ce qu'elle est lourde, cette expression, je la déteste).

Rien dans la presse du week-end sur les marchés. Les journaux anglo-saxons commentent abondamment des résultats trimestriels plutôt meilleurs qu'attendus pour les banques américaines. À noter quand même, la une de *BusinessWeek* : « À quoi servent les économistes ? » Avec une réponse en filigrane… À rien. À dire que tout va aller mal quand tout va mal, et que tout va aller bien quand tout va bien. La plupart ont quand même un toupet incroyable. Ils continuent à parader dans les médias sur la crise alors qu'ils viennent de se planter lamentablement pendant les deux dernières années. Et ils continuent de nous expliquer la vie et l'avenir du monde. Putain, mais quel culot ! Ils sortent tous leurs bouquins sur la crise après la crise. On aurait aimé les lire avant, leurs bouquins… En attendant, ce sont les seuls à garder leurs emplois, à être encore payés pour intervenir dans des conférences et à polluer les plateaux de télé.

Ça m'énerve. Tout m'énerve. Aucun signe dans la presse, rien nulle part. Ce pognon s'est volatilisé. Je balance la pile des journaux à l'autre bout de la pièce. Et je laisse tomber l'idée de voir une nana aujourd'hui. Je vais me faire quelques DVD. Et bouquiner un peu. *Tomorrow will be another day.*

Dimanche 19 avril
J – 72

Je dois être parano. À force d'avoir alerté l'équipe contre les dangers possibles, j'en vois partout. Mais j'ai déjà remarqué cette bagnole hier. Je suis sûr qu'elle me suivait quand je me suis baladé en Harley en fin de journée. Et là, elle est en bas de chez moi. Voiture de merde en plus, typique loubard du 95. Genre Opel avec un tuning cheap. Le problème, c'est que les vitres sont teintées et que je ne vois pas s'il y a quelqu'un à l'intérieur.

Je laisse la moto, qui est garée devant l'immeuble. Je passe au kiosque de l'avenue d'Eylau, le seul du Troca ouvert le dimanche. *Le Journal du Dimanche*, qui paraît maintenant aussi le samedi… quel bordel, et *Le Parisien*. Les seuls canards qu'on trouve le dimanche à part *L'Équipe*… Il fait déjà chaud mais je trouve de la place à la terrasse de Carette. Il faut dire que Paris est désert. C'est le week-end charnière entre les deux semaines des vacances de Pâques. La France est tellement en crise qu'elle a décidé de partir en vacances.

La voiture ne m'a pas suivi et je ne remarque aucun mec suspect. Je me fais des films. Double espresso. Quart d'eau minérale. Et deux croissants. Un petit écart mais je vais encore courir une heure, voire une heure et demie, j'éliminerai tout.

Les serveuses sont toujours aussi sympa. Je me sens chez moi ici. Elles viennent toutes me dire bonjour. Mon tueur est invisible. Peut-être qu'il s'est posté sur le toit d'un immeuble avec un fusil à lunette pour m'abattre. Il me rendrait service. Voilà ! Ça, c'est une bonne idée. Je paie un mec pour mettre un contrat sur ma propre tête ! Une vraie mort de cinéma. Je crois d'ailleurs que j'ai vu cela dans un film où à la fin le héros ne veut plus mourir mais n'arrive plus à reprendre contact avec son futur assassin… et je ne me rappelle plus comment ça se termine. Il faut que je retrouve le titre et que je l'achète. Petit déj relax. Retour à la maison. J'entre dans le hall. Désert. Je mets la clé dans la porte de l'escalier… C'est sûr maintenant, il y a quelqu'un… Je fais quoi ? Je cours ? Mais où ? Je suis coincé entre la porte cochère de l'immeuble et la porte de l'escalier. *Fuck*. Où est ce con ? J'espère que les trois heures de cours de combat hebdomadaires que je prends depuis deux ans vont me servir. Je serre les poings. À trois, je me retourne. Un, deux, trois…

— Max !

— Patron.

— Putain, espèce de connard ! Tu m'as foutu une trouille de merde.

— Désolé, patron. Je voulais juste te parler. J'attendais que tu sois seul.

— Tu sais qu'on a inventé un nouveau truc qui s'appelle le téléphone et qui permet de se parler sans provoquer de crises cardiaques.

— Je sais, patron, mais j'hésite depuis hier à te parler.

— La poubelle aux vitres teintées, c'est la tienne ?

— Une poubelle ? Tu rigoles, patron ! C'est un monstre de compétition.

— … comme cendrier sûrement.

— Pot d'échappement dernier cri, sièges Recaro, jantes seize pouces…

— Bon, bon, tu es venu faire exploser mon vieux cœur malade pour me parler de ta caisse alors que je n'ai pas eu de tes nouvelles depuis plus de dix ans ?

— Patron, ce sont mes meilleurs souvenirs. Bosser avec toi c'était génial.

— C'est vrai que c'était une aventure marrante. Bon, on parlera du bon vieux temps après. Monte chez moi. Tu vas m'expliquer tout ça.

Max n'a pas changé. Aussi black qu'avant, même un peu plus (on peut devenir plus black en vieillissant ?). Un mètre quatre-vingt-dix. Je n'ose même pas imaginer combien il pèse mais quand il boxait, c'était un vrai poids-lourd. Un petit air de Mike Tyson avec un rire à la Whoopi Goldberg. Il a bossé trois ans comme videur quand j'avais ma boîte de nuit… Je l'avais oubliée, celle-là. En pur crétin de golden boy, j'avais voulu me payer ma boîte. Et en pur mégalo, j'avais choisi une des plus grosses de Paris…

Samedi 8 juin 1998

« Toi, oui… Toi, non. Je te l'ai déjà dit il y a un quart d'heure. Tu ne peux pas rentrer. Pourquoi ? Parce que c'est comme ça. Viens ma jolie, passe. Messieurs, s'il vous plaît, laissez entrer cette magnifique jeune fille. Mais oui, ta copine et tes deux copains peuvent venir. Max, s'il te plaît, pousse-moi tout ce joli monde. On n'arrive plus à respirer et il est à peine minuit. Max, remets ton oreillette et reste en contact radio avec Alicia à l'accueil. Dis-lui de nous avertir quand ça circule là-haut et qu'on peut laisser entrer. Max, ce bordel de l'Alma aux Champs-Élysées, c'est à cause de nous ?... Putain, mais c'est incroyable ! »

L'avenue George-V est bouchée. Complètement bouchée. Les voitures sont à l'arrêt. Les klaxons retentissent en vain. « Vous pouvez toujours klaxonner, les mecs, nous contrôlons l'avenue George-V. » Moi, Sam Ventura, je suis devenu un des rois de la nuit parisienne. Quand un ami d'enfance m'a contacté pour savoir si cela m'intéressait de reprendre un énorme restaurant avec lui et de le transformer en restau boîte à la mode, je n'ai pas hésité une seconde. Toutes les alarmes auraient dû retentir. Elles ont dû d'ailleurs retentir. Mais j'ai coupé le son. Je voulais prendre ma revanche avant mes quarante ans. Ma revanche contre tous ces videurs de boîte à la con qui ont ruiné mon passage de l'adolescence à l'âge adulte. Je crois que je détiens le record à Paris du nombre de fois où je me suis fait jeter de boîtes de nuit entre dix-huit et vingt et un ans. L'Élysée Matignon, le Privé, le 78... toutes... Je restais dans le froid pendant des heures à faire la queue des losers qui gigotent pour se faire remarquer des videurs qui les ignorent et ont les yeux fixés sur la file VIP où passent tous ces connards de fils à papa. « Salut, Jean-Luc, on est quinze, ça va ?... – Bises au videur (Jean-Luc)... – — Bien sûr, on t'attendait, éclatez-vous bien... — Et moi ? On est juste deux avec mon pote. — Deux ? Désolé on est complet... » Complet, mais, enfoiré, ça entre par douzaines à côté...

J'ai tout essayé.

Le look propre sur moi (le mien)... un bide. Le look nuit... un désastre. Le look mec qui n'en a rien à foutre de rien... un massacre.

D'appeler le videur par son prénom. Mais quand c'était moi qui le prononçais, le son ne parvenait pas à ses oreilles.

Le petit billet placé discrètement dans la main mais je ne devais pas avoir la bonne devise ou pas le bon montant. Le type me donnait l'impression d'être offensé alors qu'il passait sa soirée à se faire arroser par la file VIP.

Et bien sûr j'ai tenté d'entrer au bras d'une jolie fille. Et je vous assure que ce n'était pas facile d'en trouver une… J'ai vite arrêté. Le type à l'entrée de la boîte m'a juste dit : « Ta copine peut entrer, toi, tu restes dehors. » Je crois que c'est ce jour-là que je me suis juré de ne plus jamais entrer dans une boîte autrement que par la file VIP et qu'un jour j'aurais ma propre boîte, et qu'un soir, un soir seulement car c'est dur, je serais aussi con que ces mecs qui sont les vedettes d'une nuit et qui doivent demander de l'aide à un copain pour se rappeler leur propre nom de famille.

J'ai eu accès à vingt et un ans aux files VIP grâce à la fille d'un producteur branché qui me trouvait mignon pour un intello (sa définition de l'intello, c'était un mec à lunettes qui avait passé le bac sans redoubler et qui continuait ses études après). Je descendais tous les soirs d'HEC où je faisais mes études. Une heure de bagnole en 4L, que je prenais soin de planquer loin. Et j'étais le roi de Paris. Une fois introduit, le monde se transforme. Tous les Jean-Luc de la place deviennent vos amis. Un petit billet et on vous donne la meilleure table à l'intérieur. Et comme vous avez la table, vous avez les filles. Dès que j'ai compris le truc, ça a été un peu comme dans un numéro de magie. Ça m'a amusé quelque temps et puis ça m'a lassé.

Et voilà que l'occasion de devenir financier-patron de boîte se présentait.

Il fallait mettre de l'argent. J'en avais. J'avais largement rebondi après ma première faillite de 1994. En 1997, j'étais à nouveau un maître du monde.

Le projet s'est révélé titanesque.

Un resto de quatre cents couverts sur deux étages avec une rotonde magnifique donnant sur les Champs-Élysées. Et, à partir de minuit, coup de baguette magique. Les couverts et la nourriture disparaissent et le restau se transforme en boîte. Et quelle boîte ! Une des quatre à cinq boîtes du moment !

Une ambiance délirante. Toutes les filles sur les tables. Et le samedi, nous bloquions Paris !

Max était notre Jean-Luc à nous. Boxeur dans la journée. Chef videur la nuit pour nous. Un tueur. Exactement ce qu'il fallait pour contenir les mille personnes qui entraient tous les samedis soir et repousser les deux mille qui se voyaient refuser l'accès. Tous les mini Sam Ventura de Paris et de banlieue jetés…

Je passais mes journées de 7 heures du matin à 7 heures du soir en salle des marchés. Je rentrais dormir quatre à cinq heures chez moi et je débarquais à la boîte vers 11 heures. J'essayais de partir vers 2 heures pendant la semaine pour dormir quelques heures avant de réattaquer le lendemain matin. Le week-end, *no limit*. Je restais jusqu'à la fermeture. 5 à 6 heures du matin…

« Max, Max. » Il m'entendait à peine entre l'oreillette et les cris de ceux qui tentaient d'attirer son attention pour entrer…

Un souvenir génial.

Je souris.

— Tu penses à quoi, patron ? a fait Max.

— Je me rappelais les samedis soir où on bloquait l'avenue George-V.

— Ouais, c'était vraiment top.

— Bon. Raconte.

— Quand tu as vendu la boîte, je suis parti. Je n'avais pas envie de bosser pour la nouvelle équipe.

J'étais d'ailleurs franchement un peu vexé que tu ne me rappelles plus, même pas une fois, pour savoir ce que je devenais.

— Je te retourne le compliment…

— Patron, t'étais inaccessible. La star de la finance. Heureusement que je te voyais à la télé. Bon. Passons. Je ne t'en veux plus. J'ai continué à boxer un ou deux ans puis j'ai arrêté aussi. Et je suis rentré dans une boîte de sécurité rapprochée pour VIP.

— Garde du corps pour stars ?

— Oui. J'y suis toujours. Ça paie super bien. Je passais mes journées et surtout les nuits à protéger les acteurs américains ou les top models de passage à Paris. Il y a deux ans, j'ai été promu. On m'a fait entrer dans l'équipe « opérations spéciales ».

— Opérations spéciales ! Ce sont les tueurs à gages ?

— Mais non. Il s'agit de la protection d'hommes d'affaires étrangers, russes, chinois, Golfe, Sud-Am…

— Des mafieux quoi. Et ces mecs-là ont leurs propres gardes du corps, j'imagine ?

— Oui. Ils ont tous leur garde rapprochée mais ils prennent toujours dans chaque ville une équipe locale qui connaît bien les lieux.

— Des guides touristiques avec des flingues ?

— Pas vraiment. Des gens qui connaissent les petits chemins, les rues détournées pour pouvoir se tirer en cas de coup dur.

— Ah, je vois !

— Voilà. Autant te dire que ça rapporte une fortune mais que je n'ai plus ni de jours ni de nuits et que les mecs sont nettement moins bandants que les top models que j'accompagnais…

— J'imagine. Tu t'es pris quelques coups de feu ?

— Obligatoire. Mais rien de grave. C'est plutôt calme à Paris.

— Bien. Et en quoi tout cela me concerne ?

— Depuis quelques jours, je suis en charge de la sécurité de trois Amerloques. Genre Texans. Des caricatures. Il leur manque juste le chapeau. Ils ont des bureaux dans un immeuble rue de La Boétie. C'est un immeuble banal. Ils ont trois étages. Les trois derniers. Un vrai coffre-fort. Impossible d'entrer là-dedans. Et aucune plaque. Pas un nom de société. Rien.

— C'est amusant. La CIA avait un immeuble rue de La Boétie il y a bien longtemps.

— J'étais en voiture avec eux il y a trois jours. Ils parlaient doucement, ce qui leur arrive rarement. Et j'ai très clairement entendu qu'ils prononçaient ton nom avec le *F word* devant, le mot *fuck*.

— Bizarre.

— Oui. Très bizarre. J'ai préféré te prévenir. Surtout qu'ils ne se baladent jamais sans deux flingues chacun…

— Tu me rassures. Ils sont encore à Paris ?

— Oui. Je les ai sur mon planning encore dix jours minimum. Je vais tendre l'oreille et je te tiens au courant.

— Merci, Max. J'apprécie.

— *Anytime*, patron. Tu sais que si tu t'es mis dans le pétrin, je suis là pour toi.

— Je sais.

Il m'a salué d'une accolade qui se voulait amicale mais qui m'a projeté trois mètres en avant. Il n'avait rien perdu de sa puissance… L'affaire devenait complexe. Et dangereuse. Ce qui ne m'étonnait pas.

Lundi 20 avril
J – 71

Rick entre en trombe dans mon bureau.

— Sam, tout le monde est en ligne pour une conf call. Ben vient de nous rejoindre de Téhéran. On n'attend plus que toi.

— OK, je me connecte… Bonjour à tous. Ben, quel temps à Téhéran ?

— Pas un nuage, ciel bleu, vingt-sept degrés. Un vrai paradis… enfin presque. Bon, voici les infos. Oublions l'Iran. À part pour bronzer, et je n'aime pas bronzer, je perds mon temps ici. Ahmadinejad est dans une merde noire. Il est dos au mur. Les religieux l'ont laissé faire tant que le prix de pétrole montait. Il a arrosé la population avec des aides sociales. Aujourd'hui, avec l'écroulement du prix du brut, c'est la débâcle. Les prix des produits alimentaires flambent, l'hyperinflation est partout, le chômage explose. Ses jours sont comptés. Il essaie encore de faire diversion. Il s'est invité à Durban 2, cette pseudo-conférence sur le racisme qui démarre à Genève sous l'égide des Nations unies. Vous vous rappelez que Durban 1 s'était terminé par un scandale avec la déclaration qualifiant Israël d'État raciste et la diffusion de tracts qui regrettaient la défaite d'Hitler. Il veut remettre le bordel cette année alors que les Américains ont déjà décidé de boycotter la conférence et que les Européens sont divisés.

— Ben, Sam en ligne. Justement, comme il est affaibli, tu ne penses pas qu'il prépare un coup ?

— J'ai parlé à tous les journalistes proches du pouvoir ici. Ils me disent qu'Ahmad c'est déjà du passé et que le pouvoir religieux veut un gouvernement qui accepte la main tendue d'Obama. Une trêve de quelques années pour reconstruire le pays économiquement et éviter une explosion sociale. Crois-moi, Sam, l'Iran ne bougera pas. Surtout en ce moment. Je vais encore traîner ici un jour ou deux et je repars.

— Latika en ligne, tu vas où maintenant ?

— J'ai envie de faire un tour en Asie. S'il y a de l'argent planqué quelque part et noyé dans une place financière un peu opaque, Hong Kong me semble être un bon candidat.

— Tu penses aux Triades ? intervient Rick.

— Non. Ce n'est pas dans leurs méthodes. Je ne pense à personne en particulier. Mais Hong Kong est une plaque tournante de l'argent louche. Surtout depuis qu'avec la crise, la Suisse, le Luxembourg et les autres paradis fiscaux sont sous pression à cause de la colère des Européens et des Américains. Je serai en conf call avec vous mercredi de là-bas. Et de votre côté, quelles pistes ?

— Rick *speaking*. J'ai sorti toutes les listes des hedge funds les plus importants. Rien à signaler. Aucun fonds n'a fait entrer de montant spectaculaire. Au contraire. Il s'est passé un truc assez étonnant depuis quelques semaines : toutes les grosses fortunes européennes, ou presque, investies dans ces fonds spéculatifs ont retiré leur argent. On parle quand même de 500 milliards de dollars qui se sont tirés. C'est donc plutôt la panique un peu partout. À part une vingtaine de fonds qui s'en sortent bien. Très bien, même.

— Justement. Ces fonds-là, ils n'ont pas reçu de gros montants dernièrement ?

— Non. Rien, Sam.

— Et certains n'auraient pas augmenté la taille de leurs interventions sur les marchés ? Hello tout le monde, c'est Sunee.

— Hello Sunee, bien vu. J'ai déjà checké ça avec mes amis directement sur les marchés. Rien. Pas de hausse des volumes. Nulle part. Mais Latika a peut-être repéré quelque chose.

— Oui. Deux infos. La première, piste en apparence absurde mais troublante tout de même : Goldman Sachs qui, après la faillite de Lehman, l'absorption de Bear Stearns par JP Morgan, celle de Merrill Lynch par Bank of America, et les difficultés de Morgan Stanley, est la seule et dernière banque d'affaires debout et en pleine forme. Elle vient de publier ses trimestriels. Ils bénéficient d'un quasi-monopole sur les marchés et ont annoncé près de 2 milliards de dollars de profit. En pleine crise ! Ils vont même rembourser par anticipation l'aide gouvernementale de 10 milliards de dollars pour pouvoir continuer à se payer des bonus et des salaires énormes. Je vous rappelle que Lloyd Blankfein, le patron de Goldman Sachs, s'était pris 58 millions de dollars de rémunération pour l'année 2007.

— Et alors ? Normal que Goldman gagne de l'argent. Tu viens de le dire : ils ont éliminé toute la concurrence.

— Oui, Sam, tu as raison. Mais écoute ça : leur réserve de cash est soudainement passée de 114 milliards de dollars en fin d'année à 154 milliards de dollars à la fin mars. Soit une hausse de 40 milliards de dollars en trois mois, sans explication.

— Bingo !

— Non, Rick, pas bingo du tout. Latika, oublie Goldman. Cette piste ne mène nulle part. Chez Goldman, ils sont bien trop malins pour se commettre avec une personne extérieure à leur cercle. Ils peuvent gagner des fortunes sans prendre de risques et ils sont trop proches de l'administration pour faire un pas de travers.

— C'est Sunee. Je suis d'accord avec Sam. Oubliez ça. C'est une mauvaise piste. Et Rick, évite de t'exciter chaque fois qu'on a un début d'idée… Latika, quelle est l'autre piste ?

— Celle-là va vous plaire, je pense. Ce week-end, le patron du fonds souverain chinois, Chine Investment Corp, Lou Ji-wei, a fait une déclaration fracassante. Il s'est d'abord foutu de la gueule des Européens. Il a dit qu'en 2008, les Européens avaient émis des doutes sur la transparence et l'éthique des fonds chinois, et qu'en conséquence il n'avait fait aucun investissement sur le Vieux Continent. Il remercie donc les Européens de lui avoir évité de perdre de l'argent…

— *Fucking asshole*…

— Comme tu dis, Sunee. Mais ce n'est pas fini. Il a poursuivi en disant que, maintenant, il allait investir en Europe car les pays européens sont soudainement moins regardants et plus conciliants.

— Tu parles. On s'est couchés comme des merdes. On a quasiment l'interdiction de parler du Tibet, on se fout du dalaï-lama et on ferme les yeux sur les droits de l'homme et les milliers d'exécutions annuelles.

— C'est ce qu'on appelle la Real Politik, Kid. Tu es trop jeune pour connaître ça. De tout temps, les gouvernements se sont couchés devant les dictatures quand il s'agissait de business…

La voix de Ben nous parvient, lointaine mais claire. Je reprends la parole.

— En quoi cela concerne-t-il notre affaire, Latika ?

— Je pense qu'il faut suivre leurs investissements dans les jours qui viennent. Ils bluffent. Les Chinois sont dans une situation économique catastrophique bien qu'ils continuent à dissimuler la vérité et qu'on continue à les croire. Avec les plans de relance nécessaires à calmer les dizaines de millions de chômeurs et la chute phénoménale de leurs exportations, leurs réserves de change s'évaporent à vitesse grand V.

— Et dans ce contexte, 40 milliards de dollars avec l'effet de levier seraient les bienvenus. Ça leur permettrait de continuer à faire illusion, éventuellement de faire main basse sur quelques entreprises stratégiques en attendant que leur situation économique s'améliore.

— Absolument, Sam. Ils sont en train de négocier des accords de partenariat avec tous les pays producteurs de matières premières et de pétrole pour s'assurer leurs approvisionnements en énergie. Ils viennent de signer avec le Kazakhstan, le Brésil, la Russie et le Venezuela. Si on s'aperçoit qu'ils n'ont plus de fric, personne ne signera avec eux. Il faut qu'ils continuent à faire croire qu'ils sont la première puissance mondiale de l'avenir et que la reprise repose sur eux.

— Pas bête. Ben, tu en penses quoi ?

— Ça tient la route. Je creuserai le sujet quand je serai à Hong Kong. Je vais tenter de rentrer en contact avec les gens de CIC. Ils ont un bureau là-bas même si leur siège est à Pékin, à proximité du gouvernement. À Hong Kong, les langues se délient plus facilement. Et notre espionne asiatique, qu'est-ce qu'elle en pense ?

— Je suppose que tu parles de moi ? – Sunee faisait preuve d'une partialité absolue : la même blague sortie par Rick aurait provoqué sa fureur, mais elle avait un profond respect pour Ben et elle se mit donc à rire. – Je pense que les Chinois sont capables de tout pour le *face saving*. Sauver la face, en Chine, c'est la clé. Même quand tu es ruiné, tu fais croire que tu es riche. Et ils auraient très bien pu se servir de cette ordure de Bernoff.

— OK. On suit cette piste. Ben, tiens-nous au courant quand tu arrives à Hong Kong. Sunee, essaie de contacter tes amis qui travaillent dans les banques centrales sur le marché des changes. Ils auront peut-être des infos précieuses à te donner. Ici, on continue à avancer. *Bye everybody*. Ah, une dernière chose : soyez vraiment prudents. Discrets. Ne vous faites pas repérer. J'ai de bonnes raisons de croire qu'on ne passera pas inaperçus très longtemps…

J'essayais de les prévenir sans les inquiéter. Je ne voulais pas encore leur rapporter ma conversation avec Max. Pas avant qu'il m'ait donné des informations plus précises. Je le trouvais d'ailleurs un peu lent, sur ce coup-là : or ce n'était pas le genre de Max, de lambiner. Pas bon signe, tout ça.

Mardi 21 avril
J – 70

Soixante-dix jours à vivre.

Soixante-dix jours de printemps.

Quel bonheur !

Je ne verrai pas l'hiver. Je hais le froid. La nuit.

Je ne verrai pas l'automne. Je hais la période de la rentrée scolaire. Et les jours qui sont de plus en plus courts.

Je ne verrai que quelques jours de l'été. J'ai toujours aimé l'été même si, quand on y arrive, ça veut dire que le printemps est terminé et que l'automne approche…

Il fait un temps magnifique.

Douze degrés à 7 heures du matin.

Le Troca est vide. Je m'arrête quelques minutes sur l'esplanade, face à la tour Eiffel. Le Champ-de-Mars s'étend devant mes yeux. Quelle ville incroyable ! Dommage que nous autres, Parisiens, l'ayons transformée en enfer.

Tout ce que je lis sur le suicide ne m'inspire guère. La pendaison me dégoûte et je ne sais pas comment m'y prendre. La noyade m'angoisse… j'ai peur du froid… Une arme à feu, ça ne me dit rien. Il reste toujours la défenestration. Comme Mike Brant. Pourquoi pas.

Paris se réveille. Doucement. Une langueur estivale. J'adore.

J'ai l'impression de redécouvrir chaque petit plaisir de la vie depuis que j'ai décidé d'en finir.

La Bourse a pris une claque hier.

Moins 4 %.

Normal.

Cela fait six semaines qu'elle rebondit. Elle a besoin de souffler un peu. Je pense qu'elle va continuer à rebondir jusqu'à l'été.

J'ai d'ailleurs demandé à Latika et à Kid de sortir un tableau sur les valeurs du CAC 40 et leur évolution depuis quelques semaines par rapport à leurs plus bas et leurs plus hauts. On y trouvera peut-être un élément susceptible de retenir notre attention.

Mais je ne suis pas tranquille. On avance trop doucement. On a peu de temps. L'argent circule vite. Trop vite. Et on ne voit rien passer.

La piste chinoise est crédible. Mais que viendraient faire les Américains de Max là-dedans ? Et pourquoi les Chinois auraient-ils eu besoin de Bernoff ? Ils avaient d'autres moyens de gagner rapidement de l'argent. Tout ça me semble trop simple et trop compliqué à la fois.

J'espère que Ben va nous éclairer.

Merde… mon portable. Je n'ai pas entendu la sonnerie.

— Oui ?

— Sam, c'est Latika. Tu es loin du bureau ?

— Non. J'arrive. Il y a un problème ?

— Il s'est passé un truc intéressant hier sur Wall Street. J'aimerais que tu voies ça.

— J'arrive…

Rick et Latika avaient les yeux rivés sur un écran. Bouche bée.

— Vous avez vu le diable ? Vous avez l'air pétrifiés.

— Presque. Latika a fait tourner son logiciel. Je te passe les détails. Ça fait une heure qu'elle essaie de m'expliquer mais je ne comprends pas un mot de son jargon technique. On dirait de l'hindi… Bon, je te résume… Il y a une manip sur le cours de Bank of America. Une manip qui a commencé hier. Latika, balance.

— Bon. Tous mes signaux sont au rouge. Hier, il y a eu des volumes trois fois plus importants que d'habitude sur Bank of America…

Je l'interromps :

— Normal, non ? C'est la publication des résultats trimestriels ! Ils étaient très attendus… Surtout ceux-là !

— Tu as raison, je me suis mal expliquée, j'ai voulu faire simple. J'ai pondéré par le facteur « publication de résultats » et par le facteur « crise » et, malgré cela, le volume est trois fois plus élevé qu'à la normale. Mais le plus intéressant, c'est que les analystes attendaient un profit de 1 milliard de dollars et que Bank of America a publié un profit de 4 milliards de dollars !

— Avec beaucoup de profits exceptionnels ?

— Oui. Il y a beaucoup de facteurs exceptionnels dans le profit, liés à des revalorisations de portefeuilles et de cessions, des facteurs non récurrents mais, tout de même, cela devrait être considéré comme une bonne nouvelle, répond Rick.

— Et qu'a fait le cours ?

— Tiens-toi bien, Sam : chute de 22 %, et tout ça

dans la dernière heure de trading avec des volumes gigantesques. Des gros profits et une chute du cours !

— Rappelle-moi un peu où en est Bank of America, Rick.

— Bank of America a plutôt bien passé la crise des subprimes mais le gouvernement américain lui a tordu le bras le week-end de la faillite de Lehman pour qu'elle reprenne Merrill Lynch, la banque d'affaires, à un prix relativement élevé. C'était en septembre 2008. Depuis, c'est la débandade. Merrill est plombé et Bank of America a dû encaisser des dizaines de milliards de pertes. Les patrons de BOA sont furieux. Ils ont viré tout le management de Merrill et ils essaient de redresser la barre.

— Redonne-moi la composition du capital, le gouvernement est-il entré dedans ?

— Le gouvernement a prêté 45 milliards de dollars à BOA mais n'a pas pris de capital. C'est là que ça devient intéressant. L'ex-première banque américaine Citigroup est détenue à 36 % par le gouvernement ; Bank of America, elle, a un capital complètement ouvert…

— Ce qui veut dire que quelqu'un pourrait facilement mettre la main dessus ?

— Exact. Et du coup contrôler une des trois premières banques américaines avec des centaines de succursales dans le pays, sans parler des centaines de bureaux de représentation de Merrill Lynch. Il y a une agence BOA ou Merrill Lynch à tous les coins de rue aux US.

— Je vous suis mais, dans ce cas, si quelqu'un essaie de mettre la main sur le capital, le cours devrait monter. Pas baisser !

— Latika, explique au boss…

Rick est tout sourire.

— Ce que montre le logiciel, c'est qu'un gros vendeur a fait paniquer le marché, provoquant des ventes et entraînant tous les vendeurs. Du coup, le cours s'est effondré… La banque valorise 50 milliards de dollars seulement, c'était le prix payé pour Merrill en septembre, et Bank of America valait 250 milliards de dollars il y a un an.

— Une minute… Donc, si je vous suis bien, un malin manipule le marché, vend à découvert le titre en sachant qu'il y a beaucoup de mains faibles, des acteurs qui avaient acheté sans conviction et ont cédé à la trouille, et dans ce cas… ils vont…

— … racheter aujourd'hui ! répondent en chœur Rick et Latika.

— Et comment sait-on que c'est peut-être notre ennemi mystérieux ?

— Tu connais le Kid. J'ai fait le tour des gros fonds et des gros spéculateurs. Tout le monde s'est fait baiser. Personne ne sait d'où viennent les ordres. Ils sont passés par des petits courtiers qui d'habitude font de tout petits volumes. Et la plupart des ordres venaient…

— Laisse-moi deviner… d'Asie ?

— Exact. Notre ami veut se faire la Bank of America. Et s'il contrôle la Bank of America, il contrôle un des principaux circuits de l'argent dans les ménages et les entreprises américaines.

Leur raisonnement se tenait. J'avais besoin d'avoir l'avis de Sunee.

— Sunee, je laisse Latika t'expliquer. Tu es sur haut-parleur.

Latika et Rick ont recommencé leur démonstration. Silence du côté de Sunee.

— Sunee, tu as entendu ?

— Oui, Sam. J'ai entendu. Je réfléchis. Ça sent le bluff. Et la manip dans la manip.

— Que veux-tu dire ?

— Je pense qu'ils savent ou qu'ils ont peur que quelqu'un cherche à les identifier. Alors ils montent un coup assez évident, avec des grosses ficelles. Désolée, les jeunes, mais même un débutant ne ferait pas ça. Trop facile à détecter… Et ils attendent de voir si quelqu'un réagit. De toute façon, aucune chance qu'ils achètent Bank of America. La Banque centrale américaine ne laissera jamais faire. Et je vais vous dire un truc : du coup, je ne crois pas que cela vienne d'Asie. Ils veulent nous faire croire que cela vient d'Asie. Si tu montes un coup comme celui-ci, tu ne prends pas des petits courtiers mais des gros courtiers, et si tu es asiatique, tu prends au contraire des courtiers à Londres ou à New York, pas en Asie. Et c'est une Asiatique qui vous parle…

Patatras. Sunee venait de démonter avec un talent impressionnant la belle théorie de Rick et Latika. Il y a eu un grand silence. J'ai repris la parole :

— Donc, c'est un leurre.

— Pas tout à fait, Sam. Ils ont déjà piqué 40 milliards de dollars, et sur un coup comme celui-ci, ils vont pouvoir gagner 5 à 10 milliards en deux jours. Ça fait quand même du 25 % de profit en quarante-huit heures, pas mal ! Ils vont tout de suite voir s'ils sont surveillés et par qui.

— Tu conseilles donc de… ?

— Surtout ne rien faire. Ne pas alerter la SEC, l'autorité des marchés financiers aux États-Unis, ne parler à personne de ce qu'on a vu. Au contraire. Observer ce qu'ils font. Tenter de voir d'où vient l'argent derrière l'écran de fumée qu'ils ont créé.

— On les laisse donc se faire 10 milliards avec le pognon de Greg et celui de la fondation !

— Kid, mon petit. D'abord, nous ne sommes pas

sûrs que ce soit eux. Et même si c'est eux, on ne va pas tomber dans le piège qu'ils nous tendent. Sam, tu devrais appeler Ben. Donne-lui le nom des courtiers en Asie par lesquels les ordres sont passés et dis-lui de se renseigner discrètement, très discrètement – ça, je ne m'inquiète pas, c'est son métier. Vous deux, les jeunes, suivez la manœuvre de rachat. À mon avis, ils vont commencer à partir d'aujourd'hui à racheter de l'action Bank of America. Le cours va repartir très fortement à la hausse et quand tout le monde deviendra haussier, ils revendront tous.

— OK, boss.

Je m'incline devant Sunee. Dans ces moments-là, son instinct frise le génie.

Après avoir raccroché, nous restons muets tous les trois. Je sens Latika un peu vexée. Et Rick frustré de ne pas pouvoir encore entrer dans la bagarre. Je les secoue :

— Allez, tout le monde au boulot. J'appelle Ben.

Mercredi 22 avril
J – 69

Le loup est sorti du bois.

Le cours de Bank of America a suivi l'exacte trajectoire d'un cours manipulé.

22 % de baisse lundi sur ventes en panique. Clôture lundi soir à 8,02 dollars. Ouverture à la baisse mardi sur liquidations de positions résiduelles. Un cours au plus bas à 7 dollars. Et à partir du point bas, une vague massive d'achats de 7,00 à 7,30 dollars, à la surprise générale. Et qui provoque un rebond violent avec une clôture hier soir à 8,76 dollars.

Selon le logiciel de Latika, notre « adversaire » aurait vendu environ un milliard de titres lundi à l'ouverture, au-dessus de 9 dollars, provoquant la panique à la baisse. Et il aurait ramassé 4 milliards de titres entre 7,00 et 7,30 dollars, 1 milliard de titres soldant la vente de lundi, soit un profit de 1,85 milliard de dollars (9 – 7,15 ; 7,15 étant la moyenne entre 7,00 et 7,30). Notre adversaire aurait donc en position aujourd'hui 3 milliards de titres achetés en moyenne à 7,15 dollars. Au cours de clôture d'hier, il gagnerait déjà 4,83 milliards de dollars (3 × [8,76 – 7,15]). Soit un gain total, en une journée, de 4,83 + 1,85 milliard de dollars : 6,68 milliards de dollars !

Si Latika et Rick ont raison, et que notre adversaire veut prendre le contrôle de Bank of America, il va continuer à acheter des actions par vagues.

Si Sunee a raison et que c'est juste un gros coup de trading, notre ennemi va commencer à revendre pour prendre son profit. En attendant un ou deux jours pour voir si quelqu'un réagit ou cherche à voir d'où viennent les ordres.

J'ai donné comme instructions à Latika et Rick de ne pas bouger. De n'alerter personne. De ne parler de Bank of America à personne. Étonnamment, il n'y a pas un mot dans les journaux sur les volumes anormaux et les variations extrêmes de l'action. Il faut dire qu'avec la crise, le marché s'est habitué aux fluctuations violentes des cours de bourse.

J'attends l'appel de Ben en fin d'après-midi. Il devait passer sa journée à Hong Kong à enquêter sur les ordres sans alerter qui que ce soit.

Quant à Sunee, elle est tellement sûre de son coup qu'elle est partie pour la journée accompagner ses enfants à un tournoi de tennis en Normandie. Elle a quand même pris son portable au cas où nous aurions des éléments nouveaux.

Latika continue à scruter la cote et les marchés. Il est possible que Bank of America soit également une diversion et que l'ennemi attaque sur un autre front au même moment. Je ne veux pas laisser de brèche. Mais, pour l'instant, il n'y a aucun mouvement notable sur les marchés.

De son côté, Max m'a enfin rappelé, d'un portable à puce jetable, pour ne pas être identifié.

— Sam, mes Amerloques passent leur temps en réunion au 17, avenue de la Grande-Armée.

— Tu as vu qui est dans l'immeuble ?

— Oui. Un énorme magasin de motos Honda. C'est

le magasin principal de l'importateur Japauto. Sinon, quelques petites sociétés financières dont je t'envoie les noms par texto et une banque.

— Quelle banque ?

— Bank of America. Tu connais ? C'est quoi, c'est comme la Banque de France ?

— Non. C'est une banque privée, ou presque, une grosse banque de la côte Ouest dont le siège est à San Fransisco. Tes mecs ne sont pas texans, ils sont californiens.

— Quelle différence ? Ils parlent tous horriblement fort, mesurent deux mètres et ont un physique à faire trois heures de muscu par jour.

— Et tu sais de quoi tu parles, Mike Tyson !

— *Call me Mohamed Ali*…

— Merci pour l'info, Max. Fais tout de même attention. Ces mecs sont sûrement dangereux.

— Tu as peur pour moi ? Comme c'est mignon. Fais attention à ton cul de Blanc, toi. Moi, je sais me défendre.

— Moi aussi. Je me suis mis aux sports de combat depuis trois ans…

— Du combat pour tapettes.

— Bien sûr. Je te prends quand tu veux sur un ring et tu verras, en un coup de pied je t'assomme.

— OK, patron, à ta disposition. Mais fais gaffe à tes fesses quand même.

Ça commençait à faire beaucoup de coïncidences. Mon nom prononcé à plusieurs reprises, ostensiblement, devant Max, dont beaucoup dans notre petit monde savent qu'il a travaillé pour moi pendant plusieurs années, un Max qu'on amène sans discrétion tous les jours ou presque au siège de Bank of America France, comme par hasard la banque soi-disant visée par l'argent détourné de Bernoff. Sunee a raison. Ça pue le piège à plein nez. On cherche à savoir si je suis sur la piste de l'argent. Et si j'ai mis en place mes relais pour détecter les anomalies du marché.

Face à ça, faire le mort.

Je vais même dire à Max d'arrêter de m'appeler. Il n'est qu'une marionnette entre leurs mains.

— Max ?

— Oui, c'est encore moi, Sam. Oublie cette histoire. J'ai réfléchi et je pense que mon nom a été cité par hasard. Plus personne ne s'intéresse à moi aujourd'hui. Je gère un fonds microscopique avec une équipe ultra-réduite. Je suis hors course. Par contre, on se voit quand tu veux pour un petit combat.

— Comme tu veux, patron. C'est toi qui vois.

J'ai parlé sur le ton le plus détaché possible. Je suis sûr que Max est écouté et je me demande même si ses clients ne lui ont pas fourni à son insu la puce du téléphone jetable… S'ils ont entendu notre conversation, ils doivent être rassurés. Et maintenant, attendre. Endormir leur vigilance en les regardant agir sur le marché sans broncher. Les laisser s'enhardir, prendre de plus en plus de risques. Et puis leur tomber dessus.

Jeudi 23 avril
J – 68

À la lecture des journaux de ce matin, la bonne humeur que je ressens en me levant depuis quelques jours fond comme neige au soleil. Partout, le visage de DSK s'étale en pleine page. Depuis qu'on l'empêche de s'attaquer aux stagiaires et aux employées du FMI, il fait une grosse déprime et nous annonce une nouvelle catastrophe chaque jour.

Il y en a vraiment ras le bol ! Pas une journée ne se passe sans que les pseudo-experts du FMI nous bombardent de prédictions cataclysmiques. DSK se prend pour Paco Rabanne. Quand on sait que la crise a une dimension psychologique essentielle et que la reprise viendra en partie d'une amélioration du moral des ménages du monde entier, l'impact de ces déclarations quotidiennes est dramatique. Faudrait-il cacher la vérité ? Non. La réalité, et il n'y a aucune honte à l'avouer, c'est que personne ne sait comme le monde va réagir à cette crise atypique et aux mesures de relance spectaculaires, rapides et parfois très déroutantes, comme en Angleterre, par exemple, qui mise deux fois 12 % de son PIB en déficit. Personne. Et certainement pas les prévisionnistes qui dans les dernières années ont plus souvent brillé par leurs erreurs que par la justesse de leurs intuitions. Et encore moins le FMI. Un FMI qui n'a pas vu la crise venir. Un FMI qui a *relevé* ses prévisions de croissance mondiale au deuxième trimestre 2007, à la veille de la crise des subprimes. Un FMI qui, quelques mois après le déclenchement de ladite crise, déclarait : « Le ralentissement de l'économie américaine aura un impact faible sur l'économie mondiale. » Bingo, en plein dans le mille ! Un FMI qui a découvert l'ampleur de cette crise, comme l'homme de la rue, *après* la crise. Maintenant, comme les nouveaux convertis, le FMI fait du zèle. Probablement vexé d'avoir fait preuve d'une cécité totale, il veut faire figure de *master of disaster*. Ils ont loupé la crise, ils ne veulent pas rater la fin du monde. Ce qui est réellement contrariant, c'est leur manque d'humilité dans les prévisions et leur absence de propositions de solutions. C'est la « pire récession depuis 1945 »… Merci, on le savait déjà. Et « il n'y aura pas de vraie reprise l'année prochaine »… Je vais vous avouer quelque chose. J'étais moi-même persuadé que la reprise serait lente, incertaine et n'interviendrait probablement pas avant une paire d'années. Mais depuis la communication asphyxiante du FMI cette semaine, je reprends espoir. Et si, comme d'habitude, ils se trompaient ? Et s'il était là, le vrai signal de reprise que nous attendons depuis des mois ?…

Ça m'amuse de voir que j'arrive encore à m'énerver et à m'enflammer pour des sujets qui ne me concerneront plus dans deux mois et qui ne changent rien à notre enquête. À moins que DSK lui-même ne manipule les marchés pour les faire baisser et permettre à notre adversaire de tout rafler à la casse ? Je plaisante, bien sûr.

Latika m'a envoyé un mail à 4 heures du matin, après avoir scruté toutes les transactions d'hier sur Bank of America et… rien trouvé ! Ça a dû la rendre folle et elle n'a dû lâcher qu'au bord de l'épuisement physique. Invraisemblable, l'énergie de cette fille. Elle m'épate…

Hier, le cours de Bank of America a à peine bougé. Et il a clôturé comme la veille. Notre adversaire dort toujours sur son profit potentiel. Il n'a pas acheté de nouveaux titres, ce qui valide la théorie de Sunee, mais il n'a pas vendu non plus, ce qui valide celle de Latika et Rick. À suivre.

Latika est déjà au bureau quand j'arrive. Combien de temps a-t-elle pu dormir ? Deux heures, grand maximum. Elle ne va pas tenir longtemps à ce rythme.

— Latika, il faut que tu dormes.

— Après le 30 juin, je n'aurai peut-être plus que ça à faire. Mais là, le temps nous est compté.

Je songe : « À qui le dis-tu ! », tout en répondant :

— Je sais, je sais, mais nous devons tenir la distance ; je ne veux pas que tu t'épuises.

Je la regarde plus attentivement. Pas un signe de fatigue sur son visage à peine maquillé. Un visage éclairé de l'intérieur, lumineux. J'ai l'impression de la regarder vraiment pour la première fois et… Nous sommes seuls au bureau. Brusquement, j'ai envie de la prendre dans mes bras. Sans arrière-pensée. Juste pour sentir son souffle, me sentir vivant, encore. Rebecca me manque. La chaleur d'une femme, sa peau, ses caresses… Mais je me retiens. Latika me repousserait probablement, se méprenant sur la nature de mon geste.

— Sam, tu as l'air songeur. Ça va ? Tu me fixes bizarrement. Je sais, j'ai une sale tête, j'ai à peine dormi et je n'ai pas voulu en rajouter sur le maquillage pour dissimuler ma fatigue, je trouve ça pire.

— Non, ce n'est pas toi, tu es… ravissante. Excuse-moi. J'étais perdu dans mes pensées. – Je me secoue. Il faut que je voie une femme, vite, ou je vais tourner dingue. Ce soir. – Des nouvelles de Ben ?

— Oui. Il m'a envoyé un SMS où il demande qu'on l'appelle sur son portable dès que tu arrives.

— Allons-y…

Je compose le numéro.

— Salut Ben, c'est Sam. Je suis avec Latika. Sunee est chez elle, sans doute en train de dormir, Rick est à Londres, il doit cuver après avoir picolé toute la soirée avec ses potes. Comment vas-tu ? Pas trop crevé ?

— Pas le moins du monde. Je suis surexcité au contraire. J'ai l'impression d'être au *Post* et d'avoir à nouveau vingt ans.

— Mais tu as toujours vingt ans, Ben !

— Merci, Latika, tu es trop gentille, ça te perdra avec les hommes.

Latika rougit. Elle fait un geste brusque et nos deux mains s'effleurent. Elle rougit encore plus, gênée. Je continue à fixer le haut-parleur du téléphone comme si je n'avais rien remarqué :

— Tu as pu voir du monde ? Quelle est l'ambiance à Hong Kong ?

— Incroyable ! Ces mecs sont vraiment les rois de l'intox. Si tu venais ici, tu aurais l'impression que nous sommes en pleine expansion et au top de la bulle. Une agitation dingue dans les rues, il faut se battre pour attraper un taxi. À peine tu en repères un, une vieille te balance un coup de sac entre les jambes, quand ce n'est pas ailleurs, pour te le piquer. Les restos sont bourrés. Hier, j'ai dîné au China Club. Au milieu de dizaines de businessmen en costard qui jouent parfaitement le jeu.

— Et ?

— Et je suis en contact avec des membres du gouvernement et des copains journalistes qui me disent la même chose : en réalité, c'est la déroute complète. La Chine cherche à donner l'impression qu'elle rebondit mais elle sombre. La chute des importations mondiales et surtout l'arrêt de la consommation aux États-Unis sont une catastrophe pour elle. Les usines ferment les unes après les autres. L'armée est partout pour mater les troubles sociaux dès qu'ils apparaissent. Plus de trente millions de paysans venus dans les villes au moment du boom doivent retourner dans leur campagne où ils sont voués à une misère certaine. Le gouvernement danse sur un baril de poudre. Et les soulèvements ne seront pas aussi simples à mater que celui de Tiananmen en 1989. Les dirigeants ont deux priorités : relancer l'économie à tout prix pour éviter une explosion sociale et continuer à prétendre qu'ils sont tout-puissants à l'étranger pour sécuriser leur approvisionnement en énergie.

— L'argent de Bernoff serait donc le bienvenu en ce moment ?

— Oui. En revanche, vu le contexte, je ne crois pas que leur souci soit de prendre le contrôle d'une ni même de plusieurs boîtes.

— Merde. Tu vas dans le sens de Sunee. Tu as pu enquêter discrètement à propos des ordres sur Bank of America ?

— Sans problème. Cela s'est fait presque par hasard. Au China Club, hier, il y avait une table de brokers éméchés qui faisaient une grande fête. J'ai attrapé un des types au moment où il vomissait ses tripes aux toilettes. Je lui ai demandé ce qu'il fêtait. Il m'a dit : « Un miracle. Un ordre qui nous est tombé du ciel. » Un ordre qui leur a permis de gagner en une journée, en commissions, ce qu'ils gagnent en un an. Il ne comprenait pas pourquoi un gros fonds localisé à Genève les avait choisis et était passé par Hong Kong et Tokyo pour acheter des titres d'une grosse banque américaine cotée à New York, mais il s'en foutait. Ce qui comptait, c'est le pognon qu'ils avaient engrangé en vingt-quatre heures.

— Il t'a dit un fonds suisse ? Pas asiatique ?

— Localisé en Suisse, Sam. Juste localisé en Suisse.

Donc Sunee avait raison. Ce deal est un leurre. On cherche à nous repérer et à nous lancer sur une mauvaise piste. Rien ne prouve que les Chinois soient derrière cette manipulation sur Bank of America. Rien ne prouve non plus que cette manipulation ait un lien quelconque avec l'affaire Bernoff.

— On est donc revenus au point de départ ?

— Pas tout à fait. Nous savons que nous sommes confrontés à un ennemi puissant. Un ennemi qui maîtrise parfaitement les marchés.

Le coup de fil de Ben me laisse perplexe. Plus on avance, plus le brouillard s'épaissit.

— Latika, avertis-moi quand Bank of America ouvre. J'ai l'impression que nos amis vont se dévoiler. Ils ne vont pas rester au milieu du gué avec une position pareille. Ils doivent acheter ou vendre.

— OK, boss.

— Tu dis à Rick de m'appeler quand tu l'auras au téléphone ?

— OK.

— Et tiens-moi au courant si tu remarques quoi que ce soit d'autre. Je rentre.

Elle me regarde, un peu étonnée que je reparte si vite, mais se contente de hausser les épaules.

— OK, comme tu veux, boss.

Il vaut mieux que je m'éloigne. J'ai peur de faire une connerie si je reste trop près d'elle aujourd'hui.

À la clôture de New York, j'ai reçu un SMS laconique : « Pas de nouvelles de Rick. BOA n'a pas bougé. Clotûre du cours au même niveau qu'hier. »

J'ai passé une mauvaise soirée à ressasser ma solitude et notre inaction forcée.

Vendredi 24 avril
J – 67

Sunee avait raison.

Dès l'ouverture de Wall Street, le cours de Bank of America a bondi sur des indicateurs rassurants concernant l'économie américaine. BOA a grimpé rapidement à 9,80 dollars. À ce moment-là, un ordre de vente massif est passé dans le marché. En une heure, à tous les prix entre 9,80 et 9,00, des milliards d'actions… trois milliards, exactement ! Le nombre de titres détenus par notre adversaire présumé… Un joli profit. Trois milliards de titres achetés en moyenne à 7,15 et vendus à 9,60, soit 7 milliards 350 millions auxquels il faut ajouter le 1,85 milliard encaissé le premier jour sur la première vente : soit 9,2 milliards sur un seul coup ! Notre adversaire est redoutable. On a bien fait de ne pas bouger. C'était un piège.

Pendant ce temps, Rick nous a signalé une forte agitation à Londres. Une agitation étrange et inexplicable autour du marché du sucre. À contre-courant des autres matières premières, le sucre flambait. 30 % de hausse depuis le 1er janvier. Et des volumes de plus en plus élevés. Certes, on pouvait trouver des explications à cette hausse, notamment la récolte catastrophique de l'Inde, deuxième producteur mondial de sucre, et le sirotage par le leader mondial, le Brésil, d'une partie de la production avec des voitures fonctionnant à l'éthanol. N'empêche, selon Rick, deux ou trois fonds tentaient de créer une situation spéculative de pénurie similaire à celle du riz en 2008.

Ni Sunee ni moi n'avons jugé pertinent de creuser cette piste. Le sucre, c'est bon pour un scénario de film, pas pour une attaque massive sur les marchés. Non. Notre ennemi joue finement. Et il vise grand, très grand. Pour un coup de bluff et un coup d'essai, un coup à 9 milliards est la preuve inquiétante de ce que craignait Greg : les 40 milliards détournés sont destinés à une attaque de très grande envergure, à côté de laquelle la crise actuelle fera figure d'aimable plaisanterie.

L'ambiance s'est imperceptiblement tendue pendant cet échange. Rick est déçu et frustré qu'une fois de plus on n'agisse pas, Latika a le sentiment qu'on tourne en rond ; même Sunee, d'habitude si imperturbablement patiente, me semble lasse. Et moi je commence sérieusement à douter qu'on arrive à remettre la main sur ce foutu magot.

Samedi 25 avril
J – 66

Pas davantage la pêche aujourd'hui. J'en ai marre de courir après ce pognon. Le temps presse. Pour moi surtout.

Deux mois à vivre.

Décidé de faire le vide ce week-end. J'ai dit à l'équipe de ne me contacter qu'en cas d'urgence.

Rick est resté à Londres, Ben à Hong Kong d'où il envisageait de faire un saut à Singapour avant de rentrer à Paris, mais je n'ai pas de nouvelles. Sunee est dans sa maison en Corse et Latika probablement, comme d'habitude, au bureau à scanner les marchés, encore et encore.

Qu'est ce qu'on est censé faire quand on n'a plus que deux mois à vivre et qu'on est en bonne santé ?… Ça ne doit jamais arriver, ma question est absurde. Sauf peut-être aux hurluberlus dans mon genre… L'idée, c'est sans doute de « rattraper le temps perdu », une phrase stupide qui ne veut rien dire. Comment ça se rattrape, le temps ? En cinquante ans, je n'ai pas l'impression d'en avoir perdu ; pas « gagné » non plus, si je suis honnête avec moi-même. C'est vraiment débile cette notion. Comme si on était au casino et qu'on misait des jetons représentant des jours, des heures ou des semaines. « Désolé monsieur, vous venez de perdre deux semaines », ou : « Bravo ! Félicitations, vous avez gagné un mois ! Un mois entier ! C'est extraordinaire ! Quelle chance ! »

Quand même, là, j'ai gagné deux mois de vie intense. Et c'est moi qui tiens le pistolet. La roulette ne sera pas russe. Elle est truquée. Je l'ai truquée. Je connais déjà le numéro gagnant. Le 30. Le 30 juin.

Qu'est-ce que je regrette, alors ? Qu'est-ce qui me manque ? J'ai tout fait ou presque.

Sauf un tour du monde. Même si j'ai beaucoup voyagé. Trop tard pour partir en voyage maintenant, surtout avec ce putain de fric de merde à retrouver.

Sauf participer à une œuvre caritative ou humanitaire. Mais je ne me vois pas distribuer des repas aux Restos du cœur ni partir au Darfour tenter de sauver des enfants qui finiront par mourir, de toute façon. Je dois être un salaud, un égoïste, un salaud d'égoïste, même. Combien de fois je l'ai entendu, ça, après une rupture ? Une bonne dizaine, au moins.

Sauf faire un enfant. Oui, ça, ça me manque. Mais bon, plus que deux mois, c'est loupé.

Sauf me shooter à fond. C'est un des grands fantasmes sur le monde des marchés financiers, la dope. Chaque fois la même question : « Alors, c'est vrai que les traders prennent tous de la coke ? » Et comme tous les faux traders mythomanes entretiennent ce mythe pour faire plaisir au public, le fantasme est devenu une idée reçue. Mais c'est du pipeau, il n'y a pas plus de drogués dans le trading qu'à la Poste ou à la SNCF.

Sauf courir un marathon. Je cours depuis deux ans avec mon super coach. Mais je n'ai jamais réussi à dépasser quinze kilomètres. Alors plus de quarante-deux, je peux oublier. De toute façon, en deux mois, je n'aurai jamais le temps de me préparer. Et puis je devrais ne me consacrer qu'à ça et surtout surveiller mon alimentation. *No way.* Je veux bouffer tout ce que j'aime avant que les vers ne me bouffent.

Putain. J'ai deux mois pour faire tout ce dont j'ai envie. Et je n'ai envie de rien…

J'ai aimé trois choses.

Les enfants, et je n'ai pas eu le courage d'en avoir.

L'argent, et je l'ai perdu. Enfin, si je retrouve celui de Bernoff, j'aurai tout gagné : pour mon dernier coup, faire le bonheur de milliers de gosses ! Un vrai baroud d'honneur.

Et les femmes. Voilà, c'est ça que je regrette et c'est ça qui me manque : les femmes. Si j'appelais Rebecca pour la supplier de venir vivre avec moi ? Non, ce serait dégueulasse. Je n'aimerais pas qu'elle aussi garde de moi l'image d'un salaud d'égoïste quand je lui fausserai définitivement compagnie au bout de deux mois.

Je voudrais tout de même passer encore un peu de temps avec elle. Une semaine ou deux. Pas plus. Mais ce ne serait pas bien. Qu'elle se détache. C'est mieux. Elle souffrira moins quand je serai parti.

Voir d'autres femmes, alors ? Des aventures intenses mais furtives. Pas juste pour un soir, ce n'est pas mon truc. Pour quelques soirs. Quelques jours. Quelques nuits.

Oui, c'est ça qu'il me faut.

Et surtout ne pas penser à la seule qui me manque vraiment, la seule dont j'ai vraiment envie. Non. Sujet clos, et tabou.

Je suis devant mon écran d'ordinateur mais j'oublie Internet. Meetic, ce n'est pas pour moi. Trois semaines de « chat » et de drague à deux balles pour tomber sur un boudin, ce n'est pas rentable. J'ai une autre technique, imparable bien que je n'en sois pas très fier : je contacte tous les gens autour de moi et je leur joue la complainte : « J'en ai marre d'être seul. À quoi ça sert d'avoir du fric si on n'a pas quelqu'un avec qui en profiter et profiter de la vie ? Je veux refaire ma vie, me redonner une chance ; tu n'as pas une fille sympa à me présenter ? » À tous les coups ça marche. Les gens adorent jouer les entremetteurs et s'imaginer qu'ils sont à l'origine d'une belle histoire d'amour.

Salaud comme plan, mais efficace.

Tiens, je vais le tester tout de suite avec un « ami de trente ans », Bruno. Connu au lycée. Divorcé avec enfants, remarié et rebelote… des enfants. Deux garçons puis deux filles. Il me connaît. Il va se méfier. À moi d'être crédible.

— Bruno ! Je te dérange ?

— Sam, ça alors ! Quelle bonne surprise ! Tu es redescendu sur la planète Terre au milieu de nous autres pauvres prolétaires ?

— Un prolétaire avec un appart avenue Foch, une Porsche Cabriolet et cinq pharmacies…

— Six, j'en ai acheté une nouvelle au cours des trois mois où tu as oublié de m'appeler… Quel bon vent t'amène ?

— Rien de spécial. Je voulais prendre de tes nouvelles.

— Eh bien, tout va bien. Ma première femme m'emmerde. Elle m'emmerdera jusqu'à mon dernier jour. Mes deux fils me font la gueule. Ils continuent à détester leur belle-mère qui le leur rend bien. Les deux petites sont adorables mais quand je les emmène à l'école on leur demande pourquoi c'est leur grand-père qui les accompagne… Nicole est toujours aussi merveilleuse mais elle fume trop. Ce qui m'arrange.

Comme on a vingt ans d'écart, ça nous laisse une chance de mourir en même temps quand elle se chopera un cancer du poumon. Et toi, les amours ? Toujours avec ta riche Américaine ?

— Non. Elle m'a envoyé bouler. Et j'ai envie de me poser. Trouver quelqu'un avec qui je pourrais construire quelque chose…

Grand silence sur la ligne. Qui dure.

— Bruno, tu es là ?

— Excuse-moi. Je viens de faire un début de crise cardiaque. Toi ! Toi, tu veux te caser ! On est le 1er avril ou quoi ? Nicole, viens là tout de suite, Sam est devenu fou… Sam, je te mets sur haut-parleur… Nicole, c'est Sam, il veut se caser !

— Quoi, Sam ? Tu te maries avec Rebecca ? ! Mais c'est génial ! s'exclame la jeune femme de Bruno, hystérique.

— Mais non, bébé. Ils ont rompu. Sam veut se caser.

— Waouh, énorme ! Comment tu vas faire ? Boîtes de nuit ? Sites de rencontres ?

— Non, j'aime pas ça. En fait, je me disais qu'avec la vie sociale que vous avez, vous connaissiez peut-être quelques femmes désespérées qui accepteraient un pauvre mec comme moi…

— Mais tu plaisantes ! On en a des milliers à te présenter ! J'ai ma cousine. Jeune. Trente-sept ans. Divorcée depuis cinq ans. Son mec la battait. Deux enfants, huit et six ans, très mignons. Elle cherche un mec bourré de thunes.

— Sympa, Nicole. C'est comme ça que tu me vois ?

— Non, bien sûr. Mais au moins les choses sont claires…

— Non. Pas envie d'une nana avec des gosses en bas âge.

— Aïe ! Ça réduit le champ, lance Bruno, sarcastique. Tu acceptes les gosses au-dessus de quel âge ?

— Quinze ans minimum. À cet âge, ils me détestent et je ne fais rien pour qu'ils m'aiment. Mais ils sont assez grands pour s'occuper et puis ça leur donne l'occasion de voir leur père autant qu'ils veulent.

— J'ai ce qu'il te faut. Quarante-sept. Un garçon de dix-huit ans. Seule depuis deux ans. Un magasin de fringues dans le Marais qui cartonne. Super jolie, un corps de rêve.

— ET ?

— Et quoi ?

— Et quel est son problème ? Ta nana, c'est la perle rare et elle n'a pas de mec… donc ?

— Mais rien, je te jure…

— Elle…

— Bruno, ferme ta gueule ! Ne commence pas à la critiquer.

— Bébé ! Il faut quand même dire la vérité à Sam. C'est mon ami.

— Je te déteste.

J'entends Bruno soupirer.

— Bon, Sam, ce que Nicole a oublié de te dire, c'est que cette nana est sortie avec plusieurs mecs et que ça s'est mal fini.

— C'est-à-dire ? Ruptures violentes ?

— En quelque sorte…

— Mais balance !

— Son premier mari et tous ceux qui ont suivi sont morts brutalement. Genre crise cardiaque ou accident de voiture.

Je souris intérieurement. A priori, le profil parfait pour moi… Mais non. Je me connais, je n'aurai pas le cœur de larguer au bout d'une semaine une femme qui a autant souffert. Cynique, peut-être, mais pas sadique.

— Non. Oublie. Cette nana porte la scoumoune. Pas envie de mourir dans deux mois !

— T'as raison, mon pote. T'es un peu jeune pour quitter la scène. Surtout pour une gonzesse.

J'entends Nicole fulminer derrière lui.

— Il te reste le plan petite jeune. Moins de trente ans. Mais un jour ou l'autre elle te réclamera un môme…

— Pas de problème.

Je n'étais pas à un mensonge ni à une contradiction près.

— Alors, on a ce qu'il te faut. Bébé, ton autre cousine.

— Quelle cousine ?

— Arrête de ronchonner. Ta cousine Hélène !

— Hélène ? Mais elle ne veut pas se marier. Et puis, elle ne voudra jamais sortir avec un vieux. C'est une bombe… Excuse-moi, Sam, d'être un peu directe mais elle a tous les mecs qu'elle veut et elle les jette au bout d'une semaine !

Bingo !

— Je veux bien tenter ma chance…

— Écoute, je te file son portable. Mais ne me mets pas dans le coup. Tu vas te fâcher avec nous si elle te traite mal…

— Sam, tu peux dire que c'est moi qui t'ai filé le numéro, je m'en fous, intervient Bruno. Brise-la en deux. Elle a besoin d'un mec, un vrai. Elle n'est sortie qu'avec des jeunots qu'elle mène à la baguette. Fonce. Pendant ce temps, Nicole et moi, on te prépare une liste. On va contacter tous les gens qu'on connaît pour te faire le plus beau fichier de nanas à marier de Paris !

— Merci, Bruno, je te revaudrai ça. Salut, Nicole, à bientôt.

Ce coup de fil m'a détendu : j'ai un but pour le week-end. Je regarde le bout de papier sur lequel j'ai griffonné le numéro que Bruno vient de me donner. Puis ma montre. 11 h 30. Une bonne heure pour attaquer Hélène la conquérante, la mangeuse d'hommes.

J'attrape mon portable sans préparer d'entrée en matière. Fonçons. Au feeling.

« Bonjour. Vous êtes sur la messagerie d'Hélène Delalande. Je suis occupée. Laissez votre numéro et je vous rappellerai. Peut-être… »

Hélène Delalande ! Bruno et Nicole ont tout simplement omis de préciser que leur cousine est la star montante de l'info à la télé. Une journaliste vedette. Elle a démarré comme assistante de Mélissa Theuriau, puis l'a remplacée pendant l'été. Elle a tellement cartonné que sa chaîne lui a confié le journal et qu'on la pressent, si j'en crois les rumeurs, pour le 20 Heures de TF1, le week-end, à la place de Claire Chazal qui, elle, doit reprendre la tranche de la semaine où Laurence Ferrari fait des scores catastrophiques. Hélène Delalande. Une bombe atomique. Blonde. Incroyablement blonde. Platine. Yeux verts et regard de louve. Ronde et fière de l'être. Des seins à se damner. Une tueuse. Toutes les semaines dans *Voici* avec un nouveau mec – pour ça, mes amis ne m'ont pas menti. Une prédilection pour les ados attardés à gueule d'amour. Que des mecs jeunes, en effet, et totalement inconnus. Que des mecs qu'elle laisse très vite sur le carreau et qui, selon la presse people, continuent à pleurer pendant des mois sous son balcon.

Hélène Delalande !

Un challenge sympa.

Coucher avec Hélène Delalande avant de mourir, enfin un beau projet !

Ça me surprend tellement que je ne laisse pas de

message mais en raccrochant, j'ai une idée. Delalande anime tous les matins une interview business sur RTL. J'ai mon angle d'attaque. RTL a voulu m'interviewer après la mort de Greg et j'ai refusé. Cher vieux Greg, tu me dois bien ça.

Je rappelle.

« Bonjour. Mon nom est Sam Ventura. Bruno et Nicole m'ont donné votre numéro. RTL voulait m'interviewer sur Greg Aberdeen et l'affaire Bernoff. J'ai refusé de la même manière que j'ai refusé toutes les interviews dans tous les médias. Maintenant qu'un peu de temps a passé, j'ai envie de parler. Mais je souhaite que ce soit vous qui m'interviewiez et je vous réserverai l'exclusivité. Je ne veux faire qu'une émission : la vôtre. Merci de me rappeler. Mon numéro s'affiche. »

J'ai à peine raccroché que mon portable sonne.

— Sam Ventura ? Hélène Delalande.

— Merci de me rappeler si rapidement.

— Merci à toi de m'avoir appelée. On se tutoie, hein, c'est plus simple.

Cette manie de tutoyer tout le monde…

— Bien sûr, on se tutoie. Tu serais OK pour une interview ?

— OK ? Mais tu plaisantes. Ce serait un sacré scoop pour moi ! Personne n'a pu t'interviewer après la mort d'Aberdeen et tout le monde pense que tu as des informations sur l'affaire Bernoff. Il se dit même que tu continues à enquêter dessus…

Sa dernière phrase ne me plaît pas du tout. Avec plus d'agressivité que je n'aurais voulu, je rétorque :

— Ce sont des conneries. Greg est mort et avec lui s'est envolé tout l'argent. La page est tournée. Mais je lui dois de rétablir la vérité sur son suicide. On a raconté beaucoup de trucs ignobles sur son compte.

— Ça marche. Je peux te prendre mardi à 8 h 20, en direct. Ça te convient ?

— Bien sûr. C'est parfait.

— Le problème, c'est qu'il va falloir qu'on se voie avant. Je veux vraiment la préparer, cette interview.

Un vrai problème, ma chère Hélène, un vrai problème…

— Pas de souci. Je peux passer à ton bureau, laisse-moi regarder… euh… lundi en fin d'après-midi.

— Oublie lundi, je suis sous l'eau. Non. Par contre, je suis assez dispo ce week-end. Tu as le temps d'un dîner ? Ce soir ?

Je constate, amusé, que sa réputation de fonceuse n'est pas usurpée…

— Je suis invité chez des amis mais je cherchais une excuse pour annuler – Ouh, le gros menteur… –, alors oui, j'ai le temps d'un dîner. Je m'occupe du resto. Tu aimes quel type de cuisine ?

— Oublie. C'est moi qui t'invite et c'est toujours moi qui choisis les endroits où je dîne. Je ne vais que là où l'on connaît mes habitudes. 20 h 30 chez Sormani. C'est le meilleur italien de Paris.

— OK. Je passe te chercher ? Je serai en moto.

— Non. Surtout pas. J'ai juré de ne jamais monter sur un deux-roues. On se retrouve directement là-bas.

— Très bien, à ce soir.

Non mais quelle chieuse ! Et si je n'aimais pas la cuisine italienne ? Peu probable certes avec un nom comme le mien, mais quand même… Quelle bêcheuse ! Quelle prétentieuse ! J'avoue que je trouve cela plutôt excitant, moi qui ai toujours mené la danse avec les femmes, à part Rebecca et à part… Eva, bien sûr. Une emmerdeuse de chez emmerdeuse. Exactement ce qu'il me faut en ce moment.

Il est 20 h 20 quand j'arrête ma moto devant chez Sormani. J'aime arriver en avance quand je dîne avec une femme. Surtout la première fois. Cela me permet de maîtriser l'environnement. Connaître le terrain avant de mener une bataille. Une des règles de base de Sun Tse dans *L'Art de la guerre*.

Charmant, ce restaurant. Salle claire, une grande cuisine dans laquelle officie le chef, Pascal Fayet, apparemment aussi connu que sa clientèle de happy few. Accueil extrêmement chaleureux mais pas caricatural ni obséquieux.

— Table pour deux, au nom de Delalande.

— Bien sûr. Veuillez me suivre, monsieur. Mlle Delalande aime cette table. Elle est tranquille.

Je tire la chaise pour m'asseoir…

— Ah non ! s'écrie le maître d'hôtel visiblement contrarié. Cette chaise est celle de la *signora* Delalande, il vaut mieux que vous vous mettiez en face.

Décidément, je suis tombé sur la reine des emmerdeuses…

— Non. Ne vous inquiétez pas, elle s'en remettra. Je reste ici.

Le serveur s'éloigne, effrayé. Serais-je en train de commettre un crime de lèse-majesté ?…

Quelques minutes après, Hélène entre dans le restaurant. Belle. Très belle. Encore plus jolie qu'à la télé ou sur les photos que j'ai pu voir d'elle dans les tabloïds. Elle connaît tout le monde. Elle salue les serveurs, passe dans la cuisine embrasser « Pascal » et arrive devant notre table. Elle s'empourpre légèrement et jette un regard interrogateur au serveur qui hausse les épaules d'un air de dire « J'ai fait ce que j'ai pu, il n'a rien voulu entendre ».

Elle pince les lèvres mais me tend la main, comme si de rien n'était.

— Bonsoir. Heureuse de rencontrer le mystérieux Sam Ventura.

— Heureux de rencontrer la star montante des médias !

— Tu me flattes. Excuse-moi, mais j'ai l'habitude de m'asseoir à ta place.

On sent qu'elle a essayé de se contenir mais que c'est plus fort qu'elle. Je rétorque du tac au tac, avec mon sourire le plus enjôleur :

— Eh bien, les habitudes, c'est fait pour être changé. Moi j'ai l'habitude de ne pas donner d'interviews et je vais pourtant t'en donner une.

Désarçonnée, elle finit par s'asseoir en baissant les bras. J'ai remporté la bataille d'ouverture mais je vais sûrement le payer cher.

— Alors, à quand le 20 Heures ?

— Je me fous du 20 Heures. Je veux faire des émissions de reportage ou d'interviews. Le 20 Heures, c'est une pression infernale, tous les jours, pour un boulot au bout du compte assez répétitif.

— Mais prestigieux. Il paraît que France 2 te veut également ?

— C'est ce qui se dit. Et *Closer* a annoncé mon arrivée chez Canal en duo avec Denisot dans le Grand Journal. On me voit partout mais pour l'instant je suis très bien là où je suis. Bon, et si on parlait un peu de toi ? C'est toi qui vas être interviewé, pas moi… Alors, Sam Ventura ? Ex-grand trader. Des hauts et des bas mais on ne retient que les hauts, finalement. Coup de maître sur le pétrole. Pari fou gagné par Aberdeen grâce à toi. Des milliards à gérer pour la Fondation pour l'enfance. Et pffft, tout ça qui s'envole à cause de Bernoff.

— Exactement.

— Divorcé, pas d'enfants, beaucoup de conquêtes mais casé avec la patronne de la Fondation que tu gères.

— Ah ! Tout est parfait jusqu'à la dernière information. Non. J'ai rompu. Je suis célibataire.

Elle me jauge, le menton dans les mains, les yeux plantés bien droit dans les miens.

— Je ne m'inquiète pas pour toi. Ça ne va pas durer. Entre les quadras divorcées qui cherchent un mec riche pour caser leurs mouflets et les jeunes bécasses qui cherchent un père, tu devrais retrouver sans difficulté.

— Joli tableau. Et toi, tu fais entre le lycéen et le bébé mannequin des pubs Évian ?

— Non. J'ai envoyé chier tout le monde. J'ai décidé de consacrer ma vie au travail.

— Avec vœu de chasteté ?

— Presque. – Elle sourit. Sa réputation n'est pas exagérée : une vraie tueuse. – Alors, Aberdeen était-il de mèche avec Bernoff et est-ce que c'est le remords de cette arnaque qui l'a poussé au suicide ?

— Aberdeen était un mec honnête. Il n'a jamais arnaqué personne. Il s'est fait plumer par Bernoff.

— Alors, c'était un con.

— Peut-être, mais pas un escroc.

— Et on dit que tu as monté une équipe pour chercher l'argent de Bernoff car Aberdeen était sûr qu'il avait été détourné.

— Qui est ce « on » ? Voilà une théorie bien fantaisiste.

Sans m'énerver, impassible, impénétrable. Insoupçonnable. Il va falloir que je trouve le moyen de recontacter Max, quand même. Je n'aime pas ça. Pas du tout.

— Quand on est journaliste, on protège ses sources. Alors, c'est vrai ou pas ?

— Complètement faux. – J'attrape la carte d'un

geste nonchalant. – Dis-moi, qu'est-ce que tu me conseilles ?

— Goûte la palette d'antipasti. Ils sont incroyables. Et ensuite, les pâtes au homard. À tomber, tu verras.

Sans attendre que je réponde, elle passe la commande pour moi en répétant dix fois au serveur qu'elle ne veut pas d'ail, qu'au lieu de la tomate elle veut une petite salade, qu'avec ses pâtes elle ne veut pas de crème… À la place du serveur, je la giflerais mais elle a visiblement un statut qui impose de se soumettre sans ciller au moindre de ses caprices. Elle commande même le vin, le goûte et nous fait servir.

C'est du vin rouge. Sarde. *Terra bruna*.

Tant pis si je n'aime pas. Elle ne me demande pas mon avis. Il se trouve qu'il est excellent.

— Ma chère Hélène, tu as dû être un sacré macho dans une autre vie.

— Tu trouves aussi que je suis un peu dominatrice ? C'est ce que me reprochent tous les mecs. Et c'est pour ça que je n'ai pas envie de les garder. Je n'aime pas les reproches. Je n'ai confiance qu'en moi et je préfère avoir le contrôle des événements. Avant que je sois connue, mes petits amis voulaient être avec moi pour ma jolie gueule et mon cul, maintenant c'est parce qu'ils prennent leur pied en se retrouvant en couv de *Voici* grâce à ma célébrité. Tu t'en fous, j'imagine, de ces conneries, à ton âge.

— À mon âge ! Eh, j'ai cinquante ans, pas quatre-vingts ! Et je suis d'origine italienne et pied-noir. Chez nous, les femmes ne portent pas la culotte.

Elle me lance un regard de défi.

— Tant pis pour toi…

Le dîner se poursuit sur ce ton, dans une ambiance étrange. Un mélange d'extrême proximité et de méfiance instinctive, des deux côtés.

La nourriture est exceptionnelle. Le service impeccable. Dommage que je n'aie pas connu ce restaurant avant…

Quand l'addition arrive, il faut presque que je lui torde le bras pour pouvoir m'en emparer.

Nous nous retrouvons sur le trottoir. Hélène a l'air contrarié.

— Bon. Merci quand même pour le dîner, finit-elle par lâcher du bout des lèvres. Mais quand je bosse, c'est moi qui invite.

— Alors, disons que ce n'était pas un dîner de boulot.

— Tu me dragues à l'ancienne ? C'est comme ça qu'on faisait dans les années 1950 ?

Je réplique avec un sourire :

— Oui. Dans ma jeunesse, au XIXe siècle. On va boire un verre ?

— Ah ! Le coup du verre après le resto. Énorme. Pourquoi pas un petit tour en boîte ? Le samedi soir, il n'y a pas plus ringard.

— OK, j'ai compris. – Je fais sauter les clés de ma moto dans ma main d'un air nonchalant, avec un petit salut. – À mardi pour l'interview, alors.

— Mais ne te vexe pas ! Oh ! là, là, monsieur est d'un susceptible. Bon, on va éviter le *bullshit* habituel. Tu me plais. J'ai très envie de passer la nuit avec toi. Je déteste ne pas dormir dans mon lit. Alors, si tu veux, tu viens dormir chez moi. On s'embrasse mais on ne fait pas l'amour. Je ne fais pas l'amour le premier soir. Mais je te préviens : demain, pas de grasse matinée. Je me lève à 8 heures pour courir et après je vais à la radio, j'ai du boulot.

— Quel programme ! Madame est d'un romantisme ! Ça marche. Je te rejoins chez toi. Laisse-moi juste chez moi chercher une tenue de sport pour courir avec toi demain matin.

— Je cours vraiment, je ne fais pas de la marche rapide…

— Ne t'inquiète pas, tu vas être surprise de voir comment un vieux est capable de te laisser sur place. Adresse ?

— 16, rue la Pompe. Code 5657A. 4e étage. Ne tarde pas. Je me couche tôt.

— À vos ordres, chef.

J'ai fait au plus vite. Cette aventure m'amuse beaucoup. À peine vingt minutes plus tard, je sonne chez elle. Son appartement est entièrement refait. Elle vient d'emménager. Un joli trois pièces moderne, très chaleureux. Elle m'a à peine ouvert la porte que nous nous embrassons avec fougue. Elle est sublime. Plus belle encore démaquillée. Elle sent bon et porte un grand T-shirt de mec qui lui arrive au genou. Je parierais qu'elle n'a rien en dessous. Mais j'ai bien entendu les règles qu'elle m'a fixées et je ne veux pas les enfreindre ce soir. Nos bouches se plaisent. Je lui saisis les bras pour savoir si nos peaux sont compatibles aussi. Oui. C'est rare. Nous nous embrassons encore, longtemps, un temps fou. Elle s'interrompt quelques secondes et murmure :

— Enlève ta chemise, je voudrais voir tes épaules…

Un nouveau test ou une nouvelle lubie. Visiblement, je passe cette épreuve avec succès car elle les contemple avec le regard flou d'une femme au bord de l'orgasme. Je suis tombé sur une femme qui jouit devant une paire d'épaules…

— Hmm, pas mal.

Elle m'entraîne vers son lit.

J'ai gagné le droit de revenir en deuxième semaine. Je souris.

Aussitôt elle se blottit dans mes bras. Éteint la lumière. Me souhaite bonne nuit en posant un baiser tendre sur ma bouche et chuchote à mon oreille :

— J'adore tes bras.

Une vraie fixette…

Trois minutes plus tard, elle dort.

Moi, j'ai à peine fermé l'œil de la nuit. Je n'ai dû parvenir à débander qu'à 5 heures du matin…

Une folle. Mais une folle splendide.

Dimanche 26 avril
J – 65

Elle court bien. Mais je cours mieux. Elle a tout fait pour tenir mon rythme et j'ai progressivement accéléré pour l'asphyxier. Elle méritait une bonne leçon pour cette nuit blanche et ce non-coït interrompu. Nous avons couru une heure et demie. Elle m'a dit au revoir, à bout de souffle… à cause de la course. Un baiser furtif sur la bouche et elle a disparu sans un mot, ni « à ce soir », ni « à demain », ni même « rappelle-moi », rien.

Une vraie barge.

Je suis rentré chez moi, je me suis douché puis je suis redescendu prendre mon petit déjeuner chez Carette.

Profiter du soleil.

La journée est splendide.

Hélène est splendide.

La vie est belle quand elle est courte.

Lundi 27 avril
J – 64

— Londres, c'est Beyrouth pendant la guerre civile. Dans la City, on dirait la nuit des morts vivants. Les banquiers et les traders qui ont encore un job sont complètement sonnés. Ils se baladent dans la rue en costard rayé mais sans cravate de peur de se faire taper dessus par des altermondialistes. C'est encore plus ridicule car on les repère à deux kilomètres. L'Angleterre sombre complètement. Les anciens que j'ai rencontrés me parlent d'un retour aux années 1970. Un vrai bordel social qui s'annonce. L'immobilier ne vaut plus rien. Il y a vraiment une ambiance terrible là-bas.

« Le business s'est ralenti. Seules une dizaine de banques continuent à faire des affaires, et de très bonnes affaires, pareil pour les hedge funds. Une dizaine survivent. Et profitent d'une situation de quasi-monopole. J'ai dîné et bu, beaucoup bu même, avec mes copains. Certains n'ont plus de boulot et, comme la plupart sont étrangers, ils vont devoir rentrer chez eux car ils n'ont ni les moyens ni les visas pour rester. Ambiance charters de Pasqua. Les autres s'accrochent à leur job. En revanche, les langues se délient. Finie l'ambiance “je garde mes infos car je défends ma boîte”. Ils ont tous l'impression de s'être fait baiser et de servir de fusibles et de boucs émissaires, surtout les traders. Donc j'ai pu obtenir des tonnes d'information.

« En gros, aucun fonds ni aucune structure de trading ne s'est fait remarquer dans les dernières semaines. Les fonds souverains asiatiques et les fonds souverains du Golfe restent très actifs mais pas plus qu'à l'habitude. Aucune structure de taille remarquable n'a été créée. L'impression générale est qu'avec l'assèchement des volumes et la chute de la concurrence, ceux qui sont encore debout manipulent complètement les marchés. La spéculation bat son plein pour les survivants. Au nez et à la barbe des pantins du G20 qui annoncent la fin de la spéculation au bénéfice d'une régulation vigilante. La réalité, c'est qu'il y a autant de régulation sur les marchés financiers aujourd'hui que de contrôle de la police en Afghanistan.

« Le marché des changes est très actif. Beaucoup spéculent à fond sur la chute du dollar, d'autres sur l'explosion de l'euro du fait de difficultés insurmontables pour des pays comme l'Espagne, la Grèce ou l'Irlande. Sans parler de l'Europe de l'Est.

« Les attaques contre la livre se multiplient.

« Mais tout ça, c'est *business as usual*. Rien de surprenant.

« Juste un truc amusant. Des anciens de Lehman ruinés par la chute de la banque ont monté un fonds qui s'appelle Revenge. Je les ai rencontrés. Ils sont persuadés que c'est Henry Paulson et les membres de l'administration Bush (des anciens de Goldman Sachs) qui ont piloté la mort de Lehman pour éliminer la concurrence. Leur fonds ressemble un peu à ce qu'on voulait faire, lutter contre les manips des marchés. Ils sont prêts à bosser avec nous, à nous indiquer quand ils voient passer un truc anormal.

« Autre élément important : l'or. J'ai eu le sentiment

que l'or focalisait l'attention de beaucoup de banques, de beaucoup de fonds, de beaucoup de stratèges. L'or est à son niveau historique et tous ont l'impression qu'il se prépare un truc énorme sur le marché. Plus violent et plus brutal que ce qu'on a eu sur le pétrole l'année dernière. Voilà. *Any question ?*

Nous nous sommes réunis dans la salle des marchés pour que Rick nous débriefe. Ben suit tout ça par téléphone de Singapour, Sunee de chez elle. Il prend la parole en premier.

— Intéressant. J'ai eu le même sentiment à Hong Kong et à Singapour. L'or est devenu une obsession pour les Chinois. Ils sont persuadés que le dollar ne va plus rien valoir, que les Américains s'apprêtent à le lâcher et qu'ils doivent trouver une nouvelle monnaie de réserve. Ils ne veulent pas de l'euro à cause des tiraillements au sein de l'Union européenne. Ils savent que créer une nouvelle monnaie de réserve est impossible. Ils ont très envie de repasser à un système d'étalon-or. Un retour de plus de trente ans en arrière.

— Ben, c'est Sunee. C'est inquiétant ce que tu dis car le marché de l'or est finalement assez petit comparé aux autres marchés des changes et on aurait donc un instrument de référence facilement manipulable.

— Exactement. Si l'or devient la monnaie de référence, celui qui le tiendrait tiendrait le monde entier ou presque…

Je me tais quelques secondes, songeur, avant d'interroger Latika.

— Tu as remarqué des anomalies récentes sur le marché de l'or ?

— Non. Juste une hausse régulière sans volumes importants. Mais je n'ai regardé que le marché de l'or à terme, le marché de trading spéculatif. Je vais regarder de plus près le marché de l'or physique et l'évolution des cours de mines d'or cotées un peu partout dans le monde.

— Rick, branche aussi tes « Vengeurs masqués » dessus. Plus on est nombreux à regarder, plus un mouvement sera détectable.

— Les Vengeurs masqués, ce sont mes potes du fonds Revenge ?

— Oui, Kid.

— OK. Je les contacte.

— Ben, c'est Sam, quand seras-tu parmi nous ?

— J'ai une réunion importante ce soir avec un ancien gérant du fonds souverain chinois qui s'est fait virer pour malversations.

— Belle fréquentation, Ben !

— Sunee, tu connais les Chinois. Le gars est clean mais ils lui ont fait porter le chapeau pour des pertes sur des investissements que le gouvernement a imposés et qu'il refuse d'assumer.

— Sois prudent quand même…

— Ne vous inquiétez pas. Je serai de retour à Paris demain dans la soirée.

— Bien, salut à tous.

L'or.

Étrange.

Et Rick et Ben ont eu le même feeling. Simultanément. À Londres et à Hong Kong.

L'or comme enjeu géostratégique.

L'or comme enjeu politique.

Et 40 milliards, plus les 9 gagnés sur Bank of America, plus les 150 milliards minimum d'effet de levier permettraient facilement de prendre le contrôle de ce marché.

La piste est crédible.

Je m'isole dans mon bureau avant de rappeler Sunee.

— Tu en penses quoi ?

— Ça tient la route. Autant j'étais certaine que le coup de Bank of America était un leurre, autant l'or, c'est possible. C'est le marché auquel je m'attaquerais aujourd'hui si je voulais gagner de l'argent et déstabiliser le système financier et économique mondial. L'économie mondiale va rechuter. Ça va être la panique. On va retourner à une économie de guerre. Les monnaies ne vaudront plus rien. Les gens ne voudront que de l'or. Et celui qui tient l'or…

Je me racle la gorge.

— C'est sacrément angoissant comme scénario. Et qui pourrait vouloir tenir le marché ?

— N'importe qui. Les Chinois, bien sûr, mais pas seulement. Un fonds spéculatif, un groupe minier, une organisation terroriste, n'importe qui. C'est pour ça qu'il faut qu'on soit à l'affût du moindre mouvement anormal. Dis à Latika de rester collée à ses écrans.

— Je n'ai pas besoin de le lui dire. Elle ne bouge pas de sa chaise, sept jours sur sept, vingt-quatre heures sur vingt-quatre. Je ne sais pas comment elle tient.

— Et dis à Rick de continuer à faire parler ses réseaux. Je pense qu'il faut que Ben continue à bouger.

— À New York sur le marché à terme ?

— Non. À Genève peut-être.

— Bonne idée. Je vais l'appeler. Demain matin, je passe sur RTL pour parler de Greg et démentir les rumeurs concernant ses liens avec Bernoff.

— Tu seras interviewé par qui ?

— Hélène Delalande.

— Hélène Delalande, la blonde un peu grosse mais super-jolie… ?

— Oui, je crois.

— Oui, tu crois ? Faux cul ! Je suis sûre que tu la dragues déjà et si ce n'est pas le cas, ça ne va pas tarder.

— N'importe quoi. Tu délires, Sunee. J'attends le retour de Rebecca. Je suis fidèle.

— Aucun homme n'est fidèle sauf les idiots.

— Belle preuve de confiance dans la gent masculine.

— Non. Belle expérience… Embrasse-la pour moi.

— Qui, Rebecca ?

— Mais non… Hélène !

L'or fait à nouveau rêver. Après une première explosion au début des années 1980 au-dessus des 800 dollars l'once, l'or s'est écrasé et est resté près de vingt ans scotché autour de 300-400 dollars l'once. Depuis son record à la baisse à 250 dollars en 2002, il n'a fait que grimper. Et la hausse s'est accélérée avec la crise financière de 2007 pour dépasser les 1 000 dollars en 2008. Depuis, le cours ne baisse pas. Le cours du pétrole s'est effondré, les cours des matières premières se sont effondrés mais l'or continue à briller et reste proche des 1 000 dollars.

L'attrait pour l'or est purement spéculatif. Car de l'or il y en a. On en extrait tous les ans. Et en période de crise économique, l'industrie de la joaillerie qui consomme 70 % de la production est en déroute et la demande faiblit. L'or aurait donc dû chuter mais il continue à flamber. Parce que les gens ont peur. Peur des faillites bancaires, peur des faillites d'État, peur de la faillite du capitalisme et de l'économie marchande. Il règne une ambiance de guerre et pendant les guerres qu'est-ce qu'on fait ? On cache de l'or dans son jardin.

Certains pays attisent la spéculation en remettant en question, à juste titre, le rôle du dollar. Paradoxalement, les États-Unis sont les deuxièmes producteurs au monde derrière les Sud-Africains et possèdent les deuxièmes réserves minières derrière l'Afrique du Sud.

Dans les deux cas, ils devancent l'Australie et la Chine, loin derrière.

L'or ne rapporte rien. Il n'offre aucun rendement. Et pourtant c'est la « valeur refuge » par excellence pendant les périodes troublées.

Les investisseurs considèrent aussi que c'est un refuge contre l'inflation mais en ce moment les risques sont plutôt à la déflation.

L'or peut devenir un enjeu. Et une arme redoutable.

Un acteur puissant pourrait provoquer un *corner* sur l'or, c'est-à-dire en acheter puis provoquer une panique à la hausse.

Ce scénario me semble de plus en plus crédible. Je n'aime pas ça.

J'ai laissé plusieurs messages sur le portable d'Hélène. Elle ne m'a pas rappelé. Juste un SMS en fin de journée : « Interview confirmée demain à 8 h 20. Ne sois pas en retard »… J'ai trouvé encore plus romantique que moi !

Condamné à dormir seul chez moi comme un connard en pensant à l'or et à une troisième guerre mondiale…

Elle m'emmerde, cette fille. Elle joue la nana forte et indépendante, obsédée par son boulot, genre executive woman des nineties. Je vais l'envoyer bouler. Petit SMS : « Désolé. Impossible de venir demain. Gros coup de blues. Ne m'en veux pas. À bientôt j'espère. »

J'attends. Elle va réagir. Elle ne peut pas lâcher une interview où elle a probablement prévu de se venger de la petite humiliation que je lui ai fait subir hier matin avec des questions pièges sur Greg…

« Tu ne peux pas me faire ça !!! C'est une blague ! Comment veux-tu que je trouve un invité de remplacement maintenant ? »

Sympa, la réponse. Elle baratine, en plus. Les radios

ont toujours deux ou trois invités sous le coude. Je vais la tester.

« Non. Vraiment. Pas envie de te revoir comme ça après la soirée de samedi. »

« Bon. J'ai compris. Tu me rejoins chez moi dans une heure et tu restes dormir ? »

« Dormir non. »

« Pipe alors ? »

Si elle pense me choquer, elle va être servie…

« Pipe, cunnilingus et pénétration ou pas d'interview. »

« OK, interview. À +. »

« À +. »

Voilà. J'ai obtenu ce que je voulais. Pas vraiment le mode de séduction dont j'aurais rêvé, mais le chronomètre tourne…

La nuit a été un fiasco. Grande gueule mais rien derrière. Corps magnifique. Poitrine éblouissante. Des formes partout. Un cul bien potelé. Tout pour rendre fou. Tout pour me rendre fou. Mais zéro feeling. La compatibilité de peau était un leurre. Soit elle me trouve naze – je pense que c'est le cas –, soit elle est frigide. En près d'une heure d'acrobaties, j'ai à peine réussi à lui arracher un soupir. Probablement un soupir d'ennui.

Échec sur toute la ligne.

J'ai tout essayé pourtant. Rien à faire.

Elle s'est levée pour se doucher. J'en ai profité pour partir, la queue entre les jambes, littéralement… J'ai laissé un mot sur son oreiller. « Dors bien. À demain 8 h 20 à la radio. »

Il faut que je trouve une autre nana. Vite. Je réactiverai mes réseaux de marieurs et de marieuses demain.

En attendant, je suis rentré et j'ai regardé les cours

sur CNBC. L'or ne bouge pas. Il me nargue à 910 dollars contre 908 vendredi soir.

J'ai hâte de parler à Ben ; il sera de retour demain. Il faut que nous décidions une fois pour toutes si nous devons écarter la piste chinoise.

Je zappe. Que des séries américaines nazes, et en VF.

Je me branche sur Internet pour choper le nouvel épisode de la septième saison de *24 Heures*. Il est trop fort, ce Jack Bauer ! Mais pas autant que Bruce Lee. Bruce Lee, c'était mon idole à treize ans. J'ai vu tous ses films sur les Grands Boulevards. Je me souviens même des années : *Big Boss* en 71, *La Fureur du dragon* en 72 (mon préféré, avec Chuck Norris), *Opération dragon* en 73 et *La Fureur de vaincre* en 74.

Un bon petit Bruce Lee, tiens, voilà ce qu'il me faut pour oublier la glaciale Hélène Delalande et ce bordel sur l'or. Le dernier. *Le Jeu de la mort*. Un titre de circonstance. En 1978, Bruce Lee est mort avant la fin du tournage. Il n'est à l'écran que pendant quatorze minutes. Ils ont été obligés de terminer le film avec une doublure. Mais, dans ces quatorze minutes, il y a un combat d'anthologie où Bruce, un mètre soixante-sept, se mesure à Kareem Abdul-Jabbar, deux mètres dix-sept, ancien basketteur de la NBA. Une variation de David contre Goliath, en fait…

Hélène Delalande, c'est la quintessence du microcosme parisien. Pas faite pour un petit gars de banlieue. Et moi, je suis resté un gosse de banlieue. Je mourrai gosse de banlieue.

Bruce Lee, oui. Hélène Delalande, non.

Mardi 28 avril
J – 63

— On dit que Greg Aberdeen était complice de l'escroc du siècle Franck Bernoff et que c'est la raison pour laquelle il se serait suicidé.

— Mademoiselle Delalande, vous savez qu'on dit beaucoup de bêtises. Greg Aberdeen était un honnête homme. Il a été la plus grosse victime à titre personnel de cette escroquerie. Entraînant avec lui la Fondation internationale pour l'enfance. C'est ça qu'il n'a pas supporté.

— Monsieur Ventura, vous travaillez aujourd'hui avec une équipe de professionnels de la finance mais également avec le célèbre journaliste d'investigation américain Ben Bardavid. Est-ce que vous cherchez à remonter la piste de l'argent ?

Un petit rire.

— J'aimerais bien, croyez-moi. Malheureusement, je ne vois pas comment je m'y prendrais. L'argent a été dilapidé par Bernoff et son entourage. C'est un fait douloureux, mais c'est un fait. J'ai tourné la page après la mort de Greg. Et nous avons formé une équipe pour gérer un fonds que nous sommes en train de lever.

— Un fonds spéculatif, tout de même, monsieur Ventura.

— Un fonds spéculatif, oui, et qui aura pour vocation de faire monter les cours des matières premières alimentaires afin d'affamer les enfants des pays pauvres et de déstabiliser les actions de certains groupes dans le but de les pousser à licencier massivement.

J'ai haussé la voix.

— Pourquoi tant d'agressivité ?

— Parce que c'est tout ce que les journalistes veulent entendre. Vous êtes tombés dans le piège des politiques qui vous ont livré en pâture traders et financiers pour que vous ne regardiez pas ailleurs…

Hélène me regarde avec un petit air ironique qui achève de m'exaspérer. L'interview se termine dans un climat glacial. J'enlève mon casque. Je quitte le studio sans me retourner. Je sais qu'elle doit annoncer l'émission suivante et qu'elle ne pourra pas me rattraper. Elle n'a peut-être pas envie de le faire. Je m'en moque. Moi, je ne veux plus la revoir ni même entendre parler d'elle.

Je suis furieux, contre elle, contre moi, contre le monde entier. Sur le chemin du bureau, je manque renverser trois piétons avec ma moto.

Rick m'attrape à la sortie de l'ascenseur, surexcité.

— Je t'attendais ! Devine ce qu'a annoncé la Chine ce matin !

— Qu'ils ont volé l'argent avec Bernoff et qu'ils sont prêts à nous le rendre ?

Je n'ai pas parlé, j'ai aboyé. Rick fronce les sourcils.

— Euh, pas tout à fait… Non, tiens-toi bien. La patronne de la State Administration of Foreign Exchange, le Safe…

— C'est un jeu de mots ? Safe… coffre-fort…

— Tu es très en forme ce matin mais tu le seras encore plus si tu me laisses finir. La patronne de la Safe, Hu Xiaolian, a déclaré que la Chine avait augmenté ses réserves d'or de 76 % depuis 2003. Elles sont passées de 454 tonnes à 1 054 tonnes. Elle a annoncé avec fierté que la Chine est devenue le cinquième détenteur d'or au monde ! Et personne ne le savait !

— Qui sont les quatre autres ?

— J'ai tous les chiffres. Les États-Unis : 8 133 tonnes, l'Allemagne : 3 412, la France : 2 487, l'Italie : 2 451, la Chine : 1 054, la Suisse : 1 040 et le Japon : 765 tonnes. Et ce n'est pas tout : la charmante patronne du coffre-fort chinois a ajouté que son pays prévoyait de continuer à acheter massivement pour arriver à plus de cinq mille tonnes de réserves.

— Hmm… Ça sent l'attaque contre les Américains.

— Exact. Des officiels du gouvernement en ont profité pour dire qu'ils en avaient assez de financer le déficit public américain et qu'ils n'avaient plus envie d'acheter des obligations du Trésor US. Je te rappelle que la Chine est le premier pays détenteur de bons du Trésor américain avec 744 milliards de dollars devant le Japon et ses 661 milliards.

Oubliée, cette allumeuse d'Hélène Delalande. J'ai envie d'embrasser Rick.

— Mais tu as bossé toute la nuit !

— Oui. J'en avais marre de laisser la place de lèche-cul à Latika !

Nous sommes arrivés dans la salle des marchés. Latika éclate de rire.

— Je sais que vous pensez que je ne suis pas capable de travailler, poursuit Rick, et que je ne suis bon qu'à me bourrer la gueule avec les traders pour obtenir des informations… Bouuuuhh…

— Viens dans mes bras, Calimero, je vais te consoler.

— Merci, Latika, enfin une femme qui me comprend !

— C'est clair maintenant. La Chine lance ouvertement une offensive contre les États-Unis en s'attaquant au dollar…

— Et dans cette offensive, l'argent de Bernoff leur serait très utile… C'est sûr. Ils sont derrière Bernoff.

— Pas si vite, Kid. Réfléchis. S'ils cherchent vraiment à acheter de l'or pour créer une pénurie et une panique à l'achat, pourquoi l'annoncer ? Il vaudrait mieux le faire discrètement. Amasser de l'or physique mais également acheter de l'or à terme sur les marchés de Londres et de New York, et ne l'annoncer qu'une fois qu'ils auront tout raflé…

Sunee venait d'arriver.

— Il y a une autre possibilité. Ils mentent. Ils ont déjà acheté. Ils ont asséché les marchés. Ils ont déjà plus de cinq mille tonnes d'or, voire huit mille, plus des milliers de contrats sur les marchés à terme et ils annoncent maintenant qu'ils vont continuer à acheter. Tout le monde va vouloir acheter et se rendre compte qu'il n'y a plus rien…

— L'or s'envole alors à 2 000 dollars l'once.

— Et la Chine gagne une fortune mais surtout peut à ce moment-là imposer l'or comme devise de référence alternative.

— Mais comment ? demande Latika.

— Par exemple en s'arrangeant avec l'Iran, le Venezuela et d'autres pays de l'OPEP pour que le prix du pétrole soit fixé en or et plus en dollars. Plus de pétrodollars mais des barils-or. Du coup, le dollar s'effondre, répond Sunee.

— Seul problème : dans un premier temps, la baisse du dollar est une bonne nouvelle pour les États-Unis. Ça va leur permettre d'être plus compétitifs à l'exportation et de devenir imbattables notamment dans l'aéronautique ou d'autres secteurs d'équipement. Et c'est une très mauvaise nouvelle pour la Chine car elle va perdre beaucoup d'argent sur ses réserves en dollars.

— Tu as raison, Sam, mais les Chinois sont dans une stratégie à long terme. Ils sont prêts à accepter un sacrifice à court terme pour gagner la guerre. S'ils deviennent les plus gros détenteurs d'or du monde et qu'ils arrivent à mettre la main sur les plus gros stocks d'or sous toutes ses formes, ils prennent de fait la place des États-Unis.

— Scénario séduisant. Mais je n'arrive toujours pas à comprendre pourquoi ils auraient monté toute cette manipulation avec Bernoff. Ils ne sont pas à 200 ou 300 milliards de dollars près…

— Détrompe-toi…

Notre journaliste globe-trotter vient de faire son entrée. Il arrive directement de l'aéroport, pose son sac et nous rejoint.

— Détrompe-toi, ils sont à 200 milliards de dollars près. Ils bluffent depuis deux ans. Ils sont dans une situation dramatique et leur pseudo-réserve de change de 2 000 milliards de dollars, ce serait du bidon. Avec l'effondrement des exportations, l'explosion du chômage, ils arrosent la population à coups de milliards de dollars tous les mois pour tenter de s'acheter le calme social, ainsi que nous l'expliquait Latika. Ils auraient dilapidé leurs réserves. Il ne leur resterait rien. Tous mes contacts à Hong Kong et à Singapour me l'ont confirmé. Ils sont dans la merde. Et ils cherchent de l'argent dans tous les coins pour mener au plus vite leur razzia sur le marché de l'or avant que le monde ne découvre qu'ils n'ont plus de pognon…

— Dans ce cas, cela se tiendrait. Est-ce qu'on a une idée de la façon dont Bernoff aurait été retourné par les Chinois ?

— Je n'ai pas pu avoir d'infos là-dessus. Ce qui est étrange, c'est que les Chinois avaient beaucoup d'argent chez Bernoff jusqu'en 2007, qu'ils l'ont aidé à faire grossir son fonds et à attirer des capitaux et qu'ils ont tout retiré il y a un an…

— Au moment où Greg a mis son argent et où les investisseurs européens et américains se sont précipités…

— Exact, Sam. Les Chinois auraient permis à Bernoff de construire sa réputation de gestionnaire de fonds surdoué capable de gagner du 8 % par mois sans jamais perdre. Puis, il y a un an, Bernoff aurait ramassé 40 milliards en faisant un marketing agressif mais malin, en se vendant comme un fonds conservateur et sans risque. À ce moment-là, les Chinois ont repris leur pognon.

— Ce qui, avec les prêts des banques, peut leur permettre de jouer gros sur l'or.

— 200 milliards de dollars ?

— Non. Plus.

Sunee a un air grave.

Rick la regarde :

— Pourquoi plus ?

— On s'est trompés dès le départ. J'ai fait un calcul simple. Si notre adversaire a 40 milliards de cash, les banques lui prêteront probablement quatre fois la mise. Il a donc les 200 milliards de dollars mais on a oublié un détail de grande importance…

Elle marque un silence. Pour ménager son effet.

— S'ils interviennent avec ces 200 milliards de dollars non pas pour acheter de l'or physique mais pour acheter de l'or sur les marchés à terme de Londres ou de New York, grâce à l'effet de levier des marchés à terme, ils peuvent jouer au moins dix fois la mise… Messieurs, mademoiselle… – Elle se lève pour apporter plus de poids à son affirmation. – Nous avons en face de nous un ennemi qui n'a pas 200 milliards de dollars mais 2 000 milliards de dollars de munitions.

Silence de plomb. Sunee savoure son effet.

C'était évident et je n'y avais pas pensé.

— Ah merde !

— Tu l'as dit, Kid… Ah merde…

— On est vraiment baisés.

— Surveille ton langage, Kid. Mais c'est plutôt une bonne nouvelle.

— Ah oui, Sam, et tu peux nous dire en quoi ?

— Ma chère Sunee, d'abord bravo pour ton imparable démonstration. C'est une bonne nouvelle car s'ils s'attaquent avec 2 000 milliards de dollars à un marché, surtout celui de l'or, on les repérera tout de suite. C'est un montant colossal que peu de marchés peuvent absorber.

— *You're right.*

— OK. Il ne nous reste plus qu'à surveiller tout cela de près. Ben, si tu voulais t'attaquer au marché de l'or, tu irais où ?

— Afrique du Sud pour l'or physique mais si je veux m'attaquer aux marchés à terme de Londres et de New York, j'irais probablement en Suisse. Il y a une tradition du trading sur l'or en Suisse.

— Et toi, Sunee ?

— Pareil, j'irais faire un tour en Suisse.

Nous revoilà partis sur la piste suisse…

Je regarde Ben avec insistance.

— Bon, j'ai compris. Je reprends ma valise et je fonce à Genève.

— Comme tu veux mais je pense que ce serait une bonne idée. Attends peut-être le week-end prolongé du 1er Mai. J'ai besoin de toi ici un ou deux jours. Une piste que j'aimerais que nous creusions ensemble.

— Comme tu veux, boss.

Enfin, nous avançons. Et Hélène Delalande m'est complètement sortie de la tête. Finalement, ce n'est pas une si mauvaise journée.

Mercredi 29 avril
J – 62

J'ai donné rendez-vous à Sunee et à Ben au Plaza Athénée pour un petit déjeuner. Je préfère voir les « anciens » de l'équipe seuls. Pour faire un point. Pour leur faire part aussi des risques que nous pouvons courir si nous entrons dans une vraie bataille.

Malgré mes instructions, Max m'a rappelé.

Il était nerveux.

Il a de nouveau entendu mon nom à plusieurs reprises dans des conversations qu'il a réussi à surprendre.

Il me conseille de prendre une protection rapprochée. Il me propose de m'envoyer un de ses amis. Il ne veut pas savoir ce que je « fabrique », c'est le terme qu'il a utilisé, mais il pense que je suis en danger. Je l'ai remercié mais j'ai décliné son offre. Je n'envisage pas de me promener toute la journée avec un garde du corps. Et très franchement, si quelqu'un s'en prenait à moi, il me rendrait service. Plus besoin de chercher une méthode de suicide. Mort en héros sur le champ de bataille… Ça, franchement, ce serait la classe.

Un petit déjeuner au Plaza Athénée, c'est très amusant. D'abord, on se régale, ce qui est d'autant plus appréciable quand on sait qu'on n'en a plus pour longtemps. Ensuite, on n'y croise que des gens « qui comptent ». Derrière un paravent, Julien Leninque reçoit des chefs d'entreprise à qui il prodigue ses visions et ses conseils tout en promettant l'oreille de l'Élysée à un tarif qui fait du croissant du Plaza le plus cher du monde. À l'autre bout de la salle, c'est le salon de Claude Mutori, ancien conseiller de président atteint de diarrhée livresque. Il sort un pavé de quatre cents pages tous les mois ou presque. Ce matin, il semble faire un effort pour se rendre encore plus antipathique qu'à l'accoutumée face à un interlocuteur qui tente, sans succès, d'accrocher son attention. Mais le grand Claude est perdu dans ses réflexions, il pense à ses deux livres dont la publication, concomitante, est imminente ; le premier s'appellera sûrement *L'Inévitable Krach*, le second *Comment sortir de la crise*. Pile je gagne, face je gagne… À sa gauche, dans un renfoncement, deux patrons du CAC 40 devisent avec une mini-armée de conseillers en communication. Jeanne Bello, la grande prêtresse parisienne de « la com », n'est jamais très loin. Au bar, des journalistes de gauche tutoient des politiques de droite, et inversement. Et tout ce petit monde refait le monde en s'assurant que, surtout, il ne change pas, que les privilégiés gardent leurs privilèges, et que les conseillers continuent à conseiller sans payer tout en étant grassement payés.

J'ai fait une erreur majeure dans ma vie. J'ai cru qu'en France on pouvait réussir comme aux États-Unis ou en Angleterre, avec de l'énergie, du travail et un peu de chance. Erreur de jugement dramatique. En France, on ne peut réussir que si on est « connecté ». Je ne suis pas un obsessionnel des « réseaux » mis en avant dans les marronniers des hebdos mais, si on n'a pas les bons contacts, la réussite dans ce pays est un parcours du combattant. Pour les connectés, des tirs à blanc ; pour les autres des tirs à balles réelles. Aucune chance d'arriver au but. Sauf pour une dizaine de chanceux qu'on laisse volontairement passer, histoire de faire perdurer l'illusion que l'ascenseur social fonctionne. L'ascenseur social est un ascenseur de service. Qui ne fait que descendre. Et débouche sur un local à poubelles où s'accumulent les cadavres des entrepreneurs qui ont cru à leur rêve.

Dans la finance, c'est pareil. Il y a deux poids, deux mesures. Vous laissez disparaître 5 milliards d'euros, vous avez les félicitations du jury, des stock options, des bonus, et une retraite dorée si vous avez les bons amis ; vous faites une erreur minime de bonne foi en tentant de sauver une entreprise et vous passez devant une juridiction d'exception qui vous met à mort publiquement dans la plus pure tradition des procès staliniens.

L'argent va à l'argent.

L'argent va aux amis.

L'argent va aux connectés.

Inutile de se battre.

Entre l'extrême gauche qui veut la mort des patrons et la droite qui ne protège que les grands patrons, le sort de l'entrepreneur naïf et volontaire est scellé : la mort. Par la faillite, par le harcèlement administratif et réglementaire. Par la jalousie. Par l'écrasement de ceux qui ne veulent surtout pas perdre une miette du gâteau.

Une vraie pourriture.

Une hypocrisie permanente.

Heureusement, la salle est magnifique avec ses lustres dignes d'un palais. La corbeille de viennoiseries est une pure merveille. Sur le menu, il est précisé que le chef est champion du monde de la pâtisserie. Je n'invente rien. Le fumet des croissants pur beurre couvre largement l'odeur de renfermé qui émane de cette pseudo-élite parasitaire.

Sunee et Ben sont déjà arrivés. Je dois être en retard de quelques minutes.

— Merci d'être venus. Je voulais qu'on se voie en dehors de la salle des marchés pour avoir vos impressions. Je pense que nous avons fait un grand pas. L'attaque sur l'or me paraît être le scénario le plus crédible. Mais j'ai un souci. Nous sommes menacés. Je le tiens de source sûre. Et plus nous allons avancer, plus nous prendrons des risques. Tous.

Sunee m'interrompt :

— Tu as des infos ou c'est juste une crainte ?

— J'ai des infos. Par Max. Tu t'en souviens ?

Sunee hoche la tête. Je poursuis :

— Pour l'instant, je suis le seul dans la ligne de mire mais dès qu'ils vont me suivre, si ce n'est pas déjà fait, et voir les bureaux, ils vont vite identifier les membres de l'équipe. Mon autre souci, c'est que je me demande comment parvenir réellement à remonter à la source de la manipulation et à récupérer notre argent. Entendons-nous bien. Je n'ai pas une âme de héros. Je me fous de sauver le monde de la prochaine crise financière. Je me fous que quiconque fasse sauter la planète avec des barils d'or. Je veux juste qu'on récupère le pognon de la Fondation et le pognon de Greg.

— Au moins c'est clair, dit Ben. Pour la menace qui pèse sur nous, j'ai vécu avec toute ma vie. Au moment du Watergate, on a failli se faire tirer dessus une bonne dizaine de fois ; j'ai dû planquer mes parents à la campagne. Quant à toutes les zones de conflits dans lesquelles je me suis baladé par la suite, je n'ai échappé aux balles perdues que par miracle. Mes parents sont morts. Je n'ai plus vraiment de famille. La seule personne qui risque quelque chose de mon côté, c'est moi. Je suis prêt à assumer le risque. Sunee, pour toi la situation est différente. Entre tes vingt-cinq sœurs, tes cent cousines, ton mari qui est une perle rare et tes enfants…

— Moque-toi de moi, mais tu n'es pas tombé loin pour le nombre de membres de ma famille ! réplique Sunee en riant. Tu as raison. Je n'ai pas envie de prendre de risques. Ma famille est éparpillée en Thaïlande, je ne pense pas qu'ils iront la chercher là-bas mais mes enfants et mon mari sont des cibles faciles, ici. Et je ne veux pas les mettre en danger. *Sorry, guys,* mais entre la Fondation et mes enfants, je choisis mes enfants et mon mari-la-perle-rare…

— Je te comprends. Nous continuerons sans toi…

— Hep… Pas si vite, mon coco… Tu ne te débarrasseras pas de moi aussi facilement. Je n'ai jamais dit que je me retirais. Je ne fous plus les pieds au bureau, c'est tout. Ben, je pense que tu devrais faire la même chose. On se voit en dehors et on s'appelle avec des portables et des cartes prépayées. Mais je ne lâcherai pas le morceau avant qu'on trouve l'argent.

— Ben ?

— Je suis d'accord avec Sunee.

— OK. Adopté. On fait quoi pour Latika et Rick ? On leur dit qu'on est potentiellement en danger ?

— On ne peut pas le leur cacher, Sam. Tu te vois ne rien leur dire et retrouver Latika violée et laissée pour morte dans une petite rue sombre ?

— Non, Sunee, tu as raison. Mais on les perdra très probablement si on leur parle des menaces.

— Je ne crois pas. Au pire, on fera sans eux. Mais tu dois leur dire la vérité. Il est impossible qu'ils travaillent, eux, en dehors du bureau. Latika doit utiliser tous les équipements de la salle des marchés en permanence, elle ne pourra pas le faire de chez elle ; et Rick va voyager, mais on a besoin de lui au bureau pour le trading. Je pense qu'il faut que tu demandes à Max de nous envoyer deux de ses potes, un pour surveiller le bureau, un autre pour protéger Latika et Rick s'ils acceptent de nous suivre. Toi, je suppose que tu ne veux pas de protection…

— Non. Ça marche. Je parle aux jeunes ce matin. Achetez vos cartes prépayées et contactons-nous par SMS. Ben, quand pars-tu à Genève ?

— Vendredi.

— Parfait.

La salle s'est vidée peu à peu. Leninque avait minuté son petit déjeuner, il est parti le premier. Comme chez le psy, une heure de trois quarts d'heure payable immédiatement.

Rick a trouvé plutôt amusant d'apprendre qu'on était en danger.

— Waouh ! Ça fait vraiment série américaine maintenant, trop cool !

J'ai dû le dissuader de se procurer une arme en lui expliquant qu'en France, sans permis, c'était interdit. Il s'est rabattu sur des bombes lacrymogènes qu'il a commandées sur Internet et je le soupçonne de s'être aussi procuré deux ou trois armes blanches qu'il ne saurait pas utiliser mais qui lui donnent l'impression de devenir un vrai agent secret.

Quant à Latika, elle a réagi avec son calme habituel. Pas un trait de son visage n'a bougé. Elle a fini par accepter une protection pendant les deux mois de l'enquête à une condition… que ce soit une protection « éloignée » et discrète. En échange, elle s'est engagée à indiquer à l'avance ses déplacements à son ange gardien.

Cela réglé, nous pouvons nous remettre au boulot.

Toujours rien sur l'or.

Toujours rien sur les marchés.

Le calme d'avant le week-end prolongé du 1er Mai. Un week-end où les marchés américains sont ouverts mais où les marchés en Europe sont fermés.

Les médias sont focalisés sur les cent jours du Messie. Obama est encensé dans toute la presse mondiale. Le pauvre. Le retour de bâton sera violent. J'ai presque de la peine pour lui. *La Tribune* titre « La confiance Obama » et le *Herald Tribune* compare ses cent premiers jours avec ceux de Franklin Roosevelt… Je n'ai pas lu *La Croix* mais je ne serais pas surpris qu'ils fassent un parallèle avec la résurrection du Christ en cette période de Pâques. L'hystérie collective ne s'arrêtera jamais.

C'est pour cela que les vœux pieux de limiter la spéculation et de réguler les marchés resteront lettre morte.

Jeudi 30 avril
J – 61

L'état de grâce est terminé. Non… pas encore pour Obama. Pour moi.

C'est arrivé cette nuit.

Une nuit de cauchemar et de cauchemars.

La sensation de libération totale de l'esprit et du corps procurée par ma décision de me suicider a brutalement disparu pour laisser la place à une angoisse terrible. Dévorante.

Mon père m'est apparu. Comme il m'apparaît tous les ans, la veille de l'anniversaire de sa mort. Pas le père de ma jeunesse, un mètre quatre-vingt-trois, quatre-vingt-cinq kilos de muscles et de puissance, non, le père des tout derniers jours, un mètre quatre-vingt-trois désarticulé sur un fauteuil métallique d'hôpital, quarante-cinq kilos, et le regard d'un Alzheimer en train de basculer dans la démence. Mourir le 1er Mai pour un homme qui s'est tué au travail, quelle ironie.

Ma nuit a été peuplée de fantômes décharnés. Un mélange de rescapés de tous les camps de concentration du monde, d'Auschwitz au S21 cambodgien.

Peut-être le comité d'accueil qui se prépare pour mon arrivée prochaine ?

Il faut que j'aille les rejoindre.

Soixante et un jours et soixante et une nuits, c'est trop long.

Surtout soixante et une nuits qui ressemblent à celle-ci.

Pourquoi attendre ?

Me donner deux jours pour choisir la façon d'en finir et arrêter de souffrir.

À 5 heures du matin, j'ai avalé deux Lexomil entiers. Je n'ai pas entendu le réveil.

Je cligne des yeux, comateux. Il est 11 heures. L'appartement est baigné de lumière. Le ciel est d'un bleu parfait. Partout, le printemps éclate. La vie. Mais c'est comme si j'étais déjà mort. J'ai basculé.

Refermer les yeux, replonger… J'attrape le tube de Lexomil sur la table de nuit, j'enlève le bouchon.

Non, pas le droit. Il faut que je tienne ma promesse. Retrouver l'argent. Pas le choix. Promis à Greg, là-haut, et puis les autres, Rebecca, Sunee, les gamins, là, au bureau… Pas le droit de les laisser tomber… Soixante et un jours de souffrance, mais l'envie de partir sans remords.

Mon portable vibre.

Huit appels en absence.

Trois du bureau.

Cinq de Sunee.

C'est elle, encore. Je décroche.

— Sam, mais qu'est-ce que tu fous ? Tu as fait la grasse mat ou quoi ? Espèce de flemmard.

Je grommelle vaguement une excuse :

— Trop bu hier soir… mal dormi…

Sa voix suraiguë me vrille les tympans, j'ai un horrible mal au crâne. Mais Sunee poursuit sans la moindre compassion :

— Alors, réveille-toi maintenant et écoute-moi bien. J'ai réfléchi à ce que tu as dit hier. Tu as raison. Suivre où bouge l'argent nous permettra éventuellement de déjouer le complot mais pas de récupérer le fric de Greg. À force de nous focaliser sur l'utilisation des milliards détournés, on a négligé la façon dont l'escroquerie a été montée. Je sais que la presse a décortiqué des centaines de fois le dossier Bernoff mais je serais toi, je demanderais quand même à Ben de creuser le sujet.

Je me lève en grimaçant, la nuque endolorie comme si j'avais reçu un coup. Direction la cuisine, un café noir, deux aspirines. En fondant, le comprimé effervescent me chatouille le nez.

— Tu crois ? OK, je m'en occupe.

— Tu as une voix bizarre, Sam. Qu'est-ce qui se passe ?

— Non, rien, juste un peu la crève. J'ai dû attraper froid en moto hier soir.

— Hmm. Je n'en crois pas un mot mais je n'insiste pas. Tiens-moi au courant.

— Évidemment.

— Et, Sam, ne fais pas de connerie, hein.

Trop fine mouche, Sunee. M'en méfier dans le choix de ma méthode de suicide. Elle serait foutue de deviner.

Je m'offre une longue douche glacée et trois espressos plus tard, j'arrive au bureau.

Latika et Rick me dévisagent comme si je revenais d'entre les morts.

C'est Rick qui ose dégainer.

— Sam, tu as la tronche de quelqu'un qui vient de passer la nuit la tête dans les catacombes et le cul dans un cimetière.

— Belle image, Kid. Non. J'ai été un peu malade, c'est tout. Mais ça va mieux. Alors, quoi de neuf ?

— Les indices boursiers continuent à remonter fortement. Pas de volumes particuliers. Il y a beaucoup de clôtures de position avant le week end du 1er Mai.

— Malgré l'ouverture des États-Unis ?

— Oui. Mais comme l'Europe sera fermée, les States vont tourner au ralenti. Le cours des valeurs bancaires continue à s'envoler.

— Plus rien sur Bank of America ?

— Calme plat. Notre ami est rentré et sorti avec quelques milliards de plus… Il nous a testés. Devant notre absence de réaction, il prépare tranquillement son gros coup.

— J'aimerais que ce soit aussi simple, Kid. Sunee a soulevé un point important. Depuis le début, nous sommes focalisés sur l'utilisation de l'argent. Elle pense que nous devrions remonter à l'escroquerie elle-même.

— Mais les journaux en ont déjà fait des tonnes ! On ne va pas encore perdre des heures sur le scandale Bernoff, tout a été dit et re-redit !

— Kid, crois-moi. Fais confiance au feeling de Sunee. Je vais demander à Ben de nous refaire un topo complet sur toute l'affaire à 18 heures ce soir. J'ai mon cours de combat avant.

— Oh ! Steven Seagal !

— Non. Pas Seagal. Bruce Lee.

Rick se lance dans une imitation des gestes de Bruce Lee avec son miaulement célèbre. Latika le regarde avec un large sourire. Je sens naître un début d'affection entre eux. Ils sont pourtant aux antipodes, les deux opposés… peut-être pour ça, justement.

J'ai cogné dans les sacs avec une telle violence que mon coach s'est inquiété ; mes bras et mes jambes me font horriblement mal à la fin de la séance.

Je suis en eau.

Épuisé.

Si seulement ça pouvait me permettre de dormir ce soir.

J'ai la haine.

La haine.

La haine.

J'en ai oublié la conf call de 18 heures sur l'affaire Bernoff.

Tant pis. Qu'ils se démerdent sans moi.

Je ne suis plus là.

Vendredi 1er mai
J – 60

Je patiente depuis plus d'une heure sur le petit parking du cimetière de Vincennes. Le gardien arrive à 8 heures précises. Il me regarde avec un air méfiant, qui tourne au simple étonnement quand j'enlève mon casque : sans doute n'ai-je pas le look d'un pilleur de tombes ni d'un profanateur satanique. Il doit se demander si j'ai confondu le 1er Mai avec le 1er novembre. Il ne sait pas que pour moi, c'est le 1er Mai le jour de la Mort. Une mort qui nous a soulagés. Une mort qui a fait cesser cette pression quotidienne de la culpabilité : « Je vais le voir à l'hôpital aujourd'hui même s'il ne reconnaît plus personne depuis longtemps et je sors de là détruit par la vision de son corps habité par le démon de la souffrance, ou je n'y vais pas et je me dis que je suis un mauvais fils. » Chaque jour la même question. Chaque jour ce choix entre la peste et le choléra. Chaque jour depuis son entrée à l'hôpital. Chaque jour jusqu'à ce 1er mai 1986. Un 1er Mai où le soleil s'est mis à briller dès le petit matin comme aujourd'hui. Un 1er Mai où j'avais décidé de passer l'embrasser avant de profiter de la journée avec ma petite amie de l'époque. Il était allongé. Les yeux ouverts. Moins agité qu'à l'habitude. Probablement du fait des fortes doses de tranquillisants qu'on lui administrait. J'ai même eu fugitivement l'impression qu'il avait pris un peu de poids par rapport à la veille. Pure illusion d'optique. Je me suis assis dans le fauteuil à côté de son lit. Et je lui ai pris la main. Ses bras n'étaient pas attachés, ce qui était rare. Il n'a pas bronché quand je l'ai touché. J'avais sa main autrefois si puissante et aujourd'hui si menue dans ma main. Sa main qui enveloppait la mienne quand j'étais enfant. Aujourd'hui, le cours des choses s'était inversé. Moi le père et lui l'enfant.

Je suis resté plusieurs heures comme ça, sans bouger. Ce n'était pas prévu, ma petite amie devait s'impatienter, chez elle. De temps à autre, le va-et-vient des infirmières interrompait cette intimité soudaine. Elles me regardaient, elles ne disaient rien, elles souriaient et vaquaient à leurs occupations avant de refermer doucement la porte de la chambre. Les infirmières sont des femmes admirables. À un moment, je me suis levé. Je l'ai embrassé sur le front. Et là, j'en suis sûr, il m'a regardé et il m'a reconnu. Je me suis penché vers son oreille pour lui murmurer ce que je n'avais jamais osé lui dire : « Papa, je t'aime. » J'ai lâché sa main, me jurant que dorénavant je viendrais tous les jours sans exception. Il m'avait reconnu. Peut-être était le signe d'une amélioration, pourquoi pas d'une rémission ?

Je suis parti le cœur léger.

D'une cabine, j'ai appelé ma copine pour annuler notre rendez-vous. Elle ne l'a pas bien pris, forcément, mais j'avais un besoin irrépressible d'être seul. Ce jour-là, j'ai passé une journée d'insouciance comme je n'en avais pas connu depuis le diagnostic de sa maladie, deux ans auparavant. J'avais le sentiment d'avoir retrouvé mon père ; de l'avoir trouvé, pour la première fois de ma vie.

J'ai marché longtemps, je suis rentré chez moi à pied. Apaisé. Je me suis même autorisé une cassette d'une comédie. *Tootsie*. Avec Dustin Hoffman.

À 20 h 30, le téléphone a sonné. C'était ma mère. L'état de mon père s'était brusquement détérioré, ce serait bien que je passe à l'hôpital. J'aurais dû comprendre. Je n'avais pas compris.

Un quart d'heure plus tard, j'y étais. Il n'y avait personne, nulle part. Pas d'infirmière, pas de médecin, pas de visiteur, pas de patient en robe de chambre marchant précautionneusement dans le couloir. Un calme total. J'ai foncé vers sa chambre. Aucun membre de ma famille n'était encore arrivé, c'était moi qui habitais le plus près. J'avais brûlé quelques feux rouges, aussi.

Comme le matin, j'ai ouvert la porte de sa chambre.

Il dormait tranquillement.

Je me suis approché. C'est alors que j'ai remarqué qu'on avait entouré son visage d'une bandelette du menton jusqu'au crâne. J'ai appris plus tard qu'on faisait ça pour éviter que la mâchoire reste ouverte et se raidisse quand le corps refroidit et qu'on ne puisse plus la refermer. J'ai touché son front. Là, j'ai compris. Il était glacé. Son teint était légèrement cireux. Il était mort. J'ai poussé un hurlement. Long. Sans fin. Horrible. Un cri venu du plus profond de moi. Un cri que je n'entendais pas tant il venait de l'intérieur. Un cri de désespoir absolu. Le cri qui retentit en moi dès que je pense à mon père.

Les infirmières ont accouru dans la chambre. Elles m'ont obligé à le lâcher. Je m'accrochais à son corps de toutes mes forces. Je serrais sa tête dans mes bras. Ne pars pas. Ne pars pas. C'était tellement injuste. Mourir à soixante-cinq ans dans des conditions atroces sans qu'on ait jamais eu le temps de profiter ensemble. De la vie. De ma réussite. Partir à l'âge où j'avais enfin les moyens de lui payer tout ce qu'il n'avait jamais pu m'offrir. Partir à l'âge où nous pouvions enfin envisager des week-ends ensemble dans des palaces, des voyages à l'autre bout du monde.

« Pourquoi tu es parti ce jour-là, papa ?

— J'ai senti que tu commençais à voler de tes propres ailes. J'ai senti que j'allais devenir un poids insupportable. J'ai senti que je te faisais peur les jours où j'avais mes crises de démence. Je voulais que tu gardes de moi l'autre image, celle de ton père fort et protecteur.

— Mais on avait tout à construire. On n'a pas eu le temps de se parler. Tu t'es tué au travail et moi je t'ai évité car je voulais revenir vers toi en pouvant te dire : voilà, ta vie difficile est terminée, je peux tout prendre en charge, je suis riche, papa.

— Je ne voulais pas être une charge. Et même si on s'est peu parlé, même si on s'est peu vus, j'étais proche de toi. Tu sais, quand je rentrais du centre de tri postal à 6 heures du matin, je m'asseyais toujours quelques minutes à côté de ton lit pour te regarder dormir et te dire quelques mots.

— Ah bon ? Je n'ai jamais rien remarqué.

— À force de travailler la nuit, j'ai appris à faire aussi peu de bruit que le fantôme que je suis devenu aujourd'hui. Parle-moi de toi. Comment se déroule ta vie ?

— Bien. Très bien, même. Je suis devenu très riche.

— Tant mieux. Tu as combien d'enfants ?

— Je n'ai pas d'enfants. Je n'ai pas eu le temps avec le travail.

— C'est une mauvaise excuse.

— Oui. Tu as raison. Je crois que je n'en ai pas eu le courage. J'aurais voulu, pourtant. J'aurais aimé en avoir deux. Un garçon et une fille. Aujourd'hui, mon fils aurait dix-huit ans et ferait des études brillantes, ce serait mon meilleur ami, et ma fille aurait quinze ans, elle serait belle et lumineuse, ce serait ma joie de vivre.

— Ne regrette pas. Tu peux en faire maintenant, tu n'as que cinquante ans.

— Non. C'est trop tard.

— Non. Ce n'est pas trop tard.

— Si, c'est trop tard.

— Tu me caches quelque chose, Sam ? Tu as une maladie ?

— Mais non, papa, ne t'inquiète pas. Je ne suis pas malade. Je suis trop vieux pour avoir un enfant, c'est tout. Je n'ai plus envie. J'ai raté le coche. Tant pis pour moi.

— Et une femme ? Tu as une femme ?

— J'étais marié. J'ai divorcé et je cherche à nouveau l'âme sœur.

— C'est important que tu trouves une femme avec qui tu te sentes bien. Ta mère a été le seul amour de ma vie. Elle m'a soutenu tous les jours. Comment va-t-elle ?

— Elle fait semblant de vivre depuis que tu es parti. Ça fait vingt-trois ans qu'elle a arrêté de respirer. Elle habite toujours dans votre appartement. Elle n'en sort plus. Et elle ne vit que dans ton souvenir.

— Il va falloir que je lui parle pour la secouer un peu.

— Oui. Ce serait une bonne idée. Elle se laisse mourir à petit feu. C'est dommage.

— Tes frères et sœurs vont bien ?

— Oui. Très bien. Ils ont des enfants très gentils dont je suis proche.

— Tant mieux, tant mieux. Sam, tu ferais mieux de me dire ce que tu me caches, tu sais.

— J'ai décidé de mourir. Je vais me suicider. Dans un peu moins de deux mois.

— Pourquoi ?

— Je ne veux pas vivre comme un médiocre, sans vibrer…

— Comme j'ai vécu ?

— Non, ce n'est pas ce que je veux dire. Non, je ne peux plus vibrer car cela me fait trop souffrir mais je ne veux pas vivre sans vibrer. Je préfère partir sur la pointe des pieds. Comme toi. Sans déranger personne.

— Tu as tort. Tu étais un enfant formidable, doux, aimant. Tu peux faire beaucoup de bien autour de toi.

— Je suis devenu dur, cynique, égoïste. Et le monde ne me plaît pas.

— Sam, ne fais pas ça. Je ne veux pas que tu fasses ça.

— Papa, ma décision est prise.

— Je t'en supplie, ne le fais pas. Promets-moi au moins d'y réfléchir et reviens me parler avant de prendre une décision définitive.

— Je te le promets.

— Tu me mens. Je m'en vais…

— Non… Ne pars pas… Non… »

Dans ma tête la voix s'est éteinte. Il ne reste plus devant moi qu'une pierre tombale glacée et glaçante, éclaboussée d'un soleil qui ne réchauffe plus rien. Victor Ventura. 1920-1986.

Je rejoins la moto.

Sonné. Hagard. Bouleversé. Je ne crois pas que nous ayons jamais eu une conversation aussi longue de son vivant.

Je n'ai pas vu le temps passer.

J'achète un brin de muguet à une gamine installée à la sortie du cimetière.

Je hais le 1er Mai mais j'aime le muguet.

Je n'ai pas la force de rentrer dans mon appartement vide.

Dans mon existence vide.

Je devrais aller voir ma mère. Je sais que c'est un jour particulièrement dur pour elle. Mais je n'ai pas envie de lui parler. Je veux rester avec mon père le plus longtemps possible, sans personne entre nous.

Il fait déjà chaud.

Exactement comme le 1er mai 1986.

Il faisait chaud aussi le 1er mai 1993. Le jour où Pierre Bérégovoy s'est suicidé. Au bord d'un canal à Nevers.

Sa mort m'a profondément touché même si je ne partageais aucune de ses convictions.

Mais j'ai compris son désespoir.

Quand on naît pauvre, on reste un pauvre aux yeux de l'establishment. Un parvenu si on gagne de l'argent, un pauvre type si on n'en gagne pas. Bérégovoy a payé pour une faute que n'importe quel énarque bien connecté aurait étouffée facilement. Il est mort comme un chien, sans ami. Seule sa famille l'a soutenu. Les politiques l'ont abandonné. La presse l'a lynché. La pensée unique du moment l'a condamné. Il est mort à soixante-huit ans. À peine plus vieux que mon père. Il s'est suicidé avec un pistolet. Je n'utiliserai pas d'arme à feu.

Je suis content de t'avoir parlé, même si je t'ai menti – si mal que tu l'as deviné… Je t'aime, papa. Tu me manques.

J'atterris sur l'autoroute de l'Ouest.

Je suis à fond sur l'A 14.

Je dois ralentir sur l'A 13. Beaucoup de circulation pour ce week-end prolongé. Je dépasse les voitures. À toute vitesse. Après le péage de Mantes, la route est dégagée. Je connais la position des radars. De toute façon, l'amende arrivera après le 30 juin, donc trop tard. Mais je n'ai pas envie de passer une heure avec les flics s'ils m'arrêtent.

J'atteins le péage de Beuzeville en une heure dix. J'ai dû rouler à près de cent quatre-vingts kilomètres-heure. Je suis à Deauville en une heure vingt-cinq. Pas mal.

La plage est noire de monde.

Les planches sont noires de monde.

Je ne supporte pas le monde.

Je ne m'arrête pas.

Je n'enlève pas mon casque.

Je rentre directement à Paris.

Dans ce sens il n'y a personne et pas de radars mobiles.

Je fais hurler le moteur et les pots me chantent une belle mélodie Harley. Je dérape doucement dans un virage. Je regarde autour de moi en une fraction de seconde. Il y a le petit muret de séparation entre les deux sections de l'autoroute. J'ai une bonne chance d'y passer si je m'écrase dessus. Mais aucune certitude. Je redresse la moto légèrement, je remets les gaz. Ce ne sera pas pour cette fois.

Je rentre dans mon tombeau du Trocadéro… à tombeau ouvert.

La journée a été épuisante.

Je m'allonge sur le lit. Il est 19 heures. Je m'endors comme une masse sans écouter mes messages.

Samedi 2 mai
J – 59

Je suis en sueur. J'ai dû pousser un cri. Je me suis réveillé brutalement. Il est 4 h 24 à mon réveil.

Je n'ai plus sommeil. Et j'ai peur de me recoucher. Peur de mes démons.

Je me lève. Passe en revue mes DVD. J'ai envie d'un film triste. *La Liste de Schindler* ? Les premières notes de la bande originale suffisent à me faire pleurer. Ce serait trop simple. Et je l'ai vu et revu. Mais c'est le cas de tous les films que j'ai conservés ici. J'opte finalement pour *Fight Club.*

J'avais oublié la phrase culte du film : « Ce que l'on possède finit par nous posséder… »

Le film vient de se terminer.

Il est 6 h 50.

Le soleil est bien accroché dans le ciel.

Je sors.

Sans m'en rendre compte, je me dirige à nouveau vers le cimetière.

Je reste assis à côté de ma moto baignée par le soleil naissant. Le gardien me reconnaît. Il me salue. Plus aucun signe de méfiance. Il pense sûrement que je viens juste de perdre un être cher. Il y a quelques cailloux sur la tombe à côté de celle de mon père. La tombe d'une petite fille morte à treize ans. « À notre petite étoile de ballet partie trop tôt. Tes parents et tes grands-parents », gravé dans le marbre.

Mon père n'est pas là. Je le sens tout de suite. Je n'ai même pas besoin de parler pour savoir qu'il ne me répondra pas.

Je me penche, j'embrasse sa tombe.

« Tu as raison. C'est à moi de faire mes choix. Je ne te dérangerai plus. Je t'aime, papa. »

Je ne lui ai jamais autant dit je t'aime de ma vie, ni de sa mort.

Paris est désert.

Le premier pont d'une longue série a provoqué un exode massif.

Les terrasses de café sont ouvertes. Et vides.

Il n'est pas 5 heures, il est presque 8 heures mais Paris ne s'éveille toujours pas. Les temps ont changé, mister Dutronc.

Je m'attable au Flore.

Je demande au serveur une feuille de papier et un stylo.

Je veux faire le point sur notre enquête.

Mais mon esprit est vide.

Je n'arrive pas à me concentrer.

Ma main se met à écrire la phrase qui me trotte dans la tête depuis que j'ai visionné *Fight Club* :

« Ce que l'on possède finit par nous posséder. »

Une fois.

Puis une autre.

« Ce que l'on possède finit par nous posséder. »

Et encore.

Ce que l'on possède finit par nous posséder.

Ce que l'on possède finit par nous posséder.
Ce que l'on possède finit par nous posséder.
Ce que l'on possède finit par nous posséder.
Ce que l'on possède finit par nous posséder.
Ce que l'on possède finit par nous posséder.
Ce que l'on possède finit par nous posséder.
Ce que l'on possède finit par nous posséder.
Ce que l'on possède finit par nous posséder.
Ce que l'on possède finit par nous posséder.
Ce que l'on possède finit par nous posséder.
Ce que l'on possède finit par nous posséder.

Je noircis une page entière. La retourne machinalement et recommence.

Quand les deux faces sont remplies, je me lève brusquement. Comme pris de panique. En me redressant, j'ai bousculé la table. Ma tasse de café s'écrase au sol. La bouteille d'eau est brisée.

Le serveur se précipite vers moi.

Je ne me suis rendu compte de rien.

— Monsieur, vous allez bien ? Monsieur… vous êtes tout pâle…

Il me faut quelques minutes pour me ressaisir.

Je vois le serveur et le maître d'hôtel s'affairer.

— Ne vous inquiétez pas, ça arrive souvent. Une tasse et une bouteille, on n'en mourra pas. On vous rapporte la même chose.

Je balbutie quelques mots d'excuse. Me rassois. Je suis sonné.

J'ai la sensation de perdre chaque jour un peu plus la raison. Mais cette fois j'en suis sûr. Elle m'a parlé. En finissant mes deux pages d'écriture, j'ai clairement entendu sa voix. Ce n'était pas la voix de mon père, ni celle des démons qui m'empêchent de dormir tant ils semblent pressés que je les rejoigne. Cette voix, je la reconnais. Cette voix, je l'ai aimée, je l'ai haïe. Je l'ai entendue gémir dans la fureur d'un ébat, je l'ai entendue m'insulter dans la fureur d'un débat.

« Je suis la seule à pouvoir t'aider, Sam. »

Ces mots ont sonné distinctement dans ma tête. Elle était là. À côté de moi. Eva. Eva le diable. Eva mon ange de la mort. Eva. Eva. Eva. Eva.

— Oui, tu es la seule à pouvoir m'aider.

J'ai parlé à voix haute.

Le serveur s'éloigne d'un air inquiet. Il échange un regard attristé avec l'unique autre client matinal de la terrasse.

Je lance sur la table un billet de 20 euros et m'enfuis sans attendre la monnaie.

« Je suis la seule à pouvoir t'aider, Sam.

— Oui tu es la seule à pouvoir m'aider… Tu me manques. »

Dimanche 3 mai
J – 58

J'ai épluché mon carnet d'adresses. Appelé nos amis communs. Mes contacts au Venezuela, dernier pays où elle vivait avant sa fuite. Mes contacts au Liban, son pays d'origine. J'ai remué le ciel et l'enfer pour retrouver sa trace. C'est finalement le responsable de la sécurité de l'ambassade d'Israël à Paris, Ron Sharit, un homme mystérieux avec lequel j'ai souvent échangé des renseignements précieux qui m'a rappelé dans l'après-midi.

— Je l'ai trouvée.

— Merci, Ron. J'imagine que tu as eu du mal ?

— Aucun. Elle ne se cache pas du tout. Elle n'est sous le coup d'aucun mandat d'arrêt international. Il y a quelques pays où il vaut mieux qu'elle ne mette pas les pieds car ils risqueraient de la faire disparaître pour de bon, mais c'est tout.

— J'imagine donc qu'elle n'ira pas à Tel-Aviv.

— Non, entre autres. Il n'y a pas que nous qui aimerions lui dire quelques mots.

— Elle est où, Ron ?

— Tu es certain de vouloir le savoir ? Je croyais que tu avais tiré un trait sur cette histoire.

— Ron, je dois la contacter. C'est une question de vie ou de mort…

— Pff, tout de suite le mélo ! Il y a longtemps qu'on ne me l'a pas faite, celle-là !

— Tu as raison, c'est un argument vraiment bidon.

S'il savait à quel point cette fois il ne l'est pas…

— Elle loge au Nacional, à Cuba, depuis deux semaines. Visiblement reçue comme une hôte très privilégiée du gouvernement cubain et de Raúl Castro en particulier.

— Tu veux dire que c'est sa maîtresse ?

— Mon pauvre Sam. Ça fait des années que Raúl Castro ne bande plus. Son frère l'a castré depuis longtemps, et ce n'est pas un mauvais jeu de mots, et des tonnes de Viagra n'y changeraient rien. Non. Il semblerait qu'elle travaille sur un coup important et que le gouvernement cubain lui apporte soutien et logistique.

— Israël suit ça de près ?

— Non. On s'en fout. Cuba, c'est l'affaire des Américains. Et les affaires d'Obama ne sont plus les nôtres. Ce mec ne nous aime pas. Il va tendre la main à tous les terroristes de la planète. Quand ils la lui rendront sans les doigts, il sera trop tard pour lui. Comme Jimmy Carter. En attendant, nous nous protégeons. Et nous sommes prêts à attaquer. Partout.

— C'est un peu l'histoire de votre vie… Ça ne s'arrêtera jamais.

— Non. Jamais. Tant que nous existerons… J'ai une adresse e-mail si tu veux tenter de la joindre. Une messagerie protégée qu'elle n'utilise que pour des communications ultraconfidentielles.

— Tellement confidentielles que vous la connaissez…

— Rien ne nous échappe, Sam, tu le sais bien. Même pas ta recherche de l'argent de Bernoff.

J'accuse le coup, incapable de répondre.

— Sam, mon ami, poursuit Ron, tu imagines que tu peux t'amuser à jouer à l'agent secret sans que nous en soyons informés ? Sache une chose. Cette ordure de Bernoff a baisé des associations juives dans le monde entier. Si tu trouves quoi que ce soit ou si tu as besoin de notre aide, tu n'as qu'un appel à me passer. Et si quelqu'un est derrière lui, comme tu sembles le penser, nous irons le chercher avec toi.

— Bien enregistré, Ron. Je n'hésiterai pas.

— *Shalom*, Sam.

— *Bye*, Ron, et merci pour Eva.

Un jour ou l'autre, certainement, l'aide de Ron me sera extrêmement précieuse. En attendant, je regarde l'adresse mail qu'il m'a dictée. Une adresse anodine. adama@gmail.com. Évidemment. Pas difficile de comprendre comment Eva s'est fait repérer avec cette adresse. Elle a voulu faire un jeu de mots. Adam et Eve, Eva et Adama. Mais Adama est un mot hébreu, qui signifie « terre ». Pas étonnant qu'un tel mot ait tilté sur les radars du Mossad.

Sans hésiter, j'ouvre un nouveau message.

« Eva, c'est Sam. J'ai besoin de te parler. »

J'appuie sur « envoyer » – voilà, c'est fait. Je n'attendais que ça. Un prétexte pour la recontacter… Je me cale dans mon fauteuil, les yeux rivés sur mon ordinateur. A-t-elle changé ? Une femme comme elle peut-elle changer ?… Souriant de ma naïveté, je pianote sur Internet, d'un news économique à un autre, mais les articles et les colonnes de chiffres défilent devant mes yeux comme si c'était du… chinois – décidément, Sam… Je suis incapable de me concentrer. Je vérifie ma boîte mail. Toujours rien. Ma nuque est nouée, je sens mes épaules tendues à craquer. Il faut que je me relaxe un peu, elle va me répondre, bien sûr qu'elle va me répondre.

J'ai dû m'endormir, il fait presque nuit quand je les rouvre. Et mon alerte mail clignote. Mes doigts tremblent légèrement en ouvrant son message.

« Sam !! Sam ?? Sam… Je ne te fais plus peur ? Tu veux pactiser avec le diable ? »

Je n'ai pas le choix, Eva.

Et Dieu que c'est bon de t'entendre à nouveau.

« Oui. À quel numéro puis-je te joindre ? »

…

« Si tu veux me parler, ce sera de vive voix ou rien. Tu as mon adresse mail, donc tu sais où je suis. Viens me rejoindre. »

…

Je n'hésite pas une seconde :

« D'accord, mais je ne pourrai pas être là avant jeudi. »

…

« À jeudi, mon Sam… »

Voilà, j'ai replongé. Le pacte avec le diable. C'est la seule solution.

Lundi 4 mai
J – 57

Je n'ai évidemment pas soufflé mot de mon projet de voyage. Surtout pas à Sunee. Elle me tuerait si elle apprenait que j'ai repris contact avec Eva.

Nous sommes réunis autour de la table dans la salle des marchés. Ben se lève pour nous faire son topo sur l'affaire Bernoff.

— Bernoff se lance à vingt-sept ans dans le trading avec 10 000 dollars en poche. C'est ce que dit la légende. Il crée une petite société d'arbitrage et d'intermédiation dans les années 1970. Puis se développe progressivement. Jusque-là, aucune manœuvre malhonnête. Petit à petit, il commence à proposer à des clients privés de gérer leur argent en utilisant de façon encore légale à l'époque les informations qu'il a grâce à ses activités d'intermédiation. Pour faire simple, des gros clients lui passent des ordres d'achat ou de vente qui font bouger les marchés. Lui propose à des investisseurs de faire du *front running*, c'est-à-dire d'anticiper ces mouvements pour gagner de l'argent. C'est très limite mais pas encore vraiment illégal. Il obtient bien évidemment de bonnes performances. Devient connu des milieux de la gestion. Et c'est dans les années 80 qu'il met en place son escroquerie. Pour cela, il reprend le système simple et basique du schéma de Ponzi. Il verse à ses investisseurs 10 à 15 % par an de rendement en leur faisant croire qu'il fait des arbitrages sans risque sur le marché. En réalité, il ne fait rien. Et verse les intérêts aux anciens investisseurs grâce à l'argent des nouveaux…

Rick l'interrompt :

— Et personne ne s'en aperçoit ?

— La SEC enquête régulièrement mais ne trouve rien d'anormal. Il faut dire que Bernoff est devenu un ponte. Il dirige même la plus grosse association boursière et parvient à marier sa nièce avec l'inspecteur de la SEC en charge de son dossier.

— Ça aide…

— Effectivement. Et en plus, l'argent afflue. Qui d'autre que lui peut offrir 10 % de rendement minimum que la Bourse baisse ou monte ? Dans les années 90, l'escroquerie devient plus subtile. Bernoff joue à fond la carte du marketing. Il recrute dans chaque pays des rabatteurs de capitaux dont on ne sait pas encore s'ils étaient au courant de l'escroquerie, les rémunère grassement toujours grâce à l'argent des nouveaux investisseurs et surtout développe le marketing de l'ultrasélection. Les rabatteurs ont pour instruction de refuser des clients ou de les mettre sur des listes d'attente en leur faisant croire que Bernoff ne veut pas en prendre de nouveaux. Entrer chez lui équivaut à se voir admis dans un club ultraprivé. Du coup, tout le monde se bat pour en être. C'est à ce moment-là que les Chinois entrent en scène. En 2004, ils annoncent à grand renfort de publicité qu'ils vont investir 10 milliards chez Bernoff. Cela provoque un énorme afflux de capitaux. L'argent entre par dizaines de milliards. Ce que personne ne sait alors, c'est que Bernoff rembourse aux Chinois, en 2007, juste avant la crise des subprimes, les 10 milliards avec 100 % de profit pour eux, soit 20 milliards, et cela toujours avec l'argent des nouveaux investisseurs… Le système se grippe avec la crise et explose avec la chute de Lehman. Tous les investisseurs veulent sortir au même moment. Sur le papier, Bernoff a 40 milliards de dollars sous gestion, mais quand ses clients veulent se faire rembourser, ils constatent que l'argent s'est envolé. Qu'il n'y a plus rien sur les comptes. La suite, vous la connaissez.

— Est-ce que les Chinois savaient qu'il y avait magouille ? demande Sunee.

— Aucun doute là-dessus. Ils savaient que personne ne peut doubler le capital comme cela en trois ans et ils sortent miraculeusement en 2007.

— Donc Bernoff travaillait pour les Chinois ?

— Il est trop tôt pour le dire mais les Chinois étaient au courant de tout ou presque, ça c'est certain.

Je m'efforce de rassembler les pièces du puzzle.

Sunee est persuadée que la clé de l'énigme réside en partie dans le montage de l'escroquerie. Or, plus Ben égrène les détails de ce montage spectaculaire, moins je vois d'éléments pour étayer cette théorie.

Sunee écoute sans dire un mot.

Elle prend des notes.

Elle a quelque chose en tête.

Latika aussi écoute, sans quitter ses écrans des yeux. Elle voit comme moi l'or repasser à la hausse la barre des 900 dollars. Une hausse de 4 %. Avec des volumes importants pendant la session asiatique. Les Chinois achètent encore.

Un grand silence s'est abattu dans la salle de marchés.

Tous les regards sont tournés vers Sunee, qui continue de prendre des notes.

— Arrêtez de me fixer comme ça ! J'ai dit qu'il y avait peut-être à creuser de ce côté-ci. Je n'ai jamais dit que j'allais deviner tout de suite où était l'argent… Ce qui est certain, c'est que les Chinois ont été proches de Bernoff. Qu'ils l'ont aidé à devenir un des plus gros gérants de hedge funds au monde et qu'ils ont miraculeusement récupéré leur argent, non seulement sans perdre un dollar mais carrément en doublant leur mise.

— Grâce à l'argent des pigeons qui ont tout confié à Bernoff…

— Exactement : Greg, la Fondation, des associations caritatives, des grosses fortunes européennes… Bon, laissez-moi réfléchir à tout ça.

Mardi 5 mai
J – 56

Les marchés boursiers font la une de toute la presse internationale. L'événement, c'est que toutes les bourses des pays dits développés sont au plus haut de l'année et qu'ils affichent tous une performance positive sur l'année.

Dans la presse française, c'est la hausse du CAC 40 qui est à l'honneur. Une hausse qui n'a pourtant rien de très glorieux : + 0,67 % depuis le 1er janvier… avec tout de même un rebond de près de 30 % depuis le 9 mars.

Voilà ce qui me fascine avec les marchés.

Le 9 mars, le consensus était général. Les actions étaient au plus bas. La fin du monde était imminente.

Aujourd'hui, on voit ressortir de leurs trous les *bulls*, les haussiers, qui avaient disparu et qui claironnent partout que la crise est terminée.

On pourrait même se payer une nouvelle petite exagération à la hausse… Et une petite bouffée d'euphorie… Fascinant.

Le 9 mars, vous annonciez que le marché exagérait à la baisse, personne ne vous écoutait, aujourd'hui, vous annoncez que rien n'est résolu et qu'il n'y a aucun élément rationnel, donc durable, derrière la hausse actuelle : personne ne vous écoute non plus.

Moutons, moutons, moutons, moutons… Trottinons joyeusement vers l'abattoir. Restons groupés, on sentira moins la douleur quand on se fera égorger.

Je fais part de mes réflexions à Latika.

— Ne me dis pas que tu découvres l'hystérie collective sur les marchés financiers, toi, le maître de l'anticonsensus ! ironise-t-elle gentiment.

— Non, n'empêche que ça m'étonne à chaque fois.

— Regarde du côté des marchés émergents, c'est encore plus impressionnant. Par rapport à leurs points bas : le Brésil + 83 % depuis l'automne 2008 ; la Corée du Sud + 72 % ; Shanghai + 50 % !

— C'est spectaculaire.

— Au fait, Sam, Rick et moi on se demande ce que tu penses sur la tendance à moyen terme. Tu crois à cette hausse ? Elle va durer ? La crise est terminée ?

— Je ne suis pas sûr que vous ayez envie d'entendre les élucubrations sur l'avenir d'un pessimiste dépassé par la nouvelle génération…

Rick me donne une petite bourrade amicale.

— Allons, Sam, tu ne t'es pas mal débrouillé. Tu as vu la crise des subprimes, et la bulle sur le pétrole. Pas mal pour un vieux…

— Merci, Kid. Toujours aussi délicat… Je suis très très, très pessimiste sur l'économie et les marchés financiers. La reprise actuelle est purement mécanique. Artificielle. On vient d'injecter des centaines de milliards de dollars avec les plans de relance et la planche à billets tourne à plein régime. Normal que les ménages qui, un peu partout, avaient arrêté de consommer se remettent à faire quelques courses. Normal que les entreprises qui avaient arrêté d'investir se remettent à acheter le minimum nécessaire pour continuer à opérer. Normal que les magasins repassent quelques commandes après s'être épuisés dans les douze derniers mois à liquider leurs stocks. Mais derrière tout ça, je ne vois que du noir, beaucoup de noir…

— DSK, sors du corps de Sam Ventura !

Rick éclate de rire.

— Non. Je suis sérieux. Je pense que l'avenir économique est très sombre. Après la crise des banques, nous allons avoir celle des États. Nombre d'entre eux sont déjà, de fait, en faillite. Pour l'instant, ce ne sont que des pays de deuxième ou troisième catégorie comme l'Islande, les pays de l'Est, l'Irlande ou encore quelques petits pays émergents. Mais quand l'Angleterre ou les États-Unis vont en être à ne plus pouvoir rembourser leurs dettes, vous allez voir les files sans fin devant les banques.

— Bientôt, tu crois ?

— Latika, tu connais ma réputation. J'ai un bon feeling mais je suis mauvais sur le timing. Je pense que tout cela va s'assombrir rapidement vers la fin de l'année. Et je pense que l'année prochaine sera une année terrible et la suivante aussi.

— Super-ambiance…

— Oui. Je crois à la fin du monde. La fin du capitalisme.

— Putain de crise financière !

— Non, Rick. Je vais te surprendre, mais je suis convaincu que le chaos vers lequel nous allons tout droit n'est pas dû uniquement à la crise financière. La crise financière a joué le rôle de catalyseur. C'est un ouragan mais un ouragan qui n'aurait jamais dû tout emporter sur son passage. S'il a été si dévastateur, c'est qu'il a révélé à quel point toutes les fondations du capitalisme moderne sont rongées et ne peuvent plus soutenir l'économie.

— Rongées par quoi ?

— Par deux révolutions. La révolution Internet et la

révolution écologique. Le capitalisme est pris en tenaille. Il va être broyé.

— Développe, monsieur le professeur, tu nous intéresses !

— C'est simple. D'un côté, il y a Internet. Internet a introduit la peste et le choléra dans le capitalisme. La peste, c'est la gratuité. Le choléra, c'est la possibilité de comparer tous les prix sur un produit à tout moment et au niveau mondial. De l'autre, vous avez la prise de conscience que la surconsommation est dangereuse pour l'avenir de la planète. Tous ces discours sur l'économie verte ont plombé la consommation de façon définitive. C'est tout simplement la fin de la surconsommation, la fin de la société de consommation, la fin du capitalisme… CQFD !

— Et là, le public du Zénith se lève comme un seul homme et applaudit la vedette ! essaie de plaisanter Rick.

— Ou se jette par la fenêtre…

— Tu as raison, Latika. Tout cela n'est pas bien gai. Mais il faut choisir. On ne peut pas avoir une économie de bien-être avec les avantages d'une économie de surconsommation… Les gens vont devoir choisir. Consommer plus et mal, consommer moins et bien mais avec un chômage qui explose et trois ans de transition extrêmement chaotiques.

— Pourquoi trois ans de transition ?

— Parce que derrière émergera un nouveau modèle. Comme toujours. Mais il faudra en passer par une véritable destruction. Et c'est pendant cette période que le pouvoir pourra changer de mains… Grâce à…

Rick m'interrompt :

— L'or ! Celui qui aura l'or quand tout s'écroulera aura le pouvoir…

— Exactement. Comme pendant la guerre. La seule monnaie échangeable, ce sera l'or.

— Ce qui explique qu'il intéresse tant nos amis…

Mercredi 6 mai
J – 55

L'euphorie continue à régner sur les marchés.

C'est le grand retournement de veste.

Les baissiers deviennent soudainement haussiers.

Les pessimistes optimistes…

Toujours la même histoire.

L'or, lui, ne bouge pas. C'est le seul marché sur lequel il règne un calme anormal. Un silence assourdissant.

Avec la hausse des marchés et le nouvel élan d'optimisme, il devrait chuter de 20 à 30 %. Le cours « théorique » de l'or est de 650 dollars maximum, or il en vaut toujours plus de 900.

Les volumes ne sont pas anormalement élevés mais il y a un gros acheteur qui pompe le marché, empêchant toute baisse.

Soit les Chinois, soit un autre ennemi.

J'ai hâte de rejoindre Eva. À vrai dire, depuis notre échange de mails, je ne pense plus qu'à ça. Je crèverais de l'admettre mais j'ai envie de la voir. Indépendamment de ce qu'elle peut m'apporter dans notre enquête. Envie d'être avec elle, de sentir son parfum, de… Stop. Terrain miné. Je suis également convaincu qu'elle peut me livrer des informations précieuses sur ce qui est en train de se tramer. Une manipulation d'une telle ampleur, soit elle en fait partie, soit elle sait ce qu'il se passe. Alors j'essaie de me concentrer là-dessus, de me dire que je ne pars que pour ça, lui soutirer des infos parce que, quelque mal qu'elle répande, elle reste la meilleure. Mais je ne suis pas dupe… Et je m'en veux, même si je me persuade que plus rien ne peut être grave puisque dans cinquante-quatre jours, de toute manière, je ne serai plus de ce monde.

Dans l'immédiat, j'ai un autre souci : comment annoncer mon départ à Cuba à l'équipe et particulièrement à Sunee ? Elle est capable de sentir la piste d'Eva à des kilomètres, et cette fois elle ne me pardonnera pas si elle comprend que j'ai replongé. Je ne peux pas lui mentir en disant que je pars avec Rebecca. Elle sait que Rebecca ne veut plus me voir et elles se parlent régulièrement au téléphone, toutes les deux. Une seule idée me vient – un peu manipulatrice (pardon, chère Sunee) : lui dire « Tu avais raison pour Hélène Delalande, je ne peux rien te cacher, décidément. Oui, on sort ensemble… Elle prépare un reportage là-bas et je vais l'accompagner, ça me fera du bien de faire un break quelques jours ».

Les gamins vont être étonnés que je décroche pour le week-end prolongé du 8 Mai, moi qui les bassine à longueur de journée avec mon horreur des jours fériés et de ces crétins de Français qui ne pensent que vacances et RTT, mais je vais la jouer mec crevé qui a besoin de faire le point. Je sais bien faire, ça.

Pas très crédible comme explication, surtout à un moment chaud de notre enquête, tant pis, ils devront s'en contenter. Ils n'oseront rien me dire, de toute façon, je suis tranquille de ce côté-là.

J'appelle Air France.

Ils ont de la place sur le vol de 13 h 50.

Neuf heures quarante-cinq de vol.

Arrivée 17 h 35 heure locale.

Il n'y a pas de première. Je prends une place en business.

Je n'appelle pas le Nacional pour réserver une chambre.

Je veux dormir avec elle. Dans son lit.

Je ne suis allé qu'une fois à La Havane. Deux jours. Il y a longtemps. Très longtemps. J'ai adoré cette ville. J'ai hâte de me jeter dans la gueule de la louve sur un air de musique cubaine. Vivement demain.

Jeudi 7 mai
J – 54

Je suis heureux de quitter Paris.

Je suis heureux d'aller à La Havane.

Je suis heureux de prendre l'avion pour un long voyage.

Je suis heureux de bouger, de me sentir de nouveau vivant.

À moins que je ne sois tout simplement heureux de revoir Eva.

Je prends une moto-taxi pour me rendre à l'aéroport. Amusant, pour un motard, d'avoir un motard comme chauffeur et de se retrouver passager. Ça me plaît bien. Si je devais vivre plus longtemps, j'aurais bien adopté cette formule de façon permanente. Depuis que j'ai décidé de me supprimer, c'est la première fois que je sens un petit pincement de regret… Bizarre.

Je me précipite au Relay du terminal C de Roissy où je rafle tous les journaux. Comme chaque fois que j'arrive dans un aéroport.

La une du *Financial Times* m'explose à la figure.

Une photo en plein milieu de la page.

Un énorme lingot d'or.

En superposition, le cours de l'once d'or depuis 1999.

6 janvier 1999 : 287,55 dollars.

17 mars 2008 : 1 011,60.

Puis le titre de l'article : « Les banques centrales européennes ont perdu 40 milliards en dix ans en vendant de l'or… que la Chine a acheté. »

Je pile net au milieu du hall, heurtant une maman qui tire par la main une énorme valise et deux petits enfants. Elle commence à m'injurier en espagnol, hors d'elle.

Je me pousse, bredouille des excuses, sans lever le nez de mon journal.

Les banques centrales ont perdu en dix ans ce que la Fondation de Greg et les autres pigeons de Bernoff ont perdu en un an… Mais ce chiffre de 40 milliards nous poursuit.

Je m'attable à la première buvette venue, commande un café et me plonge dans l'article. La thèse développée par le journaliste se révèle passionnante. Tout a commencé le 7 mai 1999. La Banque d'Angleterre annonce qu'elle va vendre une partie de son stock d'or pour « investir sur des actifs qui rapportent de l'argent ». Elle lance un mouvement anti-or que vont suivre les autres banques centrales européennes. La France, l'Espagne, les Pays-Bas et le Portugal lui emboîtent le pas. Ils vont liquider une partie de leur stock d'or à 280 dollars l'once en moyenne. Moins d'un tiers du prix actuel. Le plus gros perdant est la Suisse. Encore elle. Décidément, toutes les voies mènent à la Suisse. Elle a vendu 1 550 tonnes d'or en dix ans. Une perte de 19 milliards de dollars par rapport au cours actuel de l'or. Pour la banque d'Angleterre, une perte de 5 milliards de dollars.

En 1999, les États-Unis ont refusé de suivre l'Angleterre. Tout comme l'Italie et l'Allemagne. Les premiers pour des raisons purement stratégiques : ils tenaient à rester détenteurs du plus gros stock d'or au monde ; les seconds pour des raisons purement spéculatives : ils trouvaient qu'à 280 dollars, l'or était bradé. Et ils ont eu raison. En vis-à-vis de l'article, le *Financial Times* a imprimé un gigantesque camembert doré découpant le total des réserves d'or officielles par les banques centrales avec en dessous des commentaires sur la stratégie de chaque banque.

Total : 30,154 milliards de tonnes en mars 2009.

États-Unis : 8 133. Aucune intention de réduire leur stock.

Allemagne : 3 412. Aucune intention de réduire son stock.

FMI : 3 217. Il va vendre 403 tonnes avant la fin 2009 afin de financer ses programmes de soutien aux économies en difficulté.

France : 2 487. Le plus gros vendeur d'or sur l'année 2008 ; a la volonté de continuer à céder son stock d'or.

Italie : 2 451. Elle étudie la possibilité de vendre mais bataille politique sur l'utilisation du produit de la vente.

Chine : 1 054. Le *Financial Times* souligne que Pékin a *secrètement* augmenté ses réserves d'or et veut continuer à acheter.

Suisse : 1 040. Le plus gros vendeur d'or sur les dix dernières années.

Japon : 765. Aucune intention ni d'acheter ni de vendre. L'or ne représente que 2 % des réserves de change de la Banque du Japon.

Pays-Bas : 612. Ont vendu 40 % de leur stock en dix ans.

BCE : 536. La Banque centrale européenne a vendu de l'or depuis mars 2004.

La suite de l'article insiste sur le fait que les chiffres de la Chine pourraient être faux. Ses auteurs expliquent qu'ils ont tenté de vérifier les ventes et les achats, et que quelque chose ne colle pas. D'après leurs calculs et leurs recoupements, plus de 8 000 tonnes vendues sur les dix dernières années ne seraient officiellement comptabilisées nulle part et ils soupçonnent la Chine de les avoir achetées. Si c'est le cas, la Chine détiendrait 9 054 tonnes d'or, pas 1 054, et serait donc *déjà* le premier détenteur d'or au monde devant les États-Unis ! Lesquels seraient très inquiets de cette situation, de même que l'Inde. L'Inde est en effet le premier consommateur d'or au monde. Les bureaux de poste y vendent des pièces d'or et l'industriel Tata, connu pour produire la voiture la moins chère du monde, la Nano, a également lancé une marque de joaillerie low-cost pour le marché rural. L'Inde engloutit chaque année 60 % de la production mondiale en joaillerie et en pièces d'or. En 2008, elle a importé pour 4 milliards de dollars de lingots d'or. Et elle voit d'un mauvais œil ces importations, hautement symboliques pour sa population, devenir dépendantes d'une Chine dont la puissance la menace chaque jour un peu plus.

Un autre point me frappe dans ma lecture : l'explosion des produits financiers qui reproduisent fidèlement la performance d'un indice boursier, d'une matière première ou de métaux précieux. *Trackers*. Un tracker est un produit qui offre la performance d'un indice, d'une matière première ou d'un panier d'actions. Les trackers sur l'or sont apparus en 2003 seulement mais représentent déjà aujourd'hui un marché de plus de 2 000 tonnes. Là encore, depuis la création du produit, un « mystérieux acheteur a acheté cet or artificiel, cet or financier ». Une fois de plus, on soupçonne la Chine d'avoir procédé à des achats massifs.

Je suis sonné par les chiffres et par la cohérence de ce qui se trame. J'entends à peine l'annonce de mon vol. On m'appelle trois fois pour que je me présente en salle d'embarquement. Je suis le dernier à monter dans l'avion. Vol AF 474, embarquement terminé.

Siège 4C. Pour une fois, j'ai choisi le hublot. Pour voir le ciel au-dessus des nuages ? M'y habituer avant le 30 juin ?…

La pureté de l'azur m'abasourdit. Et brusquement l'évidence me frappe.

Tout est limpide. Lumineux. Comme l'or.

La Chine a préparé son piège patiemment. Pas en un an. Pas sur deux ans. Mais sur plus de dix ans.

Elle a laissé les banques centrales européennes vendre leur or au plus bas et a tout raflé. Jour après jour. Mine de rien. Depuis dix ans.

Face à elle, l'Europe a déjà disparu du champ de bataille. Dans cette guerre de l'or, il ne reste plus que les États-Unis. Une guerre de l'or menée dans des tranchées. Maintenant, l'argent de Bernoff va servir à la Chine pour lancer son offensive finale vers une victoire sans appel.

La conclusion de l'article du *Financial Times* est une illustration parfaite de la situation : « *China : in gold they trust*. » Un détournement inquiétant de la devise américaine « *In God we trust* »… La guerre va éclater au grand jour.

Personne n'est assis à côté de moi. Tant mieux.

Je n'ai pas faim. Je refuse le repas.

Par contre, je bois. Pas de l'alcool. De l'eau.

Pourquoi les hôtesses quand je voyage ne sont pas comme celles dans les SAS ou les James Bond ?… Des nanas sublimement bien foutues avec des visages d'anges démoniaques qui vous lancent des regards torrides et finissent dans votre chambre d'hôtel pour une nuit de sexe ininterrompu à l'autre bout du monde… Celle qui s'occupe de moi est très mignonne mais je suis transparent à ses yeux.

Tant mieux, au fond. C'est Eva que je vais rejoindre… Ce que je viens de comprendre me l'avait presque fait oublier. L'angoisse m'étreint : quelles armes avons-nous, à cinq, contre la future première puissance mondiale ?… À moins qu'Eva…

Je ferme les yeux. Dormir un peu me ferait du bien. La journée promet d'être longue…

L'aéroport José-Martí est bondé. Plusieurs vols ont atterri à quelques minutes d'intervalle. Une chaleur agréable m'enveloppe. Elle n'est pas étouffante, juste apaisante. Le passage de la douane se fait à une vitesse étonnante. Rien à voir avec le cliché des Cubains nonchalants. Le touriste est le bienvenu. Son argent constitue une ressource majeure pour le pays. J'ai même droit à un sourire sans un regard sur mon passeport. Je récupère ma valise, me dirige vers la sortie pour prendre un des taxis gouvernementaux, les seules voitures dans l'île – avec celles des diplomates et des membres du gouvernement – à ne pas dater d'avant 1959. C'est là qu'un jeune homme m'interpelle aimablement :

— *Señor Ventura ?*

— *Sí.*

— Je suis votre chauffeur. Si vous voulez bien, je vais vous accompagner à votre hôtel.

J'aurais dû me douter qu'Eva connaîtrait mon heure d'arrivée. La voiture n'est pas la limousine de l'hôtel. C'est une Mercedes gouvernementale. Confortable. La climatisation poussée à fond. Je demande au chauffeur de l'arrêter et ouvre ma fenêtre pour profiter du souffle chaud de l'extérieur. Il me regarde comme si je venais d'insulter le Che. Depuis mon premier voyage, La Havane n'a pas changé. Juste un peu plus délabrée. Les bâtiments de l'époque coloniale tiennent miraculeusement debout. Beaucoup sont inhabités. Je suis heureux d'être là. Mais cette impression décrite mille fois d'un temps arrêté depuis l'entrée des Barbudos de Fidel Castro saisit toujours avec la même force.

Je demande au chauffeur de faire un crochet par La Habana Vieja avant de longer le Malecón, cette promenade au bord de la mer où la jeunesse cubaine passe ses soirées et ses week-ends. Nous nous arrêtons devant le Nacional. Une file de taxis modernes attend à l'extérieur. J'aperçois la piscine, toujours aussi désespérément vide d'eau.

Le chasseur prend mes bagages. Une jeune femme m'accompagne jusqu'au patio où je m'installe face à la mer. Elle me demande d'attendre ici. Eva a vraiment bien préparé mon arrivée… Un petit orchestre passe entre les tables, deux guitaristes et un chanteur. La musique est gaie, entraînante, elle gomme presque entièrement l'angoisse qui me ronge depuis que je suis monté dans l'avion à Paris. Je me laisse aller dans mon fauteuil, la tête en arrière, les yeux fermés. Brusquement, au milieu d'une chanson, la musique cesse. Un silence brutal interrompt le babillage des touristes en train de siroter leurs *mojitos* ou leur Cuba libre. Toutes les têtes se tournent vers la porte qui est dans mon dos. Je n'ai pas besoin de tourner la mienne. Il me suffit de sentir le battement soudain accéléré de mon cœur. C'est Elle. Elle est là. Je me lève et me retourne lentement. Eva arbore une magnifique robe longue, beige, presque transparente, avec un décolleté indécent à souhait. Pas étonnant que sa simple apparition ait fait taire toutes les conversations ! Mais ce sont ses yeux qui m'hypnotisent. Ses yeux marron-vert. Ses yeux de fauve. Elle s'approche. Nos regards se happent, rivés l'un à l'autre, quelques secondes. Le temps s'est arrêté. Puis j'ouvre imperceptiblement mes bras. Elle s'y précipite, se réfugie au creux de mon épaule. Je la serre contre moi. Pas Eva la femme fatale, mais Eva la jeune fille sensible et romantique que je n'ai jamais connue. Je l'embrasse dans le cou, sur les cheveux, sur le visage. Partout, je la couvre de baisers. Mon cœur me fait mal tellement il bat fort. Autour de nous, le silence gêné fait place à des chuchotements et l'orchestre reprend *Hasta siempre*, l'hymne à la gloire de Che Guevara. Nous restons debout, enlacés, muets d'émotion. Je ne veux pas rompre la magie de ces retrouvailles. Je ne veux pas la laisser redevenir l'adulte sans foi ni loi prête aux pires exactions. Je m'entends lui murmurer : « Je t'aime, tu m'as tellement manqué. » Elle ne dit rien mais je sens ses larmes couler dans mon cou. Nos armures ont fondu. J'ai tout oublié de ce qu'elle m'a fait endurer. Les trahisons, les mensonges, les souffrances. Au bout d'un temps qui me paraît infini, c'est elle qui se détache de moi, me prend par la main, toujours sans prononcer un mot, et me dirige vers l'ascenseur. Quatrième étage. Elle ouvre fébrilement la porte de sa suite. J'ai tout juste le temps d'apercevoir la vue magnifique du balcon. Eva laisse glisser sa robe et m'entraîne vers le canapé du salon. Sa bouche. Le goût de sa bouche. Ses lèvres. Je m'aperçois de la douleur physique que j'ai supportée pendant tous ces mois sans elle, ce manque que j'ai refoulé, nié, refusé. J'ai besoin de sa bouche pour respirer. Nous sommes les deux parties d'un même corps. Nous nous embrassons avec une soif, une fougue dont je ne me croyais plus capable.

Quand, des heures plus tard, nos corps se détachent, j'entends pour la première fois le son de sa voix.

— Sam. Sam, mon amour. J'avais besoin de toi.

— Moi aussi j'avais besoin de toi.

Nous nous embrassons de nouveau, roulons l'un sur l'autre.

La nuit est tombée depuis longtemps quand nous nous sentons enfin prêts à parler. Pourquoi ai-je tant résisté à admettre qu'Eva était mon souffle, ma vie ? À l'approche de l'heure de vérité, je ne peux plus me voiler la face.

— Il t'en a fallu du temps pour te rendre compte que je suis la femme de ta vie..., murmure Eva à mon oreille.

J'ai l'impression qu'elle lit dans mes pensées.

— Je l'ai toujours su mais n'ai jamais voulu le reconnaître.

— C'est vrai qu'une aventurière, c'est moins présentable qu'une fille de milliardaire qui œuvre pour l'enfance malheureuse ou qu'une journaliste star...

— Tu m'as l'air bien renseignée, comme toujours. Tu me fais suivre ?

— Disons que j'ai des amis dans le domaine de la boxe...

Max ! Ce salopard travaille donc aussi pour Eva...

— Et cet enfoiré de Max qui prétend qu'il me suivait pour m'avertir du danger !

— Il ne te ment pas. Je lui ai demandé de te suivre pour savoir ce que tu faisais, qui tu voyais, comment tu vivais, c'est vrai, mais aussi pour te protéger. Tu t'es encore mis dans un merdier terrible, Sam...

— Chut ! – Je lui pose un doigt sur la bouche pour la faire taire. – On parlera de ça plus tard. On a toute la nuit. On sort dîner ?

— *Yes*. Laisse-moi enfiler une tenue décente.

Sur le perron du Nacional, son chauffeur se précipite pour lui tenir la porte mais elle se tourne vers moi :

— On prend un coco taxi, ce sera plus romantique, viens…

Elle m'entraîne par la main hors de l'enceinte de l'hôtel, où les coco taxis ne sont pas autorisés à entrer. Une dizaine attendent les touristes. Elle hèle un des chauffeurs :

— Boris !

Encore un qui a dû subir l'admiration de ses parents pour l'URSS… Le gamin d'une vingtaine d'années qui se dirige vers nous a un sourire éclatant.

— *Señora* Eva, où je vous emmène ?

— Boris, mon amoureux aime les endroits pour touristes. Amène-nous à la Bodeguita del Medio… C'est son restaurant préféré…

Le personnel de la Bodeguita accueille Eva avec une chaleur mêlée de respect. Elle est chez elle ici. Comme partout où elle passe.

Nous avons droit à la table réservée aux personnalités, celle où Hemingway venait écrire et boire… surtout boire.

On nous apporte immédiatement un plat de bananes frites.

Eva me prend la main.

— Chéri, ne perds pas de temps à me raconter ton histoire. Je suis au courant de tout. Dis-moi plutôt ce que tu attends de moi.

— Je veux découvrir pour qui travaillait Bernoff, qui a détourné l'argent et où le récupérer.

— C'est tout… ? – Elle me sourit avec ironie. – Et dis-moi, mon amour, pourquoi je t'aiderais alors que tu m'as larguée une première fois pour une misérable proposition de délit d'initié et que tu as failli me ruiner et me faire fusiller par Chávez pour une petite manipulation du pétrole. Parce que j'aime ta bouche ? Par amour ?

— J'adorerais mais je ne me fais pas d'illusions…

— Tu devrais, pourtant…

— Non, Eva. Je viens te proposer une association. Tu m'aides à retrouver l'argent et je te donne tout ce qui me revient.

Elle a un mouvement de recul. Me lâche la main brutalement.

— Quel romantisme ! Et c'est moi qui suis une chasseuse de primes ?

— Eva, redonne-moi ta main. Ça n'a rien à voir, tu le sais très bien. Et tu sais aussi ce que je ressens. Mais je te parle d'autre chose. Je te propose une association. Pas cinquante/cinquante. Cent pour toi, rien pour moi.

— Tu es devenu fou ?

— Non. Je veux retrouver l'argent, le rendre à la Fondation et que mon équipe soit récompensée. Je n'ai rien à faire de cette prime. Je n'en veux pas.

— Toujours aussi ridiculement chevaleresque mais c'est sûrement pour cela que je t'aime depuis le premier jour…

— Alors ? Tu acceptes ?

— Qui te dit que je peux t'aider ?

Je lève les yeux au ciel. Elle éclate de rire.

— Bon, d'accord ! Bien sûr que je peux t'aider. J'ai d'ailleurs déjà bien avancé car je me doutais que tu ne venais pas pour mes beaux yeux…

— Tu te trompes. Je suis d'abord venu parce que tu me manquais. Je t'aime, Eva.

— C'est une déclaration ?

— Oui.

— Alors on rentre à l'hôtel et on se blottit l'un contre l'autre pendant toute la nuit. Interdiction de parler business jusqu'à demain.

— Ça me va.

Vendredi 8 mai
J – 53

À cause du décalage horaire, je me suis levé à 5 heures du matin. 11 heures, heure de Paris. J'ai quitté discrètement le lit où Eva dort d'un sommeil d'ange – un comble ! – pour m'installer dans le salon.

Je n'ai pas envie de réfléchir à ce que j'ai enclenché en venant la retrouver. Je n'ai plus le temps de jouer le rapport de forces. Tout juste celui de laisser mes sentiments me déborder, mes émotions m'emporter. Tout juste le temps d'aimer vraiment avant de quitter le ring.

Je me suis sûrement assoupi dans le canapé. L'odeur du café mêlée au parfum enivrant d'Eva penchée sur moi me réveille.

— J'adore te regarder dormir… Tu sais que tu assures pas mal pour un vieux…

— Merci. C'est agréable au réveil.

— Mais non, mon Robin des Bois, tu es très beau gosse, vraiment.

— N'en fais pas trop non plus. Tu n'es pas crédible.

— C'est vrai. Et moi, comment tu me trouves ? lance-t-elle en ouvrant son peignoir juste au-dessus de mon nez.

— Toujours aussi belle. Peut-être même plus qu'avant…

— C'est juste ta vue qui baisse, sourit-elle en se redressant et en rajustant sa ceinture. Bon, on attaque le business ?

— Si tu veux.

Elle s'assied en tailleur à côté de moi, fait glisser ma tête sur sa cuisse et commence, en me caressant les cheveux :

— Bon, si j'ai bien compris, d'après les renseignements que j'ai glanés toi, ta sœur jaune…

J'avais oublié qu'elle jalouse aussi ma relation avec Sunee.

— … ton inspecteur Colombo sur le retour, ton golden boy et ton Ash Rai de pacotille, vous pensez que l'argent de Bernoff est entre les mains des Chinois et qu'ils se préparent, d'ailleurs ils ont déjà commencé, à rafler tout l'or du marché pour créer une pénurie et devenir les maîtres du monde ?

— C'est un peu caricatural en plus d'être insultant pour mon équipe, mais en résumé, oui…

— Au fait, si tu l'approches de trop près, ta starlette de Bollywood, je te crève les yeux.

— J'aime quand tu es jalouse, chérie… Mais donc oui, tu as assez bien résumé la situation.

— Et l'opération serait menée d'où ?

— Ils vont rafler l'or sur tous les marchés mais on a l'impression que Genève sera le centre de commandement des opérations.

— Cela se tient. Il y a juste un truc qui me gêne. Je ne vois pas les Chinois lancer les premiers une attaque contre les États-Unis pour déclencher la guerre. J'aurais plutôt imaginé l'inverse.

— Je pensais la même chose que toi. Mais j'ai réfléchi. Les Américains ont déjà déclenché les hostilités. Les Chinois sont coincés et ils veulent reprendre la main.

— Explique, je ne vois pas….

— Je crois que les Américains vont baiser tout le monde. Pour relancer leur économie, ils sont en train de contracter dans le monde entier des milliards de dollars de dettes qu'ils ne pourront pas rembourser. Puis ils laisseront le dollar chuter massivement et pour finir ils refuseront de rembourser leurs dettes, même en dollars dévalués, et imposeront une renégociation au rabais de leurs créances. En gros, ils vont dire aux étrangers à qui ils doivent de l'argent : « On vous doit de l'argent ? Tant pis pour vous, on n'en remboursera qu'une partie si on en a envie, et ce qu'on vous remboursera ce sera avec un dollar qui ne vaudra pas plus qu'un billet de Monopoly. »

— Dans ce cas, les Chinois sont foutus. Ils ont prêté près de 1 000 milliards aux Américains et, avec un dollar faible, les Américains vont les broyer sur les exportations. Comme les Chinois l'ont fait avant, d'ailleurs…

— Hmm, pas bon tout ça… Donc, pour toi, la messe est dite. Bernoff travaillait pour les Chinois. Avec 40 milliards de dollars et l'effet de levier, ils peuvent rafler près de 2 000 milliards de dollars d'or…

Je souris intérieurement : elle a fait en quelques secondes le même calcul que Sunee. Mieux vaut ne pas le lui dire…

— … et en même temps, avec une saloperie comme Bernoff, ils ont jeté encore un peu plus le discrédit sur la finance américaine en faisant passer tous les financiers yankees pour des escrocs…

— C'est vrai. Je n'avais pas pensé à cet aspect du problème…

— Tu devrais, mon chéri. La communication est une arme essentielle pendant la guerre…

— Cela te convainc ?

— Franchement ? Pas vraiment. C'est trop simple. Et tu sais que je n'aime pas ce qui est simple. J'ai besoin de réfléchir. Tu repars quand ?

— Après-demain matin. Je dois être au bureau lundi.

— Alors, arrêtons de parler de ça et profitons de notre week-end ensemble. Nous allons passer deux vraies journées de touristes, main dans la main. Il ne nous manquera que l'appareil photo en bandoulière…

Samedi 9 mai
J – 52

Elle ne m'a pas menti.

Avec elle, j'ai tout oublié. Plus de Greg, plus de Fondation, plus de Rebecca, plus d'or, plus de pétrole, plus de Chávez, plus de Castro, plus de Chinois, plus rien d'extérieur. Juste deux amoureux effrayés à l'idée de briser la magie du moment…

Dimanche 10 mai
J – 51

Nous n'avons pas dormi.

Pas du fait de mes performances sexuelles. Cela fait bien longtemps que l'étalon s'est transformé en cheval de trait… Mais nous avons passé la nuit à nous regarder. À parler. Et à nous regarder encore.

Quand l'heure du départ est arrivée, l'angoisse m'a étreint et j'ai vu son visage s'éteindre également.

Elle a même été prise d'un léger malaise en se levant.

— Tu es sûre que tu vas bien ? Tu t'es presque évanouie.

— C'est la tristesse de te voir partir, mon amour.

Mais elle était très pâle, les traits tirés, et je la sentais frissonner sous son déshabillé en soie.

— Eva, ces malaises m'inquiètent. Tu en avais déjà régulièrement quand tu travaillais avec moi et tu me disais déjà à l'époque que ce n'était rien de grave. Ça continue, alors ? Tu en as parlé à un médecin ?

— Comme tu es mignon de te faire du souci pour moi ! Mais tu sais que je suis une femme de fer et que je ne suis jamais malade. Non, tu es l'unique cause de mes malaises. Je n'en ai qu'en ta présence.

Je ne la crois pas mais à quoi bon insister ? Eva est la pire tête de mule que je connaisse. Malgré mon refus, elle a tenu à me raccompagner jusqu'à l'aéroport mais n'a pas voulu descendre de la voiture. Les adieux dans l'aéroport, cela fait trop « cliché » selon elle.

— Je vais activer mes connaissances et je te dirai ce que j'ai pu obtenir comme informations, a-t-elle dit en m'embrassant.

Nous avons eu un mal fou à nous lâcher. Alors que je m'éloignais, elle m'a rappelé :

— Sam, approche…

— Oui ?

— Renonce à te suicider. Je t'aime.

Elle ne m'a pas laissé le temps de réagir. Elle a remonté sa vitre et le chauffeur a démarré aussi sec.

Je me suis bourré de Lexomil à peine assis dans l'avion. Endormi avant le décollage, secoué cinq bonnes minutes par l'hôtesse à l'atterrissage. Je n'aurais jamais dû rentrer…

Lundi 11 mai
J – 50

… Pluie torrentielle à Paris.

Une douleur terrible au ventre.

Le manque d'Eva. Elle est en moi, je ne peux rien contre ça… et elle est probablement aussi dans mes mails et dans mes ordinateurs : impossible sinon qu'elle sache mon intention de me suicider.

Je décide d'aller directement au bureau. Si je rentre à la maison, ce sera pire.

Latika est partie déjeuner.

J'invite Rick et Ben, qui revient de Genève, à grignoter rapidement dans le coin.

Je n'ai absolument pas faim. J'ai l'image d'Eva devant les yeux. Sa peau contre ma peau. Sa chaleur contre le froid qui, depuis la disparition de Greg, me tétanise… Je suis inquiet, aussi, à cause de son malaise. La négligence avec laquelle elle a l'air de traiter ça sonne faux. Me cacherait-elle quelque chose ? Cette idée me terrifie.

Rick et Ben refusent d'aller chez Carette sous prétexte que je passe mon temps là-bas et que ça me fera du bien de changer un peu de crémerie. On atterrit au Stresa, rue de Chambiges, haut lieu de la jet-set parisienne mais surtout excellent restaurant. Rick commande une pizza suivie d'un cocktail de pâtes. Il m'a l'air en pleine forme. Ben se contente d'une petite escalope au citron et je n'ai pas le courage de m'attaquer à autre chose qu'à une salade de tomates mozzarella.

C'est Rick qui lance les hostilités :

— Alors, ce petit week-end en amoureux avec la journaliste vedette du PAF ?…

Je lève les bras au ciel.

— J'invoque le droit de tout citoyen au respect de sa vie privée.

Aucune envie de m'enfoncer plus avant dans le mensonge.

— Quelle pirouette ! rigole Ben, mais en tant que journaliste américain qui a passé sa vie à se battre pour les droits des citoyens, je ne peux pas te critiquer. Bon, passons aux choses sérieuses. Mon voyage à Genève n'a rien donné.

— C'est plutôt une mauvaise nouvelle.

— Pas vraiment, en fait. Au contraire. Cela confirme tous nos soupçons. Il se passe quelque chose. J'ai rencontré des journalistes, des gérants de fortunes, des banquiers privés, des membres de la banque centrale et même des membres du gouvernement. J'ai passé trois jours à boire et à manger avec les uns et les autres, et tu sais que je n'ai plus l'âge ni la vigueur du Kid…

Le Kid nous adresse un sourire étincelant de sauce tomate.

— … et ils m'ont tout raconté. Tout. Les difficultés des banques suisses, les phénoménales erreurs de contrôle de leurs autorités monétaires, la faillite possible, eh oui, la faillite possible de l'État suisse qui a une dette et un déficit public intenables. Leur sujet de prédilection, c'est bien sûr la crainte qu'on les oblige à lever le secret bancaire. Depuis que le G20 a prétendu s'attaquer aux paradis fiscaux, ils crèvent de trouille. Ils ouvrent tous des bureaux à Singapour et à Hong Kong et commencent à y transporter l'argent « gris ». Sur ce sujet, ils sont intarissables. Sur Bernoff aussi. Ils ont tous ou presque perdu de l'argent et pour eux Bernoff est l'escroc du siècle. Mais en ce qui les concerne, l'affaire Bernoff s'arrête à Bernoff et l'argent a disparu en commissions, officielles ou occultes, et en dépenses somptuaires.

— Excuse-moi, Ben, mais où est la bonne nouvelle dans tout ça… ?

— La bonne nouvelle, c'est que dès que je prononçais le mot « or », tous les visages se fermaient et toutes les discussions tournaient court. Rien. Plus un mot. Plus une info. Juste le bla-bla que tu peux lire partout. L'or ne baisse pas parce que c'est la meilleure protection pour l'avenir. L'or est une valeur refuge. Non, on n'a rien remarqué de suspect sur le marché de l'or. Non, aucun fonds n'a acheté massivement de l'or récemment. Non, les Chinois n'en ont pas plus que ce qu'ils ont annoncé… tout ça, c'est de l'intox de journalistes. Peut-être même une opération menée par les Américains qui nous ont foutus dans cette merde…

— Les Suisses sont devenus pro-chinois et anti-américains ?…

— Exactement ! Les champions de la neutralité intéressée penchent une fois de plus pour ceux qu'ils pensent être les futurs vainqueurs de la guerre…

Mon portable sonne. C'est Sunee. Je lui propose de nous rejoindre pour un café. Rick en profite pour commander un tiramisu. Je me tourne vers lui :

— Et à part bouffer, Kid, tu as une opinion sur le sujet ?

— Oui, boss. Je pense qu'il faut qu'on attrape un

banquier suisse, qu'on l'enferme dans une cave et qu'on le fasse parler avec les méthodes de Jack Bauer.

— Et sérieusement ?

— J'ai une question pour Ben. Parmi les gens que tu as vus, personne ne t'a parlé d'un nouveau fonds sur le marché ou d'une nouvelle banque active sur la spéculation ?

— Pas vraiment, Kid. Au contraire. Beaucoup de gestions privées sont au tapis et beaucoup de banques ont cessé leur activité. Non. Aucun nom n'est revenu. À part tes amis, les ex de Lehman dont tu nous as parlé…

— Ah bon ? Ils ont une antenne en Suisse ? Ils m'avaient dit qu'ils démarraient petit et qu'ils étaient juste trois ou quatre à Londres.

— Eh bien, ils t'ont baladé. Il semble qu'ils gèrent beaucoup d'argent à partir de la Suisse et qu'ils sont très actifs. Ils s'intéressent particulièrement aux emprunts d'État US et aussi aux valeurs bancaires américaines et aux métaux…

La perplexité doit se lire sur nos visages car Sunee, qui vient de nous rejoindre, nous lance :

— Ouh-là, qu'est-ce qui se passe ? Quelqu'un vous a dit que c'était moi qui manipulais le marché de l'or ou quoi ? Vous avez la tête des mauvais jours, les garçons…

— Non. On vient juste d'apprendre par Ben qu'en Suisse, l'or est devenu un secret d'État, la Chine, un sujet tabou et que les amis de Rick, les types du Revenge Fund, ont une grosse salle de trading en Suisse alors qu'ils lui ont affirmé le contraire et qu'ils ont beaucoup spéculé récemment sur les valeurs bancaires américaines…

— Vous déconnez ou quoi ? s'exclame Sunee.

— On aimerait bien, mais non. Kid, toi qui les

connais, tu penses qu'ils pourraient bosser pour les Chinois ?

— Je les ai bien connus quand je travaillais chez Lehman puis chez George Soros. J'étais pote avec un des associés qui avait essayé de me débaucher. Ce sont les quatre anciens responsables du trading chez Lehman. Des stars. Des vraies stars. Les meilleurs. Ils étaient chez Lehman depuis plus de quinze ans. Une semaine avant la faillite, ils ont investi tout leur pognon personnel sur les actions de leur boîte. Le cours avait chuté de 90 % et ils étaient persuadés que le gouvernement ne les laisserait pas tomber. Paulson a décidé de lâcher Lehman pour faire un exemple. Ils ont été ruinés. Complètement ruinés ce 15 septembre 2008. Ruinés et au chômage. Dès le lendemain, ils ont reçu des offres de tous leurs anciens concurrents mais ils ont décidé de bosser pour eux en gérant l'argent de quelques investisseurs. Quand je les ai vus à Londres, ils étaient véritablement pleins de haine et de ressentiment. Ils en veulent au gouvernement mais aussi aux autres banques qui les ont laissés tomber. En particulier Bank of America, qui devait les racheter et qui a racheté Merrill Lynch à la place… Ils m'ont dit qu'ils travaillaient pour eux mais ce ne serait pas impossible qu'ils se soient mis au service des Chinois. Dans la logique « les ennemis de mes ennemis sont mes amis ».

— Aucun lien entre eux et Bernoff ? demande Sunee.

— Aucun. Je crois même qu'eux aussi ont perdu un peu d'argent chez lui.

— Kid, c'est peut-être une piste qui ne nous mènera à rien, mais je veux que tu leur colles aux fesses. Essaie de savoir pour qui ils roulent. Demande à Latika de suivre de près leurs opérations de spéculation sur les marchés et de nous alerter en cas d'anomalies.

— OK, boss.

Je me tourne vers Sunee et Ben.

— Bon, et vous, vous proposez qu'on avance comment ?

Sunee répond la première :

— Je vais creuser la piste suisse. Je finirai bien par trouver quelqu'un qui brisera l'omerta sur l'or. Laisse-moi faire.

— Je n'ai aucun doute sur tes capacités de persuasion…

— La fameuse torture chinoise…

Sunee sourit sans conviction. Elle pense déjà au coup suivant.

Ben a l'air pensif.

— Et toi, vieux ?

— Il faut que je réfléchisse. Pour l'instant, je vais rester à Paris. Attendons de recueillir plus d'informations avant que je me lance sur une nouvelle piste. Nous n'avons plus beaucoup de temps, il ne faut pas le gaspiller…

— OK. Kid, je compte sur toi pour briefer Latika.

— Avec plaisir… elle est folle de moi !

— Ah bon, réplique Sunee, j'avais plutôt l'impression que tu la collais et qu'elle avait de plus en plus de mal à respirer…

— Sunee, fais-moi confiance. Elle est comme toutes les femmes. Elle est amoureuse mais elle ne le sait pas encore.

De retour au bureau, Latika me montre ses écrans.

— Regarde bien, est-ce que tu remarques un truc ?

J'observe les cotations de tous les marchés :

— Oui. Tout est en rouge.

Le rouge indique un marché en baisse, le bleu un marché en hausse.

— L'euro est en baisse de 1 %, le CAC en baisse de 2,5 %, Wall Street en baisse de 2,9 %, le pétrole en baisse de 4 %... il n'y a que du rouge !

— Non. Regarde de plus près.

Je me penche sur l'écran à en avoir mal aux yeux.

Dans cet océan de rouge, j'aperçois un chiffre bleu qui clignote. 928,40. 928,60. 928,70. 929,10... Un seul marché est en hausse aujourd'hui : l'or !

— Et c'est comme ça tous les jours, m'explique Latika. Les marchés montent, l'or monte. Les marchés baissent, l'or monte. Il ne baisse pas. Jamais. Même pas un peu. Et mes systèmes m'indiquent des achats permanents pour des quantités certes limitées, mais quotidiennes.

— Quelqu'un ramasse... Quelqu'un ne veut pas que le marché baisse...

— Exact, Sam. Une grosse main est en train de tout rafler tranquillement. Discrètement. Mais efficacement. Et c'est pareil sur toutes les actions de mines d'or. Idem également sur l'or physique. Il semble que notre adversaire a commencé à poser ses filets. Ce n'est pas encore la grande offensive. Mais la préparation du terrain...

— C'est parti, donc. Il nous reste peu de temps.

— Très peu de temps..., confirme Latika.

J'envoie un mail à Eva pour lui faire part de nos découvertes. J'hésite à avertir Sunee qu'Eva travaille avec nous. J'hésite mais je n'ai pas envie de la trahir. Je n'aime pas mentir à Sunee. Je préfère encore qu'elle m'engueule.

À la fin de mon mail, j'écris « Je pense à toi, je t'aime » mais je l'efface aussitôt. Inutile d'en rajouter. Nous avons eu notre parenthèse romantique. Maintenant, nous voici à nouveau « collègues » et il me paraît absurde de repartir sur une relation qui n'a même pas deux mois d'avenir devant elle… Elle m'a surpris mais elle ne m'a pas fait changer d'avis. Eva et le trading. Les deux me font du mal mais je ne peux pas vivre sans eux. Je ne veux plus souffrir mais je ne veux pas survivre. Mieux vaut ne plus vivre que de vivre sans eux. Je ne veux pas la faire souffrir, non plus…

Un paquet est arrivé au bureau.

Amazon.

Je l'ouvre.

J'ai presque oublié que j'avais commandé ce livre. Il a mis plus de trois semaines à arriver. *Le Suicidologue*, le dictionnaire des suicidés célèbres.

Je rentre chez moi : j'ai trouvé de quoi occuper ma soirée.

Je m'arrête sur la classification latine « classique » du suicide :

– *Taedium vitae* : La lassitude de vivre.

– *Valetudinis adversae impatientia* : la maladie intolérable.

– *Impatientia doloris* : la souffrance morale insupportable.

– *Furor* : la folie furieuse.

– *Jactatio* : l'affirmation d'une conviction.

– *Pudor* : l'autopunition.

– *Nulla justa causa* : sans motif valable.

– *Liberum mortis arbitrium* : le droit laissé à un condamné à mort de se tuer lui-même.

– *Subtractio* : la fuite.

– *Aequivocus* : l'ombre d'un doute, le suicide maquillé en crime ou le crime maquillé en suicide.

Greg tombe dans la catégorie *subtractio* : la fuite.

Pour moi, j'hésite entre ça et *impatientia doloris*.

Enfoncé dans mon canapé, portable coupé, je tourne les pages, emporté dans une espèce de spirale morbide qui me fascine. Les heures passent.

Il est près de 3 heures mais je n'arrive pas à lâcher ce livre.

Nuit blanche… et noire… Tous ces morts qui me tiennent compagnie pour remplacer le corps d'Eva. Elle me manque terriblement… C'est avec elle que je devrais être, avec elle que je devrais passer chaque minute de ces jours qui me séparent du 30 juin… Les noms défilent, l'arme choisie pour en finir, revolver ou fusil, corde, barbituriques, saut dans le vide.

J'ai mal à la tête. Envie de vomir. De pleurer. Mais je me force à continuer.

Ma vue se brouille.

Un mélange de fatigue et de tristesse infinies.

Il est 5 h 30 du matin. Cette nuit ne finira-t-elle jamais ? J'ai dansé avec les loups, nagé avec les requins, je dormirai bientôt avec les vers. Mais je ne veux pas quitter Eva.

Mardi 12 mai
J – 49

Réveil à 7 heures. Une heure trente de sommeil seulement mais je ne ressens pas la fatigue. Au contraire. Ma lecture nocturne ne m'a pas éclairé sur la méthode idéale pour mon suicide mais bizarrement je me sens les idées plus claires sur le reste, et même l'envie d'en découdre.

En arrivant à proximité du bureau, j'appelle Latika.

— Rejoins-moi chez Carette, je t'invite à petit-déjeuner.

J'entame mon troisième triple espresso quand elle arrive.

— Salut Sam. Kid m'a briefé. Il ne lâche pas d'une semelle nos Vengeurs, et j'ai toujours un œil aussi sur les Chinois.

Elle s'assied et me tend la copie d'une dépêche.

— Mais regarde plutôt. Le procureur en charge de l'affaire Bernoff a confirmé que 20 milliards de dollars au moins ont été transférés sur différents comptes situés dans un catalogue de paradis fiscaux dans les deux semaines qui ont précédé l'arrestation de Bernoff. Or, malgré leurs recherches, ils ne retrouvent pas la trace de l'argent.

— Cela confirme ce que Greg disait. L'argent a été détourné et il est entre les mains de quelqu'un pour qui travaillait Bernoff. Cet escroc doit avoir mis quelques milliards au chaud pour sa famille mais notre adversaire a donc bien planqué le reste du magot en lieu sûr. Tu penses que tu peux retrouver la trace des virements ?

— Non. Pour retrouver la trace de l'argent, il faudrait une personne qui a l'habitude des escroqueries dans les paradis fiscaux et à qui on ne peut rien refuser…

Eva…

L'expression sur mon visage a interpellé Latika :

— Sam, tu penses à quelqu'un ?

— Non, non, je réfléchis…

Retour au bureau.

Eva m'a répondu.

Sunee m'a demandé de la rappeler.

Rebecca m'a envoyé un message. Premier signe de vie depuis plusieurs semaines…

Même Hélène m'a contacté par mail.

Elles se sont toutes concertées ou quoi ? Quel timing !

De : Hélène Delalande
À : Sam Ventura

Tu m'en veux encore pour l'interview ?
On se fait une nuit bras et bouche ?
Je t'embrasse.

Je préfère répondre tout de suite.

De : Sam Ventura
À : Hélène Delalande

Oui je t'en veux. C'était vraiment nul de tenter de salir le nom de Greg.
Non pour la soirée.
Il vaut mieux qu'on en reste là.

Voilà une affaire réglée. C'est sans doute la première fois qu'un mec l'envoie balader. Une bonne claque lui fera du bien. Même si elle ne compense pas les fessées que ses parents auraient dû lui donner quand elle était petite.

De : Rebecca
À : Sam Ventura

Hello Sam,
Je vais rester à New York quelques semaines.
J'espère que vous avancez.
J'ai des nouvelles par Sunee.
Tu me manques mais je préfère qu'on ne se parle pas pour l'instant.
Je suis certaine que tu m'as remplacée momentanément.
Pas dans ton cœur, j'espère… Je t'embrasse.

Je réponds en mentant.

De : Sam Ventura
À : Rebecca

Toi aussi tu me manques mais je respecte ta décision. Ta place dans mon cœur t'est réservée à vie.
Je t'embrasse aussi.

Je ne mens pas vraiment… Je n'ai pas dit quelle place dans mon cœur.

De : Sunee
À : Sam Ventura

Salut l'athlète, rappelle-moi. J'ai pensé à un truc (ça m'arrive de penser !).

J'ai gardé le meilleur pour la fin.

De : Eva
À : Sam Ventura

J'ai bien reçu les derniers éléments. J'ai activé tous mes contacts. J'aurai des informations très rapidement.

Rien d'autre. Oubliée, notre idylle à Cuba. Eva n'a donc pas changé…

De : Sam Ventura
À : Eva

Dans tes recherches, essaie d'avoir des informations sur les fonds qui ont été transférés de chez Bernoff les deux semaines précédant son arrestation. La piste s'arrête principalement aux îles Caïman.
Merci.

J'appuie sur « Envoyer ». Moi aussi je peux être froid et professionnel. Même si, là, je sais que je mens vraiment.

Je rappelle Sunee.

— Sam, tu as vu les infos sur l'argent retiré de chez Bernoff avant son arrestation ?

— Oui, Latika m'a montré.

— Je suppose qu'on ne peut pas tracer les virements et qu'ils aboutissent à une impasse dans un paradis fiscal ?

— Exact, mais j'ai peut-être trouvé un moyen d'avoir des infos là-dessus.

— Je vois…, répond-elle sèchement.

— Tu vois quoi ?

— Tu n'as qu'un seul moyen de trouver des infos là-dessus.

— Ah oui, et lequel ?

— Le diable, l'ange de la mort, celle qui t'a détruit un nombre de fois incalculable et vers laquelle tu finis toujours par revenir comme un petit chien.

Je ne cherche pas à nier, Sunee me connaît trop bien.

— Sunee, l'aide d'Eva peut nous être précieuse.

— Et qu'est-ce qui te dit qu'elle n'est pas derrière tout ça encore une fois ?

— Mon feeling.

— Quand il s'agit d'elle, ton feeling te dit n'importe quoi. Même en admettant que, grâce à elle, nous remontions la piste de l'argent, qu'est-ce qui l'empêchera de le garder pour elle ?

— Elle ne le fera pas. Je le sais.

— Décidément, vous avez vraiment une bite à la place du cerveau, les mecs. Enfin, si tu veux la mettre dans le coup, c'est ton choix, c'est toi le boss. En ce qui me concerne, je ne veux pas la voir, je ne veux pas lui parler, je ne veux pas qu'elle foute les pieds au bureau ni qu'elle soit en contact avec aucun membre de l'équipe. Si un seul de ces trucs arrive, je te préviens, Sam, je me retire de l'enquête et je te laisse tomber. Et pas la peine de venir quémander mon amitié ensuite. Ah ! encore une chose, si une fois de plus elle nous baise, je te tiendrai pour responsable et unique responsable. Salut.

Elle raccroche avant que je puisse réagir.

Le pire, c'est qu'elle a raison sur tout.

Mercredi 13 mai
J – 48

J'ai mieux dormi cette nuit. À peine réveillé, je me précipite sur mon ordinateur.

Un mail d'Eva.

« J'ai avancé. Bien avancé. *Call me at 9 am my time.* »

C'est une bonne nouvelle. Et je m'en fiche. La seule chose que je vois, c'est ce ton froid, impersonnel – indifférent ?

Pas en état d'aller au bureau ce matin. 9 heures, heure de Cuba, ça fait 15 heures, heure de Paris.

Encore de longues heures à tuer.

J'avale un café et je me rue dans le bois de Boulogne pour courir. Physiquement, je tiens la grande forme. Je ne m'arrêterai que quand je n'en pourrai plus.

Une heure. Une heure et demie. Deux heures. Je jette un œil sur ma montre GPS. J'ai couru vingt-six kilomètres ! Treize kilomètres à l'heure. Jamais je n'ai réussi une telle performance.

Je mourrai seul et en pleine santé.

15 heures pile, je suis au téléphone.

— Eva ?

— Oui ?

— Je te réveille ?

— Un peu mais je dois me lever de toute façon. J'ai rendez-vous avec le vieux Raúl.

— Qu'est-ce que tu fabriques avec lui ?

— Mieux vaut que tu ne le saches pas. Tu vas encore t'énerver…

— Tu as raison. Bon, alors, ces news ?

— Je connaîtrai ce soir le compte sur lequel l'argent a été transféré.

— Les comptes…

— Non. Le compte. Les virements qui correspondent aux 20 milliards sont tous passés par une quinzaine de banques mais ont été reversés sur un seul compte dans une seule banque. J'aurai toutes les infos. Banque. Compte. Propriétaire du compte et solde du compte.

— Génial ! Merci.

— Tu vois que le côté obscur de la finance a ses avantages. Le monde des paradis fiscaux n'a pas de secret pour notre réseau…

— Justement, je t'avoue que je me suis étonné de ne pas avoir vu ton nom mêlé à l'affaire Bernoff…

— Bernoff est un escroc. Une ordure. Un criminel. Il a piqué de l'argent à sa famille, à ses amis, à des associations, tu es bien placé pour le savoir. Je ne boxe pas dans cette catégorie, Sam.

— Tu veux me faire le coup du code d'honneur du grand banditisme. Vendre de la drogue, oui, mais pas à la sortie des écoles…

— Exactement, rétorque-t-elle sèchement. Je pique de l'argent à des ordures mais je ne le redistribue pas, je n'ai pas l'âme d'un Robin des Bois. Je le garde et je le dépense. Et je l'accumule. Juste pour le plaisir de le compter.

— Pas très glamour.

— Tu te trompes. Parlons de notre affaire…

— C'est devenu notre affaire ?

— Oui. Tu m'as demandé de t'aider. Je t'aide. Par amour pour toi, mon chéri, bien sûr, mais je pense que je peux joindre l'utile à l'agréable…

— Je t'ai déjà dit que je te laisserai ma part si tu m'aides à retrouver l'argent.

— Décidément, Sam, tu me connais mal. Je ne veux pas de ta part. Non. Mais je pense qu'il y a de l'argent à gagner sur ce coup.

— Je ne comprends pas.

— C'est pourtant simple. Nous savons que notre adversaire prépare un coup sur l'or. Il va assécher tous les marchés pour provoquer une panique.

— Tu veux acheter de l'or aussi et profiter de la hausse ?

— On va faire plus subtil. Si j'étais le méchant dans cette histoire, et tu sais que c'est un rôle dans lequel j'ai du mal à me mettre mais je vais tout de même essayer, si j'étais le méchant, donc, et que je voulais provoquer une panique sur le marché de l'or, je ferais trois choses. D'abord, j'en accumulerais sur tous les marchés. C'est visiblement ce que fait notre ami depuis plusieurs semaines. Puis je provoquerais une panique à la baisse.

— À la baisse ?

— Oui. S'il veut acheter encore beaucoup d'or sans payer trop cher, il faut des vendeurs et pour qu'il y ait des vendeurs, il faut provoquer une panique à la baisse.

— Et tu ferais cela comment ?

— Simple. Je fais circuler deux ou trois rumeurs alarmantes et je vends massivement pendant un ou deux jours une partie de l'or que j'ai accumulé. Tout le monde panique et vend. Et là, je ramasse tout. Vraiment tout. Je provoque ce qu'on appelle un *bear trap*.

— Oui, j'ai compris. Un piège à la baisse. OK, mais… Et toi là-dedans ?

— Nous, chéri. Nous. On va faire ça ensemble.

— Mais tu sais bien que mon équipe n'a plus d'argent…

— J'ai calculé qu'il devait vous rester 10 millions de dollars sur le solde de la vente de l'appartement de Greg.

— Toujours aussi bien renseignée…

— En effet.

— Mais je ne veux pas spéculer avec cet argent !

— Ne sois pas con. C'est pour la bonne cause. Je vais demander à mes amis de nous prêter un peu d'argent. Une centaine de millions de dollars. Je mettrai 100 millions de mes maigres économies sur le tapis. C'est toi qui mèneras la danse avec ton équipe, je te laisse faire. Tu vends d'abord. Puis quand tu verras les mauvaises nouvelles sur l'or arriver sur le marché, et les ordres de ventes affluer, là, vous intervenez et tu ramasses avant que notre ami ait pu commencer à acheter. Ça va le rendre dingue et probablement l'obliger à se dévoiler et prendre des risques.

— Ça tient la route.

— Bien sûr que ça tient la route puisque c'est mon idée ! Tu vois, l'élève a dépassé le maître…

— Je préfère oublier que c'est moi qui t'ai formée… Et si ça ne se passe pas comme ça ? S'ils continuent tout simplement à acheter progressivement ? Et que le cours de l'or ne fait que monter ?

— Ça n'arrivera pas. Ils ont besoin d'acheter beaucoup d'or et pour cela ils ont besoin de vendeurs et des vendeurs, il n'y en aura que dans la baisse.

— OK.

— Je te transfère le pognon dans deux jours. Tu utilises le levier maximal. Avec 210 millions de dollars, tu peux acheter pour 1 milliard de dollars sur le marché à terme.

— Je n'interviens que sur le marché à terme ?

— Oui, c'est celui à plus fort effet de levier. Je t'envoie ce soir les coordonnées du compte. Et je réfléchis à un autre élément. Il y a encore quelque chose qui me chiffonne dans cette conspiration…

— Quoi ?

— J'ai besoin de travailler encore dessus avant de t'en parler.

— Ça suffit maintenant ! Je dois gérer ton argent en suivant tes instructions, attendre que tu daignes m'éclairer sur tes intuitions. Je ne suis pas ton toutou, Eva.

— Calme-toi, chéri, sois patient. Je te dirai tout, promis.

— J'attends ton e-mail et l'argent. Salut.

Je raccroche furieux.

Jeudi 14 mai
J – 47

Eva ne m'a pas envoyé d'infos sur le compte. Elle n'a pas dû encore obtenir les renseignements.

En revanche, j'ai confirmation du transfert de 200 millions de dollars en date de demain. Elle n'a pas traîné. Je me demande à qui appartiennent les 100 millions de dollars qu'elle a « empruntés » ? Cuba est pauvre, mais les Castro ont accumulé une grosse fortune. À moins qu'elle n'ait renoué le contact avec Chávez ou quelque autre de ces nouveaux dictateurs « de gauche » d'Amérique du Sud. Je m'en fous. À ce stade de ma vie, l'argent n'a plus d'odeur.

J'ai averti Latika et Rick que j'avais trouvé des fonds et que nous allions intervenir sur le marché de l'or. Ils n'ont posé aucune question, sans doute trop contents de pouvoir agir enfin.

Sunee, bien sûr, a tout de suite compris d'où venait cette mise. Non seulement elle n'a fait aucun commentaire, mais elle a décidé de participer à l'opération en apportant 10 millions de dollars. Elle est donc d'accord avec la tactique d'Eva que je lui ai présentée comme étant mon idée. Elle a même fait semblant de me croire. Peu importe : si toutes les deux sont d'accord, cela signifie que cette tactique est la bonne.

Ce qui m'a troublé, c'est ce qu'elle m'a dit ensuite :

— Sam, il y a un truc qui me chiffonne, je vais continuer à creuser.

— Quoi ?

— J'ai besoin de travailler encore dessus avant de t'en parler…

Mot pour mot la même réponse qu'Eva. Ces deux-là ont du être sœurs dans une autre vie et l'une est devenue Caïn et l'autre Abel…

Vendredi 15 mai
J – 46

De : Eva
À : Sam Ventura

Plus difficile que prévu d'avoir les infos sur le compte. Notre adversaire est coriace… Mais je suis plus forte que lui, ne t'inquiète pas !
Tu as dû recevoir l'argent aujourd'hui. Tenez-vous prêts, je pense que la deuxième phase de la manipulation va débuter incessamment. Commence à vendre. Et puis laisse baisser. Attention. Ne te précipite pas pour acheter. Il faut provoquer une vraie panique, pas une petite baisse… Mais n'attends pas trop longtemps non plus ou tu manqueras le rebond…

En gros, à moi le sale boulot. Merci, Eva, trop sympa.

Ben m'a demandé d'intervenir aujourd'hui sur CNBC, dans une émission spéciale sur les chiffres désastreux de la croissance en Europe. Je ne fais plus ce genre de débats ou d'interviews depuis des années mais Ben pense qu'il faut qu'on donne le change à ceux qui nous surveillent en montrant que nous avons une activité normale, sur le mode *business as usual* et rien d'autre.

J'entre dans les studios de CNBC à Paris d'où je vais intervenir en duplex avec les journalistes qui sont à

Londres. J'ai une oreillette pour entendre leurs questions et je suis debout devant un fond bleu sur lequel ils vont probablement incruster une image de la tour Eiffel et de la Bourse de Paris.

— Sam Ventura, merci d'être avec nous. Vous avez repris la gestion de ce qu'il reste du fonds de Greg Aberdeen après sa mort tragique…

— Oui. En effet. Nous redémarrons avec très peu d'argent mais nous pensons qu'avec une bonne performance, nous parviendrons à en lever beaucoup dans les mois qui viennent.

— Aucun doute là-dessus, Sam. Tout le monde connaît votre talent ! Vous suivez quels marchés en ce moment ?

L'occasion idéale d'envoyer nos adversaires sur une fausse piste…

— Essentiellement les marché des valeurs bancaires américaines. Nous pensons qu'il y a beaucoup d'opportunités de trading en ce moment là-dessus.

— Et les devises et les matières premières ?

— Non. Nous restons concentrés sur les actions américaines.

— L'argent, l'or ?

— Sûrement pas. Ce sont des marchés trop agités en ce moment.

— Sam, que pensez-vous de l'économie européenne ? Les nouvelles sont alarmantes…

— C'est vrai. Au premier trimestre 2009, c'est la débandade, PIB à – 3,8 % pour l'Allemagne, – 2,4 % pour l'Italie, – 1,9 % pour l'Angleterre, – 1,8 % pour l'Espagne et – 1,2 % pour la France. Sans parler du dernier membre de l'Union européenne, la Slovaquie et ses 11 % de baisse de la croissance. Pour les seize pays de l'Union, on parle d'une baisse de 2,5 % sur le premier trimestre alors qu'ils avaient déjà perdu 1,4 % de croissance au dernier trimestre 2008.

— Pour les États-Unis, ce n'est pas beaucoup mieux.

— Non, les États-Unis ont vu leur croissance se contracter de 6,1 % sur une base annuelle. En Europe, on devrait arriver rapidement à un taux de chômage de plus de 11 %. L'Espagne est déjà à plus de 17 %.

— Quelles sont vos prévisions pour l'avenir ?

— La faillite des États-Unis.

Ma réponse est sortie toute seule.

Le journaliste manque s'étouffer :

— Pardon ?

— Je plaisante. Non, je pense que la crise sera longue, très longue…

Ben m'a accompagné.

Il me rejoint au démaquillage après l'interview.

— Tu as été parfait. En t'écoutant, on a vraiment l'impression que tu es à côté de la plaque…

— Je dois prendre cela comme un compliment ?

— Absolument.

Ben attend toujours de nouvelles infos pour choisir une nouvelle destination.

Il préfère activer ses contacts à partir de Paris pour l'instant.

Sur les marchés, rien ne bouge à part l'euro qui chute après les nouvelles économiques sur l'Europe.

Je vais aller passer le week-end à Londres.

Il faut que je rencontre quelques copains qui travaillent sur les matières premières, et sur l'or en particulier. Je ne veux rien laisser au hasard. Je veux également rencontrer le broker que nous allons utiliser pour intervenir. Hors de question que nous loupions le coche. Eva m'a mis la pression, me voici dans la peau d'un débutant…

Samedi 16 mai
J – 45

Il fait beau à Londres.

Un miracle.

Je voulais éviter le luxe tapageur des palaces habituels.

J'ai choisi un hôtel discret. Dans Knightsbridge. Petite rue calme à deux pas de Brompton Road et à quelques encablures de Hyde Park. Le Egerton House. Une vingtaine de chambres. Un lobby minuscule. Très british. Les chambres sont XXS mais les lits king size, et à baldaquin ! Dommage qu'Eva ne soit pas là avec moi…

J'ai rêvé d'elle, nous étions plus vieux, quelque part dans le Midi, et nous faisions l'amour sans cesse, sans cesse – un rêve étrange et doux. Quand j'ouvre l'œil à 7 h 30 heure de Londres, j'ai l'impression d'avoir fait une énorme grasse matinée…

J'avale rapidement un espresso apporté par une charmante jeune fille du room service. Je lui ai ouvert la porte en caleçon, torse nu. Elle a rougi et baissé les yeux comme si j'étais entièrement nu. Soit elle est coincée, soit je manque de pudeur. Je n'ai aucune pudeur, en fait. Les femmes me l'ont souvent fait remarquer.

J'enfile mes chaussures de jogging, mon short, un

T-shirt à manches longues. Et je cours jusqu'à Hyde Park.

À cette heure, Hyde Park est presque désert mais baigné de soleil.

J'opte pour le grand tour, dix kilomètres environ.

Tiens, je vais faire un crochet par Billionnaires' Row, cette allée des milliardaires qui bénéficie d'une vue imprenable sur le plus beau parc de la ville. Des demeures immenses. Il y a quinze ans, elles abritaient des ambassades. Aujourd'hui, toutes ont été rachetées par des gérants de hedge funds et des milliardaires du monde entier. En juin 2008, le fils de Lakshmi Mittal a fait un caprice : il a payé 125 millions de sterling, soit environ 150 millions d'euros, une de ces maisons dans laquelle il a fait faire des travaux somptueux, tout ça parce qu'il lui en fallait une proche de celle de son père. Au même moment, le milliardaire anglo-indien commençait à fermer les sites d'Arcelor en France après avoir promis au gouvernement de les maintenir ouverts. Difficile de conserver des emplois en France tout en entretenant deux *mansions* parmi les plus chères de Londres… Merci, Arcelor… La France et l'Europe se sont vraiment fait baiser dans cette affaire. Un hold-up mené de main de maître par Mittal.

J'arrive devant l'allée. Elle est fermée. Probablement parce que la seule ambassade qui n'a pas déménagé est celle d'Israël et qu'elle bénéficie d'une protection draconienne.

Tant mieux, finalement. Ces baraques et leurs occupants me donnent envie de vomir.

Je continue à courir. J'ai besoin de courir. J'ai besoin d'évacuer mes pensées négatives.

Je rentre à l'hôtel.

Mon rendez-vous avec le patron de NGN, Philippe Lamarthe, un Français devenu milliardaire à Londres en montant un hedge fund spécialisé sur les métaux est à midi et demie.

Je me douche, m'allonge sur le lit.

Perdu dans mes pensées.

Un peu avant midi, je descends à pied les deux étages de l'étroit escalier. L'équivalent d'un escalier de service chez le fils Mittal, certainement.

J'attrape un taxi devant Harrod's.

Je me fais déposer dans Portobello Road. Des hordes de touristes de toutes les nationalités. Je marche un peu, happé par la foule. Un cauchemar. Je décide de me rendre directement au restaurant. Tant pis si j'ai une demi-heure d'avance mais je ne supporte plus la foule. Petit resto italien branché, Mediterraneo, sur Kensington Park Avenue qui, comme son nom ne l'indique pas, n'est pas dans le quartier chic de Kensington mais dans le quartier bobo de Notting Hill.

On voit que Londres a subi un déluge de pognon avant la crise. Les beaux quartiers ont été entièrement rénovés. Londres était grise. Elle est devenue blanche : toutes les maisons sont repeintes d'un blanc cassé vif et lumineux, surtout un jour de soleil comme aujourd'hui.

Ici, je ne sens pas l'atmosphère de crise que m'a décrite Rick, mais je n'ai pas mis les pieds dans la City pendant la semaine et ça doit être bien différent là-bas.

Philippe arrive en Porsche Cabriolet. Noire. Intérieur en cuir beige. Modèle 2008.

— Je vois que les affaires vont toujours bien…

— Mieux que jamais, mon cher Sam. La crise a fait disparaître la concurrence. Les banques centrales et les autorités de contrôle s'épuisent à tenter de sauver un système bancaire qui ne pourra pas être sauvé. Pendant ce temps, ils nous fichent une paix royale, c'est le cas de le dire, et nous spéculons plus librement que nous n'avons pu le faire depuis longtemps !

— Un des membres de mon équipe me disait que la City était sinistrée.

— Il t'a dit la vérité. Toutes les grosses banques licencient. Beaucoup de hedge funds ont disparu. Mais pour ceux qui tiennent, c'est le jackpot. Le vrai jackpot.

— *Nice to hear*, et merci d'être venu, Philippe.

— *My pleasure*. Que puis-je faire pour toi ?

— Tu es probablement au courant de notre mésaventure…

— Qui ne l'est pas sur les marchés financiers ? La mort de Greg m'a beaucoup affecté et j'étranglerais bien Bernoff de mes propres mains…

— Moi aussi. Mais nous avons quand même décidé de maintenir notre projet.

Je suis obligé de lui mentir. Hormis notre équipe de choc, impossible de mettre quiconque dans la confidence…

— Nous avons réussi à lever 220 millions de dollars pour démarrer.

— C'est bien pour commencer.

— C'est peu mais c'est tout ce qu'on a pu réunir.

— Tu veux que je t'aide à lever de l'argent ? Nous avons passé le cap des 10 milliards de dollars sous gestion et l'argent continue à rentrer chez nous. Tu veux qu'on contacte certains de nos investisseurs pour leur demander de mettre un ticket chez toi ?

— C'est vraiment sympa de ta part mais je préfère démarrer petit. En revanche, on a décidé de ne pas procéder selon les règles classiques de diversification. Tous les hedge funds interviennent sur plusieurs marchés pour ne pas mettre tous leurs œufs dans le même panier. Nous, on a décidé de tout miser sur un seul marché.

— Quel marché ?

— L'or.

— Décidément, l'or est devenu une obsession ! Pendant des années, on n'était qu'un tout petit groupe de traders à s'y intéresser et depuis quelques semaines, c'est le délire. Je suppose que tu veux acheter de l'or car tu penses que c'est un *win win*. Soit l'économie mondiale redémarre et c'est l'inflation, soit l'économie mondiale s'effondre et c'est le chaos, mais dans les deux cas l'or monte.

— Tu me prends pour un junior, mon cher Philippe… Non. Je crois au contraire que tout le monde pense que c'est un *win win* et que, comme le consensus a toujours tort, l'or va d'abord baisser avant de rebondir très violemment quand plus personne ne croira à sa hausse. Aucun marché ne peut monter quand tout le monde est haussier.

— Je suis d'accord avec toi. En quoi puis-je t'aider, alors ?

— J'ai besoin de ton sentiment sur deux points. Tout d'abord, ton opinion sur l'évolution à court terme du cours de l'or. D'autre part, as-tu remarqué quelque chose de particulier sur ce marché ?

— Oui. Sur le marché de l'or, mon équipe a perdu de l'argent chaque fois qu'elle a joué la baisse. Il semble qu'il y a en permanence un acheteur quand ça baisse. Comme tu le sais, beaucoup parlent des Chinois mais je ne suis pas convaincu que ce soit eux.

— Tu penserais à qui ?

— Justement. On a fait le tour et on n'a pas réussi à identifier qui que ce soit. Mais on cherche. Si on trouve une info, je te la donne tout de suite. Quant aux niveaux, si cet acheteur arrête d'acheter, l'or retombera à son niveau normal, c'est-à-dire entre 650 et 700 dollars. Je crois qu'on va finir par y aller. Mais si on y va, on bourre à l'achat. Notre objectif, c'est 2 000 dollars l'once dans les dix-huit mois.

— Merci, Philippe. J'ai rendez-vous ce soir avec NewMarket. On va les prendre comme brokers pour nos opérations sur l'or. C'est un bon choix ?

— Ce sont les meilleurs. Demande que ce soit Jim Gathers qui s'occupe de toi. Sur l'or, il est capable de faire des miracles.

— C'est lui que je rencontre ce soir.

— Parfait, alors. Tu es entre de bonnes mains.

Le déjeuner s'est prolongé assez tard. Nous avons fait le tour de nos connaissances communes. La grande majorité a pris sa retraite avec un petit pactole. Les autres ont explosé en vol.

En sortant, je demande au taxi de me conduire devant Westminster Abbey. J'ai envie de faire ce que je n'ai jamais fait en venant ici. Mes séjours étaient consacrés au boulot, je n'ai jamais trouvé le temps pour rien d'autre. Je m'installe au premier étage du bus à impériale qui fait le tour de la ville. Soleil et plein vent. Le chauffeur me tend une paire d'écouteurs. Je les branche sur le commentaire en français. Et me voilà parti pour un parcours de deux heures à travers Londres. Ça m'amuse de faire un truc aussi ringard.

C'est au Sketch que les brokers de NewMarket m'ont invité à dîner. Sketch est un établissement branché divisé entre un resto gastronomique au premier étage, un plus casual au rez-de-chaussée et un grand bar boîte au fond. On y mange très bien, les équipes du chef Gagnaire y officient. Les brokers me sortent le grand jeu, champagnes, grands crus… Si je ne les arrête pas, ils vont sûrement me proposer une ou deux putes pour la nuit. Voilà au moins une chose qui n'a pas changé avec la crise.

Le serveur me donne par erreur une carte avec les prix. Absurdes. Même avec la baisse du sterling, une simple salade composée est facturée 80 euros et le moindre plat 120. Même la corbeille de pain est payante… Malgré tout, la salle est bourrée. Tant qu'il y a des cons pour payer ces prix-là, pourquoi se gêner ? Ces atmosphères m'emmerdent, désormais. J'abrège le dîner à la grande déception des cinq personnes de NewMarket qui se sont déplacées. Sont-elles venues pour moi ou pour se détendre du stress actuel dans un lieu hype aux frais de leur boîte ? Pas besoin de les observer longtemps pour connaître la réponse. À peine leur ai-je dit au revoir qu'elles se précipitent vers le bar où elles vont terminer la nuit. Lundi, elles justifieront la note pharaonique qu'elles présenteront à leur comptable en expliquant que Sam Ventura ne voulait pas aller se coucher et qu'il a bu comme un trou toute la nuit… En réalité, j'ai juste trempé mes lèvres dans un verre de bordeaux médiocre facturé 200 euros…

Mais ma mission est accomplie. Les brokers ont le doigt sur la couture du pantalon et sont prêts à démarrer à mes ordres, Jim Gathers le premier.

Je vérifie mes mails avant de me coucher. Aucune nouvelle de l'équipe, ni d'Eva, ni de personne. Lassitude et solitude…

Dimanche 17 mai
J – 44

Réveil tardif.

Nouveau jogging dans Hyde Park.

Temps magnifique.

Eurostar à 12 h 30.

Arrivée gare du Nord à 15 h 45, heure de Paris.

Taxi jusqu'à l'appartement.

Une journée sans intérêt. Une journée perdue. Il m'en reste peu, pourtant…

Désœuvré, je branche mon ordi et pianote sur Google. Avec un petit subterfuge pour qu'Eva ne voie pas ce que je fais… Du moins je l'espère.

Je tombe sur le site de Dignitas, l'association suisse la plus médiatisée et la plus célèbre sur l'assistance au suicide.

Très rapidement je trouve le nom du barbiturique magique : Pentobarbital. Vendu sur ordonnance en Suisse et en Belgique sous le nom de Nembutal, le Pentobarbital n'est commercialisé en France que comme médicament… vétérinaire. Je tiens enfin ma solution miracle ! En creusant un peu, je m'aperçois qu'on peut se procurer très facilement le Nembutal au Mexique.

Voilà un problème réglé.

Je retourne faire un petit tour sur ma boîte mail. Toujours rien, de personne.

Il est temps que j'aille voir ce que fabriquent les gamins, au bureau.

Lundi 18 mai
J – 43

Or : 931 dollars.

L'or est au plus haut dans la remontée récente. Il n'est plus qu'à quelques dizaines de dollars de son record historique.

Tout est prêt pour entrer dans l'arène.

Les 220 millions de dollars sont sur le compte du broker.

Nous pouvons intervenir dès aujourd'hui.

C'est Rick qui va mener les opérations. Le trader de l'équipe, c'est lui. Latika est chargée d'identifier les points d'achat. Sunee et moi supervisons l'opération. Quant à Ben, il ouvre grandes ses oreilles auprès de ses contacts.

Notre plan d'action est simple.

Notre adversaire va chercher à faire baisser le marché pour pouvoir acheter au plus bas.

Nous allons le devancer.

D'abord, cela va nous permettre de gagner de l'argent. Ce sera toujours bienvenu si nous ne retrouvons pas celui de la Fondation. Ensuite, cela nous permettra d'être dans le marché. Et de suivre sa température minute par minute. On sent mieux le marché quand on est immergé dedans.

Nous jouons un gros coup de poker en vendant dès maintenant.

Mais Eva est persuadée de la stratégie de notre adversaire.

Et Sunee pense que le marché est trop haussier.

Latika fait tourner ses machines.

Rick est face à ses écrans. Prêt à bondir, en ligne ouverte avec ses courtiers. À lui de jouer.

Nous attendons l'ouverture du marché de New York.

Ben m'appelle. Il a avancé sur l'affaire Bernoff.

— J'ai réussi à entrer en contact avec Jennifer Squad.

— Qui ?

— L'assistante de Bernoff pendant vingt ans. Écoute ce qu'elle m'a dit : elle est convaincue que Bernoff a lui-même orchestré son arrestation et plaidé coupable pour éviter de coopérer avec les enquêteurs et protéger ainsi son réseau de complices.

— Incroyable !

— J'ai également obtenu des infos de l'enquêteur qui travaille pour le liquidateur désigné de Bernoff. Il confirme que plus de 20 milliards de dollars ont été transférés à certains des investisseurs qui auraient bénéficié, je cite ma source, « d'intenses relations particulières » avec Bernoff. Ces investisseurs seraient en fait les rabatteurs de business de Bernoff : Davidson International aux îles Caïman, Flower Foundation aux îles Vierges britanniques, Catalina Partners à Gibraltar. D'après les derniers chiffres, Bernoff avait huit mille clients auxquels il faisait croire qu'il disposait de 65 milliards de dollars.

— Pourquoi personne d'autre n'a été inculpé ?

— Comme l'explique l'avocat de Bernoff, l'enquête se poursuit et seul un auditeur externe a été inculpé. Le gouvernement préfère attendre avant de lancer de nouvelles inculpations.

— Étonnant. À moins que le gouvernement ne sache quelque chose qu'il ne veut pas dire…

Latika est debout devant le paperboard, sourcils froncés.

J'adore son petit côté institutrice.

— Nous allons intervenir sur le Comex à New York. C'est le marché à terme le plus liquide sur l'or. Et c'est le marché sur lequel nous aurons le plus fort effet de levier. La taille d'un contrat, c'est 100 onces d'or. Chaque contrat est coté en onces d'or et fluctué de 0,10 once d'or

— Madame la maîtresse, je peux poser une question ?

Rick la taquine affectueusement. Il parvient à lui arracher un petit sourire :

— Vas-y, Kid.

— Si on achète un contrat sur le Comex à 931,20 dollars et qu'il monte par exemple à 931,70 dollars, on gagne bien 50 dollars ?

— Tu as vraiment besoin de me poser cette question ? Tu maîtrises tout cela parfaitement, mister Super Trader, mais bon, tu as raison, autant qu'on soit tous sûrs de nous avant de démarrer.

— Tu dis ça pour Sam et Sunee qui perdent la mémoire…

Rick a réussi à faire basculer Sunee aussi : maintenant, il la fait rire.

— C'est gentil de se préoccuper des vieux comme nous, rigole-t-elle, mais, Latika, ne te laisse pas déconcentrer par notre golden boy qui est surexcité à l'idée d'en découdre…

Latika lui lance un clin d'œil et poursuit :

— Effectivement, avec un contrat qui passe de 931,20 à 931,70, on gagne 50 dollars. Petit rappel : une once d'or, c'est égal à environ 31,1 grammes. Notre broker est prêt à nous accorder un appel de marge de 5 000 dollars par contrat. Donc, pour un contrat d'une valeur de 931 × 100 soit 93 100 dollars, on ne doit mettre que 5 000. Et on a un effet de levier de près de 20 ! Avec un million de dollars, on peut spéculer sur 20 millions, 18,6 millions très exactement, avec 220 millions on peut spéculer sur exactement 4,092 milliards de dollars, soit environ quarante-cinq mille contrats…

Je laisse échapper un petit sifflement appréciateur.

— Parfait !

— C'est purement théorique. On ne peut pas tout risquer. Si on fait tapis et que l'or monte, on ne pourra pas couvrir nos appels de marge.

— Qu'est-ce que tu proposes ?

— On ne vend que vingt mille contrats. Cela va mobiliser 100 millions de dollars et on garde 120 millions pour faire face aux appels de marge et pour revendre si le cours continue à monter.

Je me tourne vers Sunee :

— Qu'est-ce que tu en penses ?

— Latika est raisonnable mais on n'a pas le temps de fignoler. Le temps joue contre nous. On doit prendre un plus gros risque. Et je crois que l'or est mûr pour décrocher surtout si nous avons raison sur la stratégie de notre adversaire.

— Donc ?

— Donc on mise 150 millions de dollars, soit trente

mille contrats, et on garde 70 millions de dollars en réserve. Kid, tu te sens capable de tenir une position comme cela ? Ça, c'est vraiment jouer dans la cour des grands, hein…

— *Yes, mam'… Yes I can !*

Rick est en grande forme. On dirait moi il y a vingt ans. Ce petit ira loin.

— On fonce, alors. Kid, à toi de jouer. Latika, tu ne lâches pas la position des yeux et tu essaies d'attraper les fenêtres de tir.

— OK. Vous pensez qu'il faut qu'on vende l'ensemble en combien de jours ?

— Il se traite combien de contrats par jour en ce moment ?

— Environ cent mille.

— Si on ne veut pas se faire remarquer, faisons-le en deux jours. On doit vendre avant que notre adversaire se mette à faire baisser le marché.

— C'est parti.

Latika s'installe devant ses écrans.

Kid branche ses micros. Et ses haut-parleurs. Puis appelle son courtier.

— L'or échéance juin sur le Comex, ça vaut quoi s'il te plaît ?

— Entre 931,60 et 931,70.

— Pour quelle taille ?

— Cinq cents à l'achat, cinq cents à la vente.

Kid se tourne vers Latika.

— Kid, au-dessus de 930, tu peux vendre. C'est un bon niveau.

— OK.

— Tu me confirmes le prix ?

— 931,60/931,70 toujours. Cinq cents par cinq cents.

— OK. Tu les as. Tu restes comment ?

— Je checke… 931,60 à l'achat toujours pour mille contrats.

— Tu les as ! Ça reste comment ?

— *One moment*…

Le contraste entre le Kid surexcité que nous connaissons et le Kid en action est frappant. Il est d'un calme absolu. Passe ses ordres de vente d'une voix égale, presque détachée. En revanche, de l'autre côté du téléphone, le courtier subit une véritable poussée d'adrénaline. C'est sa journée !

— J'ai toujours un acheteur au même prix pour deux mille maintenant !

— Je te les donne.

— C'est fait. Total trois mille cinq cents à 931,60.

— Exact. Tu veux un autre prix ? Pour de la taille ?

— Oui. Trouve-moi un prix pour cinq mille d'un coup.

— OK… *Moment, please*… 931,30 pour cinq mille.

— Tu les as ! Demande-moi un prix pour mille cinq cents encore pour faire dix mille.

— 931,30 toujours…

— Tu les as. Tu me fais ma moyenne ?

— Oui. Cinq mille cinq cents à 931,30 et quatre mille cinq cents à 931,60. Tu as vendu dix mille contrats à un cours moyen de 931,4350 exactement. On continue ?

— Non. Rien pour l'instant. Je te mets en veille. Gueule-moi les prix si ça bouge, t'es en haut-parleur.

Kid se tourne vers Latika :

— Qu'est-ce que tu regardes, Latika ? Tu as l'air perturbée.

— Oui. Je ne comprends pas. Avec ce que tu as balancé, le marché aurait dû glisser un peu. Or il tient.

— Non, c'est normal, intervient Sunee. Le marché ne connaît qu'une direction depuis des semaines, la hausse. Il va falloir une news pour que la psychologie change. Et c'est sûrement ce qu'a prévu de faire notre adversaire. Tant mieux si ça ne décroche pas. Cela nous permet de vendre à un bon prix et de ne pas nous faire remarquer. Je pense que vous devriez en profiter pour revendre dix mille contrats aujourd'hui

— Dix mille ? Mais on aura fait plus de la moitié. On avait dit qu'on ferait le tout en deux jours, je pensais à quinze mille par jour.

— Non, Sunee a raison. Tant que le marché tient, il faut en profiter, lui répond Rick. J'y vais. Dis-moi si on est sur un bon niveau.

— Tu peux y aller, confirme Latika.

Kid recolle le combiné contre son oreille et s'adresse au broker :

— Je vais encore avoir besoin d'un prix pour cinq mille.

— Ça a remonté à 931,60 ! Tu as de la chance.

— C'est toi qui as de la chance. Avec les commissions que je suis en train de te donner, tu vas pouvoir faire la fête… Tu les as.

— C'est fait. Je suis demandé à 931,40 pour cinq mille de plus.

— Eh bien, tu les as et j'ai fini pour aujourd'hui.

— OK. Je te confirme donc que tu as vendu un total de vingt mille juin Gold à une moyenne de 931,4675.

— OK. C'est parfait. Je te rappelle demain.

Je m'approche de Rick.

— Beau boulot, Kid. On finit demain à l'ouverture.

— OK, boss.

— Latika, tu penses qu'on devrait se retrouver à quel niveau demain à l'ouverture ?

— Si le dollar se tient et que les marchés boursiers continuent à remonter, on peut glisser un peu demain mais on devrait tenir au-dessus de la moyenne mobile à vingt jours.

— Tu traduis pour nous s'il te plaît…

— On devrait tenir au-dessus de la zone 920-924.

— OK. Espérons que nos amis attendront qu'on ait fini de vendre avant de faire baisser. Allez vous reposer.

Revenir sur les marchés me procure toujours la même excitation. J'ai regardé Sunee. Chez elle aussi, il suffit de voir ses yeux. Les courtiers, les ordres, les cours, c'est ça, notre vie. Sans cela, je préfère…

— Sunee, je te raccompagne en moto ?

— Non, Sam. Je rentre en taxi. Aucune envie de mourir jeune.

— Tu ne risques rien, tu n'es plus très jeune.

— Moufle !

— On dit « mufle » avec un U ; en France, moufle, c'est un gant.

— Va te faire foutre, sale Blanc raciste… Ciao, tout le monde, à demain !

Mardi 19 mai
J – 42

— New York est remonté très fortement en clôture hier. Le Dow Jones a pris 3 %, le Nasdaq 3,5 %. Ce sont principalement les valeurs bancaires et le secteur immobilier qui ont tiré le marché à la hausse. Beaucoup d'analystes ont révisé à la hausse leurs prévisions de résultats des principales banques américaines pour le deuxième trimestre et le marché immobilier là-bas donne quelques signes de redémarrage, décrit Latika.

— Il était temps… Après une chute de 40 %, il y a quand même un ou deux acheteurs, dis-je.

— C'est à peu près ça. En fait, la moitié d'une hirondelle rachitique et tout le monde se fait croire que c'est le printemps…, ajoute Sunee.

— Du côté des changes ?

— L'euro a fait une belle remontée. Il est passé de 1,3440 hier matin à 1,3640, répond Latika.

— Des raisons ?

— Non. Pas grand-chose, de la spéculation pure.

— Et les matières premières ?

— Ça chauffe… Le pétrole a passé la barre des 60 dollars, je vous rappelle qu'il avait touché les 35 dollars en mars.

— Belle remontée.

— Pas mal, mais tout de même loin des 140 dollars de l'année dernière.

— Plus intéressant pour nous, l'or. Vous avez eu raison de vendre davantage hier. Contre toute attente, il a glissé. Toutes les matières premières montent, tous les métaux montent, mais l'or baisse un peu, dit Latika.

— Tu expliques ça comment ?

— Soit ce qu'on a vendu hier a pesé sur le marché, mais ce n'est pas ce qui apparaît sur mes graphiques. Soit nos amis ont arrêté d'acheter et se préparent à faire baisser le marché.

— Ce qui veut dire…

— Qu'on doit tout balancer à l'ouverture si on ne veut pas se faire baiser…, intervient Sunee.

— Exactement. C'est délicatement dit. J'y vais, boss ?

— Fonce, Rick. Combien de temps avant l'ouverture ?

— Cinq minutes.

— OK. À toi de jouer. Il nous reste dix mille contrats à vendre. Balance la sauce tout de suite.

— Entre Sunee et toi, Sam, c'est un vrai concours de poésie, baiser, balance la sauce, du vrai discours de traders de l'entre-deux-guerres… Latika, à tes ordis, je fonce sur le téléphone…

Rick a pu vendre les dix mille contrats restant à l'ouverture à 921,70.

Nous sommes donc vendeurs à découvert de trente mille contrats sur l'or échéance juin à 928,21 très exactement.

Il n'y a plus qu'à attendre. Nous avons utilisé une grosse partie de nos munitions. Si le marché monte, nous ne pourrons pas tenir notre position. Mais si, comme Eva et Sunee le pensent, notre adversaire commence son offensive, nous sommes bien partis.

Mon portable bipe discrètement, signal que j'ai reçu un SMS. C'est Eva : « *Call me*, mon chéri. »

Je la rappelle aussitôt, en m'isolant de l'équipe.

— C'est moi. Tu as du nouveau sur le compte ?

— Je vais bien, merci, et toi…

— Désolé, mais je sais que tu n'aimes pas perdre de temps en bavardages…

— Mais j'aime la galanterie. Dis-moi merci.

— Merci.

— Mieux que ça.

— Merci, ma chérie.

— Mieux que ça encore. Dis-moi ce que tu me feras quand on se verra…

— Écoute, Eva, appelle un numéro rose si tu veux te chauffer au téléphone…

— Ce que tu es désagréable, c'est pas possible ! Bon. Le compte est ouvert à Gibraltar. United Bank of Gibraltar. Numéro 115/223/665. Demande à ta techie de craquer le système de la banque pour connaître le solde exact mais, à mon avis, tu vas retrouver les 40 milliards.

— Latika se refuse à faire ce genre de trucs, elle n'est pas un hacker.

— Eh bien, elle va faire un petit effort et apprendre à dealer avec sa mauvaise conscience ; dis-lui de ma part que c'est pour la bonne cause. Et puis j'ai un truc drôle pour toi. Je peux même te dire où tu vas aller passer le week-end de l'Ascension…

— Où ?

— À Tunis.

— Tunis ?

— Oui, mon chéri. Sur la terre de tes ancêtres.

— Mes ancêtres sont italiens…

— N'oublie pas que vous avez transité pendant trois générations en Tunisie.

— Je n'ai jamais foutu les pieds là-bas !

— Eh bien, c'est l'occasion.

— Et je vais faire quoi, en Tunisie ?

— Tiens-toi bien. Le compte de Gibraltar est ouvert au nom de la Tunisian Commodities Corporation. Ne cherche pas, elle n'existe évidemment pas. L'adresse à Tunis est bidon, c'est une boîte aux lettres, En revanche, l'avocat qui représente officiellement la société est bien réel. Il s'appelle Farid Allaoui. Son cabinet est à Tunis même.

— Tu suggères que j'aille frapper à la porte de son cabinet en lui demandant si la société écran bidon dont il est supposé être l'administrateur a bien 40 milliards de dollars sur son compte et l'intention de les utiliser pour faire sauter la planète financière ?

— Si ça te chante. Mais le mieux, c'est qu'en arrivant tu te mettes en contact avec un ami à moi. Un ancien fonctionnaire intègre.

— Tu veux dire un membre de la police secrète du président ?

— Non. Ben Ali l'a viré car il jugeait ses méthodes un peu trop expéditives. Mon ami a monté sa petite entreprise. Il est prêt à te donner un coup de main. Je me suis permis de te retenir une suite au Résidence à La Marsa. C'est à quinze minutes de Tunis et c'est le plus joli hôtel du coin. Et je t'ai réservé une place sur un vol Air France demain à 15 h 55.

— Tu es même ma secrétaire particulière, maintenant ?

— Tu sais bien que je suis prête à tout pour toi, mon amour. Au fait, quand tu seras là-bas, ne ferme pas la porte de ta chambre à clé. J'ai demandé un grand lit et il pourrait me prendre l'envie de faire un saut durant le week-end.

— Et s'il y a déjà quelqu'un dans mon lit ?

— Je lui arracherai les yeux et elle croupira pour le reste de sa vie dans un des sous-sols d'une prison secrète de Tunis où je vérifierai personnellement qu'elle se fasse violer deux fois par jour par des paysans du bled.

— Compris. J'irai seul ! Comment s'appelle ton contact ?

— Pour toi, il s'appelle Habib. C'est lui qui se mettra en relation avec toi. Une voiture de l'hôtel t'attendra à l'aéroport. Si tu veux aller voir la maison où vivaient tes parents, attends un ou deux jours. J'aimerais bien t'accompagner si je viens.

— Oh, oh, madame devient romantique…

— T'es vraiment un sale con. C'est toi que je devrais envoyer croupir dans un cachot humide.

Le pire, c'est qu'elle en serait capable.

Mercredi 20 mai
J – 41

Je passe au bureau faire le point avec l'équipe avant de m'envoler pour Tunis.

Malgré les trente mille contrats que nous avons vendus en deux jours, l'or remonte fortement.

934 dollars à l'ouverture ce matin.

Latika est inquiète. Je le sens.

— Je ne comprends rien. Avec le dollar qui remonte un peu, les marchés qui le suivent, l'indice de volatilité VIX qui est au plus bas depuis la faillite de Lehman, ce qui signifie que les investisseurs sont plus sereins, l'or devrait baisser fortement. Il aurait dû être en dessous de 900 aujourd'hui à l'ouverture, or il continue son chemin à la hausse.

— Il y a beaucoup de volumes ?

— Non. C'est le seul truc rassurant. Le marché est très creux. Les volumes sont en baisse de 20 à 25 %.

— Ça veut dire que nos amis ont arrêté d'acheter, ce qui est bon signe, et qu'il faut recommencer à attendre.

— Le problème, c'est qu'on a peu de marge de manœuvre. Rien qu'avec une petite hausse comme celle de ce matin, on perd 18 millions de dollars. Nous n'avons plus que 52 millions de marge de manœuvre.

— Je sais. Ne t'inquiète pas. Ça va finir par se déclencher.

— J'espère que tu as raison car tous mes systèmes de contrôle me donnent des signaux haussiers…

— Suis cela de près. Tu peux me joindre à tout moment sur mon portable.

J'appelle Sunee pour lui faire part des inquiétudes de Latika.

— L'or ne baisse pas du tout. On se prend déjà 18 millions de dollars de pertes.

— Je sais, j'ai vu les niveaux ce matin.

— Tu penses que la hausse va continuer ?

— On risque de souffrir encore un peu mais je suis sûre que notre adversaire va bientôt dévoiler son jeu. Le temps presse pour lui comme pour nous. Toi, tu as des doutes ?

— Non. Je t'appellerai de Tunis si j'ai du nouveau.

— Fais attention à toi, Sam.

— Fais-moi confiance.

— Justement…

Je scrute en détail la presse survolée au réveil en prenant mon petit déjeuner. Des nouvelles m'ont peut-être échappé. Un titre m'interpelle dans *La Tribune*. C'est un « point de vue » d'Antoine Brunet, un économiste, titré : « La Chine à l'offensive du dollar ! » « Certains croyaient qu'il existait un accord implicite entre les États-Unis et la Chine : les premiers acceptaient la sous-évaluation massive du yuan, mais obtenaient en échange un financement indéfectible de la dette publique américaine. Or, depuis juillet 2008 et avec la visite du président brésilien Lula à Pékin hier, tout indique que cet accord, s'il a jamais existé, n'existe plus… »

Je partage cet avis.

Et la théorie du complot chinois sur l'or me paraît chaque jour plus crédible.

Avant de se rendre à Pékin, Lula a pris la peine de déclarer : « Ce voyage est l'un des plus importants que je vais faire pour défendre un nouvel ordre économique et une nouvelle politique commerciale dans le monde. » Rien que ça ! Il ajoute : « Il est absurde que deux importantes nations commerciales comme le Brésil et la Chine continuent de mener leur commerce dans la devise d'un pays tiers. » Il faut dire que, détrônant les États-Unis, cette dernière est devenue, en avril, le premier partenaire commercial du Brésil. Depuis cette date, les exportations brésiliennes vers la Chine ont explosé de 65 %. La plus importante compagnie pétrolière brésilienne, contrôlée par l'État, a d'ailleurs reçu en signe d'amitié un prêt de 10 milliards de dollars de la Chine contre un engagement à fournir deux cent mille barils par jour en 2010.

La stratégie de la Chine est claire. Détruire le dollar. Pour le remplacer à terme par une nouvelle monnaie et en attendant… par l'or.

Je jette un dernier coup d'œil à mes écrans avant de partir pour l'aéroport. L'or continue à progresser : 938 dollars… À ce train-là, on va vite se retrouver à court de munitions…

Le vol d'Air France pour Tunis est complet. Tous les vols qui partent de Roissy le sont. On raconte qu'on revit la crise de 1929. Mais en 1929 les gens faisaient la queue devant les soupes populaires ; aujourd'hui, la France fait la queue dans les gares et les aéroports pour les ponts et les vacances scolaires. Ce n'est pas tout à fait la même chose. Deux heures quinze de vol seulement. Tunis est proche de Paris et pourtant il m'aura fallu près de cinquante ans pour accomplir ce voyage. J'ai souvent eu envie d'y aller. De voir de mes propres yeux cette Tunisie dont les récits de mes parents ont bercé mon enfance. Ce paradis qu'ils ont perdu et qui les a fait plonger dans la dépression puis la maladie. Mes parents n'ont jamais voulu y remettre les pieds. Officiellement parce qu'ils en voulaient au gouvernement de les avoir jetés dehors avec tous les autres juifs de Tunisie, en réalité par crainte de s'apercevoir que leur paradis était un fantasme ou qu'il avait tellement changé qu'ils ne le reconnaîtraient plus. Combien de fois, gamin, ai-je entendu leurs amis leur dire : « Vous faites bien de ne pas y retourner, vous seriez malheureux de voir ce qu'ils ont fait du pays après notre départ, on ne reconnaît plus rien. » C'est sans doute pour ça que, pendant cinquante ans, j'ai évité cette destination pourtant si naturelle pour moi… La vie est décidément bien ironique. Songer que c'est un concours de circonstances qui, à quelques semaines de mon départ définitif, m'envoie sur les traces de mon passé familial au nom de raisons que l'on pourrait qualifier de professionnelles…

L'aéroport de La Marsa est moderne, net, bien organisé. Je récupère ma valise rapidement. Les douaniers sont aussi professionnellement désagréables qu'aux États-Unis. À la sortie, une Mercedes noire m'attend. C'est la voiture de l'hôtel. Il fait chaud, une chaleur agréable, qui m'enveloppe sans m'étouffer. Le chauffeur tente d'entamer la conversation pour s'assurer d'un pourboire généreux mais je n'ai pas envie de parler. Je pense à mon père et j'ai la gorge nouée. Il est 6 heures du soir ici, visiblement l'heure des embouteillages. On roule au pas. Je suis étonné de ne presque voir autour de moi que des voitures neuves ou récentes. Il est vrai que le pays a traversé une période de prospérité avant la crise. Les capitaux du Golfe y ont afflué. Les immeubles, résidences et hôtels modernes se succèdent d'ailleurs sur la route. Seul bémol, signe de la crise récente, quelques bâtiments dont la construction semble être à l'arrêt. Sur le trajet défilent des panneaux dont les noms ont bercé mon enfance : La Goulette, L'Ariana, Gamarthe…

Malgré la circulation dense, nous sommes à l'hôtel en à peine vingt minutes. Je suis accueilli par trois ou quatre membres du personnel… Eva ou son ami ont dû m'obtenir le statut de super-VIP car ils se montrent tous particulièrement empressés. On me donne à choisir entre un thé à la menthe et une citronnade. J'opte pour la citronnade, là encore une boisson de mon enfance.

Ils m'ont réservé une suite. Toutes les suites sont au premier étage. La décoration est raffinée, orientale mais pas caricaturale. Je m'installe directement sur le balcon que le soleil baigne encore. J'ai vue sur une immense piscine et, derrière, sur la mer. Une odeur de jasmin m'envahit. Le jasmin est décidément omniprésent dans ma vie. Surtout depuis que j'ai rencontré Eva. Eva… Elle ne viendra pas ce soir. Seulement demain ou après-demain, si elle vient… Dans la chambre, aucun message de mon contact. Tant mieux, je vais pouvoir profiter de ma soirée et de ma journée de demain.

Je décide de ne pas sortir de l'hôtel. Je ne me sens pas encore prêt à faire face à ma saga familiale. Je choisis le restaurant oriental, El Dar, m'installe à une table à l'écart et commande un couscous royal. La salle est pleine. Mais c'est sur le musicien que mes yeux sont rivés. Seul avec sa guitare traditionnelle, il reprend tous les standards tunisiens et égyptiens, la musique arabe de référence dans la région. Je reconnais nombre des airs que je n'ai plus entendus depuis une éternité. Puis il entame quelques notes qui, aussitôt, me donnent la chair de poule. Cette chanson, je la reconnaîtrais entre mille. C'est *Anta Oumri* d'Oum Kalsoum. Oum Kalsoum, LA chanteuse égyptienne des années 50 et 60. L'égérie du maître tout-puissant de l'Égypte de l'époque, Gamal Abdel Nasser. D'ailleurs, le chanteur ressemble à Nasser… Oum Kalsoum que mes parents ont écoutée avec vénération jusqu'en 1967. Là, elle a franchi la ligne jaune. Pendant la période de tension qui a précédé la guerre des Six-Jours, elle a commis l'irréparable pour les juifs orientaux du monde entier, pourtant fans de la première heure. Elle a écrit une chanson intitulée *Edbakh el Yudi*. Égorge les juifs. De ce jour, interdiction absolue chez moi d'écouter sa musique et même de prononcer son nom. Il m'a fallu attendre l'âge de quarante ans pour briser ce tabou familial et entendre à nouveau un de mes airs préférés. Celui-là même que le musicien entonne. Les larmes me montent aux yeux. J'aimerais que mon père soit là, à cette table. Qu'il me raconte sa vie en Tunisie, la vraie, pas celle de ses fantasmes d'expatrié. Qu'il me parle du destin tragique de sa famille, une famille où frères et sœurs sont tous morts dans des conditions particulièrement pénibles et douloureuses. Ma mère a toujours été persuadée que mon père, ses frères et ses sœurs avaient été victimes d'une malédiction. Une famille riche et heureuse, devenue pauvre et décimée. « Papa, est-ce que c'est vrai… ? » Pas de réponse.

Je retourne à ma chambre. Ce voyage me secoue. Je le sens. Ce pèlerinage si proche de ma fin…

En rentrant, je trouve un SMS de Latika. On est mal. L'or est à 942. On perd 42 millions, on n'a plus que 33 millions de marge.

On verra bien. Ici, je n'arrive plus à m'angoisser pour les positions, les gains, les pertes. J'ai l'impression d'être déjà parti, de flotter dans un entre-deux où mon père comprend enfin ma décision et me tend la main en me murmurant : « Viens, rejoins-moi. »

Bientôt, papa, bientôt.

Jeudi 21 mai
J – 40

Il est 7 heures du matin, je suis le premier à prendre place sur la terrasse du restaurant qui donne sur la piscine où on sert le petit déjeuner.

Couché tôt, réveillé tôt et une nuit de sommeil peuplée de rêves dont je ne me souviens plus. Mais je me réveille serein. C'étaient des rêves, ça, j'en suis sûr, pas des cauchemars…

Il fait déjà beau et doux. Quel bonheur. C'était peut-être cela, tout simplement, le paradis de mes parents. La douceur du climat et la proximité de la mer.

J'appelle Latika. Sans surprise, elle est déjà à son poste, au bureau.

— Tu es bien arrivé ?

— Oui. Merci. Alors, où en sommes-nous ?

— Étrange ce qu'il se passe. Hier, le marché a testé les plus hauts sur les indices boursiers de l'année mais en clôture sur New York, il a rechuté. Pas de beaucoup. Mais la configuration hausse avec nouveau top et rebaisse dans la foulée est un signal de baisse assez fort. Le plus curieux, c'est le dollar qui décroche violemment. Ce matin, sur l'Asie, il perd plus de 4 %. L'euro, lui, s'est envolé au-dessus de 1,40.

Je murmure entre mes dents.

— La guerre du dollar a commencé…

— Pardon ?

— Je disais la guerre du dollar a commencé. Les Chinois veulent la peau du dollar. Ils vont le mettre au tapis.

— Tu crois ? Peut-être. Ce qui est étrange, en revanche, c'est que l'or a baissé ce matin de 3 % en Asie alors qu'avec la baisse du dollar il aurait dû flamber. Il est à peine au-dessus de 900.

— Tu dois être rassurée…

— C'est sûr. Je préfère qu'on gagne 84 millions de dollars comme en ce moment plutôt qu'on en perde plus de 40 comme hier soir. Tu te rends compte, en quelques heures, on a fait un jump de 124 millions !

— Oui. On a une grosse position. Très grosse. Si l'or baisse en Asie quand il devrait monter, c'est que nos amis ont déjà agi ou vont commencer à le faire. Tiens-toi prête.

— OK. Ben m'a appelée.

— Il est à Paris ?

— Non. Il a décidé d'aller faire un saut à Johannesburg. Sunee lui a dit que si elle devait manipuler le marché de l'or, c'est d'Afrique du Sud qu'elle balancerait des informations sur le marché physique.

— À cause de sa place dans la production mondiale ?

— Absolument. Les deux autres gros producteurs d'or sont les États-Unis et la Chine. Si les Chinois veulent balancer de fausses infos sur le marché, ils ne vont pas le faire des États-Unis car ce serait facilement vérifiable, ni de Chine car cela les désignerait automatiquement.

— On ne sait pas encore si ce sont les Chinois… Rick t'a donné des nouvelles des Vengeurs masqués ?

— Non. Aucune. Il est en contact avec eux mais,

selon lui, ils ne s'intéressent pas à l'or et ils sont focalisés sur la dette gouvernementale américaine. Il a vérifié et ils sont effectivement très actifs sur le marché de la dette. Avec des montants colossaux.

— Bizarre. Et Ben, il t'a dit quoi ?

— Qu'il régnait une effervescence inhabituelle sur l'or physique en Afrique du Sud et qu'un de ses amis de l'administration lui a même confié qu'il y aurait des annonces surprises pendant le week-end.

Nous y voilà…

— Il a pu lui donner des détails ?

— Il semblerait que l'Afrique du Sud va donner des nouvelles sur sa production…

— C'est parti, c'est sûr ! Transmets ces infos à Sunee, tout de suite. Demande-lui ce qu'elle en pense. Si elle pense comme moi, il faut continuer à vendre. On est à quel niveau de cash actuellement ?

— On a 75 millions de cash dispo et 80 millions de gains potentiels environ.

— Que te donnent tes systèmes ?

— On va normalement tout droit vers 810…

— Si Sunee est d'accord avec nous, dis à Rick de balancer encore 10 000 contrats. Il faut qu'on soit complètement dedans.

— OK, boss. *Will do*. Je te tiens au courant.

Les événements s'accélèrent enfin.

La Tunisie a porté malheur à ma famille.

Et si elle me portait chance à moi ?

J'envoie un SMS à Eva :

« News sur l'or attendues ce week-end en Afrique du Sud. On gagne de l'argent sur notre position de trading et j'ai chargé un peu plus aujourd'hui. »

Avec le décalage horaire, je n'aurai pas de réponse

avant le début d'après-midi. À moins qu'elle ne soit en réalité dans mon fuseau horaire…

Je quitte ma table et me dirige vers la piscine.

Peu de monde encore.

Les matelas ne sont pas en rang d'oignon comme dans la plupart des hôtels où une seule nuit coûte pourtant une petite fortune. Pas de matelas réservés non plus. Ça, c'est un truc qui m'exaspère. Les gens qui bloquent des places avec des livres ou des journaux dès 7 heures du matin pour ne se pointer la plupart du temps qu'à midi, voire pas du tout. La peur de manquer. Je n'aime pas les êtres humains en société. Ils sont détestables et se comportent comme des animaux.

Je vais faire quelques pas sur la plage, le sable est moche, la mer pas tentante du tout, je reviens vite au bord de la piscine. J'ai pris avec moi quelques livres, mon iPod. Je m'allonge sur un matelas.

Eva n'est pas là mais Stevie Wonder m'accompagne. Comme depuis 1976 et *Songs in the Key of Life*, l'album qui m'a fait découvrir son intense univers. Son obamisme primaire me fatigue mais je lui pardonne : pour moi, c'est un des plus grands.

Je sens que cette journée va être une journée d'émotion solitaire. Tunis. L'odeur du jasmin. Le ciel bleu. Et Stevie. Je demanderais bien qu'on distribue aux rares personnes qui assisteront à mon enterrement un iPod avec une dizaine de ses chansons que j'aurais sélectionnées. Ça leur évitera les discours lénifiants et creux sur le vide incommensurable que laisse le disparu… Bonne idée, tiens, il faut que je pense à l'ajouter dans mes dernières volontés.

Je passe la matinée au bord de la piscine, pas envie de bouger. Mon portable ne sonne pas, Eva ne doit donc pas être dans les parages…

Je déjeune tôt, au snack. Grand calme. Peu de monde encore. Le concierge m'a prévenu qu'il y aurait un afflux d'arrivées en fin de journée à cause du congrès annuel d'une société en informatique mais, pour le moment, c'est un havre de paix. Je profite de la quiétude du jour. Repas tunisien. Brick à l'œuf et rougets. Je finis par le traditionnel thé à la menthe. Pique une tête dans la piscine, l'eau est divine. Somnole vaguement sur mon transat. Je suis bien ici, étrangement patient, même si j'espère qu'Eva ne m'a pas joué encore un tour juste pour qu'on passe quelques heures ensemble. Cela dit, ce serait plutôt agréable comme mauvais tour.

Je finis par m'endormir vraiment. Le concierge n'a pas dû oser me réveiller : à peine ai-je ouvert les yeux qu'il se précipite pour me tendre un message : « Dîner ce soir, 20 h 30, au Dar Zarrouk, à Sidi Bou Saïd. Habib. »

Me voilà rassuré. Habib existe. Et je vais le voir. Et peut-être qu'Eva sera là quand je rentrerai…

Finie la douce torpeur de ce samedi tunisien. J'appelle le bureau. C'est Rick qui décroche.

— Boss, j'ai tradé comme un chef ! J'ai soigné notre ordre. On a réussi à vendre sur une petite remontée très rapide. On a shooté les dix mille contrats à 912, l'or vient juste de casser les 900 et il a une très sale gueule. Nous voilà vendeurs de quarante mille contrats à 924,16.

— Excellent. Envoyez-moi la clôture par SMS et appelez-moi s'il se passe un truc important. Sinon, je suis en week-end !

— Bien sûr. *Enjoy*, boss.

Je décide de partir plus tôt à Sidi Bou Saïd afin de flâner un peu. J'ai si souvent entendu parler de « Sidi Bou », ce village de maisons blanches et bleues perché à l'aplomb de la mer.

Le taxi me dépose en bas de la rue pentue au bord de laquelle trône un panneau « chemin des touristes », formule plus courtoise mais aussi claire que « Par ici, les pigeons ». En effet… À peine ai-je mis le pied dans l'allée que les vendeurs m'assaillent. Je ne réponds qu'aux sollicitations d'un enfant qui vend du jasmin. Un dinar la tige. J'en prends cinq et les mets dans la poche de ma chemise. Les effluves m'envahissent instantanément. Je monte la rue qui me mène au Café des nattes.

La vue est somptueuse. Partout, la mer, d'un bleu aussi limpide que les portes et les fenêtres des maisons blanches qui se découpent sur un ciel d'azur. Une incroyable pureté dans l'air.

Je demande une anisette mais le serveur me dit qu'il ne peut pas me servir d'alcool ; me propose un thé à la menthe avec des amandes douces. Délicieux. Délicieux, c'est le mot qui me vient à l'esprit après ces quelques heures de séjour en Tunisie. Je commence à comprendre pourquoi mes parents n'ont jamais pu se remettre de leur départ…

Je m'étonne que les rues soient si calmes.

Le serveur me répond que tout le pays est devant la télévision. À 19 heures, a commencé la finale de la Ligue des champions arabe, et c'est le champion de Tunisie de l'année, l'Espérance de Tunis, qui rencontre le Wydad de Casablanca. La Tunisie rêve de ce titre depuis des années. La tension est à son comble. Les Marocains ont ouvert le score…

Dar Zarrouk est un restaurant traditionnel. Nous avons droit à une table en terrasse. Je remarque que toutes sont réservées, sauf les deux qui jouxtent la nôtre, dont le couvert n'est pas dressé. Mon hôte a dû préciser qu'il voulait du calme et de la confidentialité et j'ai l'impression que ses désirs sont des ordres…

Je patiente quelques minutes avec une *boukha*,

l'alcool de figue local, avant de voir apparaître un homme d'une quarantaine d'années extrêmement élégant, vêtu à l'européenne. Il me tend la main :

— Monsieur Ventura, je suis heureux de vous rencontrer. Notre amie commune m'a dit le plus grand bien de vous. J'espère que le service et l'accueil sont à votre goût au Résidence. N'hésitez pas à me contacter si vous avez le moindre souci…

— Tout est parfait. Et je n'ai pas de numéro pour vous contacter !

— Je viens de vous envoyer ma carte de visite par SMS. Vous ne m'en voudrez pas de ne pas vous donner mon nom de famille. Appelez-moi Habib, tout simplement.

— Uniquement si vous m'appelez Sam.

— Sans problème, Sam. Je vais jouer cartes sur table avec vous. Nous n'aimons pas que des gens se servent de la Tunisie comme couverture pour une affaire frauduleuse. J'ai besoin de tous les détails que vous avez sur l'affaire. Je vous demande de me faire confiance et je vous conseille de me faire l'amitié de n'omettre aucun détail.

Au cas où je me serais imaginé pouvoir jouer au plus fin, me voilà prévenu. Le ton est d'une courtoisie absolue, le sourire franchement amical, mais l'ordre ne souffre aucune discussion. L'espace d'une seconde, l'image des cachots dont m'a parlé Eva me traverse le cerveau.

Je n'ai aucune raison de ne pas jouer le jeu… je n'ai rien à perdre. Je raconte tout. Sans hésiter. La mort de Greg. La Fondation. Bernoff. La manipulation sur l'or. Le rôle possible de la Chine. Et cette fameuse Tunisian Commodities Corporation représentée par cet avocat, Farid Allaoui. Mon interlocuteur m'écoute attentivement, sans m'interrompre. Quand je me tais, il garde quelques secondes le silence, puis hoche la tête.

— Tout cela est très étonnant. Ce qui m'étonne surtout, c'est le choix de la Tunisie et de M. Allaoui. Nos liens avec la Chine sont cordiaux mais les Chinois se méfient de nous. Ils trouvent Ben Ali trop proche des États-Unis et préfèrent nouer des relations étroites avec nos voisins islamistes ou terroristes. Ce M. Alloui est parfaitement inconnu de nos services. Il a effectué quelques voyages en Europe récemment mais, a priori, aucun en Asie. C'est un petit avocat d'affaires sans envergure qui a des PME locales comme clients.

— Curieux, en effet. Il faudrait peut-être lui poser la question ?

Habib me retourne un sourire carnassier, vite réprimé.

— C'est justement ce que nous sommes en train de faire à l'heure où je vous parle.

Cette fois, son ton n'a plus rien d'onctueux, ni d'amical. Je ne peux retenir un frisson.

— Pour l'instant, reprend Habib, il se dit victime d'une machination. C'est un Suisse qui lui aurait demandé de créer la société et d'ouvrir un compte à Gibraltar mais il ne sait rien de plus.

— C'est ennuyeux.

— Non. Mon équipe me dit qu'il ment. Ne vous inquiétez pas, il va rapidement nous dire la vérité… Il a deux enfants en bas âge et une femme auxquels il a l'air de tenir plus qu'à la vie…

— Je vois.

Je préfère ne pas voir, en fait.

Un silence s'installe, je baisse les yeux sur mon assiette, mal à l'aise.

Nous sommes arrivés au dessert sans avoir rien commandé. Je suppose que nous avons automatiquement eu droit au menu VIP.

Après un thé à la menthe aux pignons, Habib se lève.

— Une voiture va vous raccompagner à votre hôtel.

Je vous remercie de votre transparence, Sam, et je ne manquerai pas de vous avertir si Allaoui se décide à parler. Ah, sinon, je me suis permis de vous organiser une petite visite demain. Une voiture viendra vous chercher à l'hôtel en début de matinée et vous amènera à La Goulette dans la soirée. L'ancienne maison de la famille Ventura sera ouverte pour vous. Ne soyez pas surpris. Nous avons fait des petites recherches sur vous, par prudence. Le président Ben Ali regrette que les juifs aient quitté la Tunisie. Nous vivions en paix avec vos parents et vos ancêtres…

J'ai envie de lui rétorquer que mes parents et mes ancêtres ont été jetés dehors mais j'apprécie son geste, alors je me tais.

— Merci. C'est vraiment très aimable à vous.

— Je ne sais pas si vous le savez, mais la maison Ventura, comme on l'appelait à l'époque, est devenue un hospice pour les vieux juifs qui ont décidé de rester en Tunisie finir leurs jours.

— Non. Je ne le savais pas… Merci encore.

Je le quitte en ne pouvant m'empêcher de songer aux cris que doit pousser en ce moment même le malheureux Allaoui dans quelque sous-sol de la police secrète. Il vaut mieux que je ne pense pas trop à tout ça…

Eva voulait venir faire cette visite familiale avec moi. La visite est organisée demain par Habib. C'est donc qu'elle va me rejoindre cette nuit ou demain dans la journée.

Je rentre dans ma chambre, allume la lumière. Personne.

Douche.

Puis je me parfume. « Allure » pour hommes de Chanel. Au cas où elle arrive. Je ne ferme pas la porte à clé.

Vendredi 22 mai
J – 39

Je me retourne instinctivement dans le lit. Il n'y a personne. Eva n'est pas là.

Je jette un œil à ma montre. Presque 9 heures. J'ai dormi comme une souche. L'effet combiné du vin rouge, de l'alcool tunisien et du Lexomil, probablement.

Je commande mon petit déjeuner sur le balcon. Juste un café et un toast de pain complet.

Le journal local *La Presse* publie une photo de Ben Ali en première page, comme tous les jours, et une autre de l'équipe tunisienne brandissant la coupe après une victoire au finish 2-1. *Mabrouk*, comme on dit ici. Félicitations. Tunis a dû faire la fête toute la nuit… Mais pas Allaoui. Il n'est pas innocent, sûrement pas, mais je ne peux m'empêcher d'être mal à l'aise quand je pense à lui.

J'attrape mon portable. Une petite dizaine d'appels en absence. Quatre de Sunee, six du bureau. Et rien d'Eva.

Je rappelle Sunee :

— Alors ? La Tunisie avec ton démon, ça se passe bien ?

— De quoi parles-tu ?

— Ne me prends pas pour une conne. Je sais bien que tu es avec Eva en Tunisie.

— Je te jure que non.

— Sam, arrête de me mentir, s'il te plaît. D'abord, tu mens très mal. Bon, je m'en fous. Qu'est-ce que tu as appris ?

— Rien pour l'instant mais j'aurai sûrement du nouveau aujourd'hui ou demain. Ils tiennent un type qui a des infos sur notre adversaire.

— Tant mieux.

Si elle savait ce qu'ils réservent au type en question… Je préfère changer de sujet :

— Et les marchés, ça donne quoi ?

— Calme plat. L'euro s'est stabilisé à 1,38 et l'or ne bouge plus. Il traite autour de 905. Il a passé les 900 à la baisse brièvement mais s'est rétabli ce matin. Dans des volumes très faibles.

— Bizarre. J'espère qu'il ne va pas remonter car nous n'avons plus de matelas de sécurité.

— Il ne va pas remonter. Qu'en pense ton amie ?

— Je ne lui ai pas parlé récemment mais elle est baissière aussi.

— Tu vois. Les anges et les démons partagent le même avis… Tu n'as pas à t'inquiéter.

Je ne relève pas.

— Dis à Latika que je connais les niveaux et qu'elle m'envoie des SMS si ça bouge.

— Ça marche. Eh, Sam, fais gaffe à toi quand même.

— Je suis un peu chez moi ici, je te le rappelle…

— Tu n'es chez toi nulle part, mon ami : ni en France, ni en Italie, ni en Israël, ni en Tunisie… Tu es comme moi, un apatride… Bises.

J'ai la journée pour méditer cette dernière réflexion

de Sunee. Je n'y ai jamais vraiment pensé, mais elle n'a pas tort…

Un peu de monde à la piscine. J'opte pour la plage, laide, mais déserte. La température est montée d'un cran. Le soleil cogne déjà, il fait au moins trente degrés. Je me rends compte à quel point le soleil me manque. Moi, le titi parisien, je suis vraiment un fils du soleil. C'est dans mes gènes. Je finis quand même par m'installer sur un transat près de la piscine, iPod sur les oreilles pour pouvoir réfléchir sans être dérangé par le bruit des baigneurs. Toutes les pièces du puzzle ont l'air de se mettre en place. Pourtant, j'ai la même sensation qu'Eva et Sunee. Il manque un élément majeur. J'ai beau me creuser la tête, je ne trouve pas, mais je sens qu'un facteur essentiel m'échappe.

Si les prévisions de la météo sont mauvaises pour le 30 juin, j'irai peut-être mourir dans un endroit où il fait beau. J'exclus la Tunisie car je n'ai pas envie que le rapatriement de mon corps soit un casse-tête. Peut être la Côte d'Azur ? Pourquoi pas l'Eden Roc, d'ailleurs ? Et pourquoi ne pas me faire enterrer sur la côte ? Si quelqu'un a un jour envie de me rendre visite, un cimetière au soleil, c'est plus sympa qu'un cimetière parisien sous la pluie et le froid. En rentrant à Paris je réserverai la plus belle suite à l'Eden Roc. Et je la paierai d'avance. Je n'ai pas envie de les planter…

Je remonte me changer dans ma suite quand le concierge m'appelle de la réception.

— Monsieur Ventura, une voiture vous attend.

— Je descends dans un quart d'heure, merci.

Pas de Mercedes mais un 4 × 4 américain. Le chauffeur est une caricature de barbouze tunisien nourri de feuilletons yankees. Il arbore même une oreillette dont je soupçonne qu'elle est connectée à un MP3 plutôt qu'à d'imaginaires collègues eux-mêmes en quête de snipers imaginaires…

Je lui demande de couper l'air conditionné et baisse ma vitre pour me laisser griser par la chaleur de l'air extérieur.

À part ça, notre trajet se déroule dans le silence.

Nous longeons Carthage sans traverser la ville riche en ruines romaines. Je note de revenir les visiter demain si j'en ai le courage.

J'ai espéré jusqu'au dernier moment qu'Eva viendrait me rejoindre pour cette visite « familiale » mais elle a dû être retenue à Cuba ou sur un mauvais coup ailleurs.

Au bout d'une demi-heure de route, le panneau indique La Goulette. L'artère principale est très animée, les terrasses des cafés bondées. Le chauffeur se dirige avec assurance vers une rue parallèle où, au milieu de petits immeubles et de restaurants, se dresse une large maison gardée par quatre policiers en faction.

— Vous êtes arrivé, dit le chauffeur.

— Pourquoi ces policiers ?

— La maison de votre père est devenu un hospice pour les vieux juifs de Tunis. Notre président veut éviter les provocations que pourraient déclencher certains islamistes et préfère assurer à cet établissement une protection complète. Les policiers sont prévenus. Ils vous laisseront entrer mais l'accès est normalement interdit aux visiteurs.

— Comment font les familles ?

— Ces gens n'ont plus de famille. C'est pour ça qu'ils sont ici. Je vous attendrai un peu plus loin, devant l'ancien casino de La Goulette.

À peine ai-je posé le pied dehors qu'une bouffée d'émotion m'envahit. Je reconnais la rampe majestueuse de l'escalier qui menait à la maison. Toute mon enfance, j'ai vu mes parents regarder avec une nostalgie inconsolable les dizaines de photos de membres de ma famille paternelle trônant devant cette rampe. Des photos souriantes, des photos joyeuses. Des photos qui n'auguraient en rien des drames qui allaient secouer cette génération maudite.

Je pénètre dans la maison. Je reconnais aussi l'immense patio qu'on m'a décrit à multiples reprises. Je pensais que ma mère exagérait. Les expatriés embellissent souvent le passé. Mais la maison est plus grande encore que je ne l'imaginais. Autour du patio entouré de colonnes, une allée comme dans une hacienda, sur laquelle donnent une quinzaine de chambres. Comment se distribuaient-elles à l'époque de la famille Ventura ? Aujourd'hui, chacune abrite trois ou quatre vieillards à l'article de la mort. Les plus valides sont assis dans le patio. Un homme s'approche de moi sans un mot. Il doit avoir plus de quatre-vingt-dix ans, il porte une kippa.

— Qui es-tu, mon fils ?

— Je m'appelle Sam Ventura. Cette maison appartenait à mon père il y a très longtemps.

Son visage se fige. Il me regarde, bouleversé, pose ses deux mains sur ma tête et se met à psalmodier une prière en hébreu.

— Que Dieu te protège, ton père était un saint. Ses sœurs étaient mes amies. Que Dieu te protège, que Dieu te protège…

J'essaie de le retenir. Je voudrais lui poser des questions sur les miens, mais il s'éloigne sans cesser de réciter ses prières à voix basse.

Je me sens basculer petit à petit. Une femme minuscule, toute fripée, s'approche à son tour. Elle me saisit la main, l'embrasse. Je la retire, gêné. Elle prononce une phrase inintelligible où se mêlent arabe et hébreu. Elle me reprend la main, la serre fermement. L'embrasse. Encore et encore.

— Vous avez connu mon père ?

Elle me regarde sans répondre. Et s'éloigne.

Je m'affaisse. J'ai du mal à respirer. L'air me paraît étouffant. La tête me tourne. Une autre femme m'aide à m'asseoir. Et s'installe sur une chaise à côté de moi. Je ne me rends compte de rien mais je pleure. La femme sèche mes larmes avec un mouchoir, me réconforte avec des mots en arabe que je saisis mal. Je ferme les yeux. Je suis revenu soixante ans en arrière. J'entends les rires, les cris des enfants. Je reconnais la voix de mon père. Il rit. Je ne l'ai jamais entendu rire. Il court après sa sœur Sylvia, poursuivi par sa petite sœur Nina. Lea et Daniela, les deux benjamines, les regardent d'un œil attendri. Nous sommes en 1949. La guerre est un souvenir qui s'efface peu à peu. Les Allemands ont quitté la Tunisie depuis longtemps, les Français n'en veulent plus aux Ventura d'être italiens et la population arabe vit en parfaite harmonie avec la communauté juive. À l'approche de la quarantaine, mon père a fière allure. Sa sœur Sylvia lui ressemble comme une jumelle. Daniela est très belle. En retrait dans le patio, elle a toujours un air mélancolique. Elle ne s'est jamais remise de la mort de leur frère Gabriel à dix-huit ans, le jour de son mariage. Ce drame a traumatisé toute la famille, début d'une longue série. Je ferme les yeux plus fort mais ma mère n'est pas là. Je ne la vois pas. Mon père, en revanche, s'approche de moi. Il me regarde. Ses sœurs se sont tues.

« Tu vois, Sam, je n'ai pas toujours été triste et prématurément vieux. J'ai beaucoup ri. Tes tantes étaient très joyeuses. Et puis il y a eu tous ces deuils, notre faillite, notre exil… Tu ne peux pas m'en vouloir de n'avoir pas été suffisamment chaleureux. J'ai fait ce que j'ai pu mais tu sais, beaucoup de choses étaient déjà mortes en moi quand tu as grandi. Excuse-moi… »

Je ne peux pas le retenir, d'une foulée souple, comme aérienne, il rejoint ses sœurs rassemblées autour d'un plateau de citronnades et de gâteaux que vient d'apporter une femme d'une soixantaine d'années au visage d'ange. Je reconnais tout de suite ma grand-mère Jeannette, la « sainte » de la famille. À l'étage, un homme au visage sévère observe la scène. Je remarque qu'une de ses manches de chemise flotte dans le vide. C'est Samuel, mon grand-père manchot…

Je sors précipitamment de la maison sous l'œil surpris des policiers. Il faut que je reprenne ma respiration. Je m'agrippe à un feu rouge sans entendre les Klaxon furieux des automobilistes.

Et soudain, je sens sa présence, son odeur, son souffle.

— J'ai préféré te laisser seul. Je savais que tu allais être très secoué.

Je me retourne instantanément et me réfugie dans ses bras sans contrôler les sanglots qui me secouent.

— Pourquoi est-il parti ? Pourquoi sont-ils tous partis ? Pourquoi, Eva ?

— Calme-toi, mon amour, calme-toi.

Elle a réservé une table au Café vert, le restaurant de poissons de La Goulette. Nous sommes seuls à la terrasse. J'imagine que son ami Habib a fait le nécessaire pour que nous soyons tranquilles.

— Quand es-tu arrivée ?

— Je me suis installée dans ta chambre après ton départ pour La Goulette et j'ai attendu un moment avant de te rejoindre. Tu vas mieux ?

— Oui. Désolé pour tout à l'heure, mais j'ai vu des fantômes…

— Tu n'as pas à t'excuser. J'ai aimé te voir pleurer. J'ai aimé te sentir sans défense dans mes bras.

— Je n'aime pas perdre le contrôle.

— C'est un peu ton problème. Tu veux toujours tout contrôler et tu refuses de te laisser aller…

Le serveur nous apporte la *kemia*, un ensemble d'entrées typiques. Je veux changer de sujet.

— Tu as parlé à ton ami Habib ?

— Oui. Allaoui n'a toujours rien dit. Ils vont devoir passer à la vitesse supérieure.

J'imagine ce que doit signifier la vitesse supérieure, pression physique sur sa femme, probablement devant lui et ses filles. Je ne peux retenir un frisson.

Eva me caresse le bras comme à un enfant.

— Sam, nous n'avons pas le choix, il faut que ce type nous balance ce qu'il sait…

— Oui… De toute façon, j'ai basculé du côté obscur depuis longtemps.

— Il était temps que tu me rejoignes, mon chéri… Tu sais, je réfléchis beaucoup à cette histoire de manip. Il y a quelque chose qui me chiffonne.

— Tu me l'as déjà dit. Développe.

— On imagine que ce sont les Chinois qui ont le pognon détourné par Bernoff. Ils ont déjà amassé des réserves d'or physique ou virtuel. Ils vont accélérer leurs achats avec l'argent de Bernoff.

— Jusque-là tout est clair.

— Ensuite ils déclenchent une panique pour que tout le monde se rue sur l'or et quand les investisseurs se précipitent pour en acheter, ils s'aperçoivent qu'il n'y en a plus. Et le cours se catapulte à 2 000 dollars.

— Exactement.

— Mais tu vois bien qu'il manque un truc. Les Chinois ne vont pas mettre en branle toute une mécanique juste pour gagner de l'argent, même s'ils en ont accumulé énormément sur l'or.

— Il n'y a pas seulement l'argent qu'ils gagnent sur leurs stocks d'or, il y a également le pouvoir de contrôler le stock de ce qui pourra devenir l'étalon de référence de toute l'économie mondiale de demain.

— Je comprends ça. Ils domineront les États-Unis en tenant les réserves mondiales mais ce sera une domination provisoire et en plus ils n'auront pas vraiment détruit les États-Unis.

— Tu penses qu'ils veulent détruire les États-Unis ?

— Oui, en tout cas, les mettre hors circuit pendant au moins dix ans et là, je ne vois pas comment ils peuvent faire.

— Je ne vois pas non plus.

— Et ta Chinetoque, elle en dit quoi ?

— Sunee en est au même point que nous.

— Je trouverai avant elle, je vais trouver…

Nous remontons ensemble dans la voiture. Je la serre dans mes bras tout le long du trajet. Je sens la présence de mon père. Il désapprouve notre relation mais sait qu'il ne peut pas lutter. Il sait aussi que je vais bientôt le rejoindre et qu'il n'a pas pu me convaincre de rester.

De retour dans la suite, nous faisons l'amour doucement, tendrement, sans précipitation ; Eva s'endort sur mon épaule. Je l'observe. Elle n'a pas fait de malaise mais je la trouve affaiblie, fragile.

Samedi 23 mai
J – 38

Nous prenons le petit déjeuner sur le balcon.

La chaleur est écrasante. Quel bonheur.

Je ne peux pas détacher mon regard d'elle. Je la trouve un peu pâle. J'ai l'impression de faire une fixation sur sa santé depuis son malaise à Cuba, mais je n'ose pas lui poser de question.

— À quoi penses-tu ? me demande-t-elle.

— Je me dis qu'on ressemble à un couple tout à fait normal d'amoureux en train de passer un week-end romantique loin des contingences du monde…

— C'est la réalité, non ?

— Pas tout à fait. Tu es le diable qui m'a attiré dans ton enfer qui ressemble de plus en plus à un paradis, et pendant que nous dégustons amoureusement nos viennoiseries, une famille se fait torturer à quelques kilomètres de nous, les Chinois ou d'autres veulent renverser les États-Unis et mon père m'observe de là-haut, la bouche pleine de reproches.

— Mais c'est très romantique tout cela, chéri… Ne t'inquiète pas trop. Je repars dans une heure. Tu n'auras pas l'air ridicule plus longtemps en public.

— Je ne te demande pas pourquoi tu pars et où.

— C'est ça. Tu ne me le demandes pas.

— Je ne te demande pas non plus quand on se reverra.

— Tu comprends vite, mon chéri, c'est bien. Reste ici jusqu'à dimanche en attendant des nouvelles de Habib.

— OK. Je descends à la piscine, alors. Je n'ai pas la force d'attendre que tu partes.

— Pas de problème. Profite bien de la fin de ton séjour…

Le contraste entre l'émotion de nos retrouvailles et l'atmosphère glaciale de nos séparations est terriblement pesant. J'ai envie de me retourner pour lui dire que nous n'avons plus qu'un mois pour profiter l'un de l'autre mais je renonce. Elle le sait probablement déjà et cela ne change en rien son attitude avec moi. Elle fuit. Toujours. J'espère quand même que je la reverrai avant le 30 juin. Ce n'est sans doute pas une bonne idée, mais la perspective de partir sans la revoir me terrifie.

La journée se déroule tranquillement. L'hôtel s'est rempli pour le week-end mais un calme relatif règne autour de la piscine.

J'ai beau y plonger à plusieurs reprises, je me sens somnolent. Entre rêve et cauchemar. Entre calme et bouillonnement intérieur. Entre bonheur et immense tristesse. Je suis donc encore bien vivant.

Le téléphone est calme lui aussi. Je reçois juste un coup de fil de Sunee qui attend des nouvelles de Genève où elle a appelé ses contacts. Max m'a laissé un message pour m'indiquer que la protection de Latika se passait très bien et qu'elle était très coopérative. Il me signale en riant que celle de Rick ne lui pose aucun problème non plus car les deux passent leurs journées et leurs soirées ensemble. Je suis inquiet pour le Kid.

Si les Vengeurs sont mêlés de près ou de loin à cette histoire, il y a de fortes chances qu'ils veuillent l'éloigner : il en sait déjà trop. Je rappelle Max pour lui demander de resserrer la protection autour de lui. Entre-temps, Ben me laisse un message. Je le rappelle aussitôt.

— Salut, Ben, comment vas-tu ?

— Bien, très bien même. Je suis toujours à Johannesburg. C'est l'effervescence ici après la victoire de Jacob Zuma. Un de mes meilleurs amis, un ancien journaliste avec qui j'ai couvert les affrontements en Rhodésie en 1979, avant la création du Zimbabwe, va être nommé ministre de la Culture. Il m'a organisé une rencontre avec le futur ministre de l'Économie. Devine ce que Zuma va annoncer demain avant l'ouverture des marchés lundi…

— Je t'écoute…

— Que la production d'or devient la priorité nationale numéro un. Que l'Afrique du Sud veut enrayer la chute récente et retrouver son leadership…

— Ce sont des déclarations d'intention, cela fait des années qu'ils disent la même chose et la production continue à chuter. Je te rappelle que la production de l'Afrique du Sud a renoué avec ses plus bas de 1901, à l'époque de la guerre des Boers. Le réseau électrique est toujours aussi défaillant, la main-d'œuvre qualifiée manque cruellement et ils sont en pleine révision des procédures de sécurité des mines après l'explosion du taux d'accidents mortels.

— Je sais tout ça. Mais tiens-toi bien : il annonce la découverte d'un gisement qui, à lui seul, représente la totalité des réserves estimées actuelles de l'Afrique du Sud et c'est une joint-venture avec la Chine qui va l'exploiter avec un début de production immédiat…

— Putain !

— Comme tu dis, Sam.
— Donc, lundi, le cours de l'or va s'effondrer.
— Exact. Comme prévu…
— Attends, Ben. Il y a un problème… Si ce qu'ils annoncent est vrai, l'or va chuter mais ne rebondira jamais, et les Chinois vont perdre une fortune sur leur stock d'or actuel…
— Tu ne m'as pas laissé finir… Mon copain m'a raccompagné après le dîner. Il m'a dit que cette histoire de nouvelles réserves était étrange, qu'il n'en avait jamais entendu parler alors qu'il était très proche de Zuma et que d'ailleurs il pensait que c'était tout simplement impossible.
— C'est donc un coup d'intox pour faire baisser le marché. Je suppose que les Chinois vont tout simplement démentir le projet de joint-venture et le tour sera joué…
— C'est ce que je pense aussi.
— Génial, Ben. Tu restes le meilleur.
— Tu en doutais ?
— Non. Bien sûr que non. Tu rentres ?
— Non. Je reste ici pour suivre les annonces et t'avertir quand les Chinois publieront le démenti.
— Sois prudent.
— *Don't worry*.

J'appelle Sunee pour la tenir au courant.

Mais je décide de laisser les tourtereaux passer tranquillement leur week-end en amoureux. Ils vont avoir beaucoup de travail lundi…

L'excitation a de nouveau pris le pas sur la mélancolie.

Lundi, la guerre de l'or va commencer et nous serons au premier rang.

Le concierge de l'hôtel me conseille d'aller dîner au Golfe. C'est là, me dit-il, que Ben Ali amène ses hôtes officiels. Il me demande s'il me plairait d'être accompagné avec un sourire entendu. J'ai vu traîner en fin de journée deux ou trois superbes jeunes Tunisiennes un peu trop maquillées pour être des étudiantes en langues étrangères. Je décline son offre mais lui demande de me réserver une table.

La limousine de l'hôtel me dépose devant le restaurant après avoir traversé le quartier résidentiel de La Marsa qui n'a rien à envier à certaines parties du cap d'Antibes. La terrasse du Golfe donne directement sur la plage. La décoration est subtile, très inspirée du restaurant de l'Eden Roc. Décidément, la Tunisie me surprend de plus en plus. Il va falloir que j'avoue à ma mère que les Tunisiens ont fait de sa terre natale un plus beau pays qu'à l'époque où elle y était. Elle risque de faire un arrêt cardiaque devant une telle trahison, elle qui croit que, depuis l'indépendance, Tunis est envahie de chèvres, que les immeubles sont en ruine et qu'on se promène dans les rues à dos d'âne ou de chameau…

À toutes les tables, je me sens dévisagé. Un dîner romantique en solitaire, c'est assez rare.

Le maître d'hôtel m'a préparé une dégustation de poissons fraîchement pêchés. En particulier un mérou dont la chair est succulente.

J'essaie de faire le tri entre toutes les informations que j'ai reçues depuis que j'ai quitté Eva. Nous progressons, c'est certain. Nous approchons même du but, et pourtant j'ai la certitude qu'un piège se dresse devant nous, invisible, insaisissable. Je regagne l'hôtel avec un mauvais pressentiment. En poussant la porte de ma chambre, l'espace d'une seconde, je me dis qu'Eva a peut-être changé d'avis, qu'elle est là, à m'attendre…

Dimanche 24 mai
J – 37

Personne dans ma chambre hier soir quand je suis rentré. Les rêves ne se réalisent jamais… Ce matin, c'est un Habib aux traits tirés qui m'attend à la terrasse de la salle où l'on sert le petit déjeuner. Il a la tête de celui qui a « travaillé » toute la nuit et qui arrive directement du « bureau ».

— Monsieur Ventura. – Il se lève pour me serrer la main. – Nous avons fini le traitement de notre témoin.

Jolie façon de le dire…

— Allaoui a été coriace. Il a résisté même après ce que nous avons fait à sa femme ; il a fallu qu'on s'occupe d'une de ses filles pour qu'il se mette à table…

— Habib, ça vous ennuierait de m'épargner les détails ? Je ne suis pas très à l'aise avec cela.

— Désolé… Mais ce salaud nous a vraiment donné du fil à retordre. Quand on en a eu terminé avec sa femme, j'ai même failli croire qu'il ne savait vraiment rien. Peu de gens résistent quand leur femme est…

— Habib, s'il vous plaît…

— Bon. D'accord. Allons au fait. Allaoui est vraiment avocat. Il a vécu dix ans à l'étranger. Il a toujours affirmé qu'il avait parfait ses connaissances en Europe, dans des cabinets anglo-saxons. En fait, il était au Soudan où il a subi des entraînements très poussés. Comme vous le savez, le Soudan est très proche de la Chine. La Chine possède 40 % de la compagnie pétrolière soudanaise et le Soudan a évité toutes les sanctions internationales malgré les massacres du Darfour… Il est revenu en Tunisie depuis deux ans où il devait attendre des instructions.

— J'imagine qu'il a été réactivé il y a quelques mois.

— Exactement. Son officier traitant soudanais, probablement chef d'une cellule d'Al-Qaida, lui a demandé de créer une société holding tunisienne et d'aller ouvrir un compte à Gibraltar. Il nous a d'abord dit qu'il ne savait pas ce qu'il y avait sur ce compte, mais quand on a commencé un peu à chatouiller sa fille, il a tout balancé.

Visiblement, Habib était déçu de mon manque d'appétence à l'égard de ses méthodes de torture familiale.

— Le compte a été alimenté pendant un an par une série de transferts et a atteint rapidement les 20 milliards. Puis, récemment, il a reçu une vingtaine de virements étalés sur trois semaines de nouveau pour un total de 20 milliards.

Le compte est bon. Les 40 milliards de Bernoff sont là.

— L'argent est-il encore sur le compte ?

— Selon lui, oui. Il attend une instruction pour le transférer dans les jours qui viennent. Probablement la semaine prochaine.

— Merde ! Est-ce que ses contacts vont s'apercevoir qu'Allaoui a disparu ?

— Non. Nous avons vérifié. Ils ne doivent pas se parler avant l'instruction finale de transfert. On va le ramener chez lui avec sa femme et une de ses filles. On garde l'autre avec nous pour qu'il ne lui prenne pas la subite envie de ne plus jouer le jeu. J'ai appelé Eva ce matin pour le tenir au courant. Elle m'a dit de suivre vos instructions, désormais.

— Je rentre à Paris ce soir. Avertissez-moi dès que vous apprendrez la date du transfert et bien évidemment interdisez-lui de transférer quoi que ce soit avant qu'on ait pris une décision.

— Évidemment. Eva m'a dit que cet argent appartenait a des amis à vous.

— Entre autres.

— Il est donc normal qu'il vous revienne. J'espère que vous comprendrez que nous souhaiterions être rétribués pour nos services…

— Cela n'a jamais fait l'ombre d'un doute dans mon esprit.

Je ne veux pas savoir qui ce « nous » englobe mais je sens que ma marge de négociation est limitée.

— À bientôt, monsieur Ventura, dit-il en me tendant la main. Je vais dormir un peu, la nuit a été fatigante… Bon retour à vous.

Tandis qu'il s'éloigne, une question me vient à l'esprit : où sont les 9,2 milliards gagnés grâce à la spéculation sur l'action Bank of America ?

Je lui cours après.

— Habib, pouvez-vous demander à votre ami s'il n'aurait pas reçu 8 à 10 milliards de dollars sur ses comptes la semaine dernière ? Il semble que ses amis aient monté une opération spéculative sur une banque américaine.

— Nous allons lui poser la question. Je suis certain

qu'il répondra tout de suite, désormais, me répond-il avec un sourire doucereux qui me glace le sang.

Je prépare ma valise.
Redescends profiter encore un peu de la piscine.
Déjeune au snack rapidement.
Dernier moment de détente avant la bagarre.

Lundi 25 mai
J – 36

Derrière la vitre de la salle des marchés, Rick brandit victorieusement la une du *Financial Times*. Je m'approche et aperçois le titre : « *Jacob Zuma : Gold is my priority*. » Je sens l'odeur de la poudre de canon. Celle que j'aime, celle qu'on sent sur les champs de bataille des marchés…

— Raconte. Que dit le *FT* sur l'or, Kid ?

— Jacob Zuma a fait de l'or sa priorité économique pour le développement du pays. Je cite : « L'or est le pétrole du XXIe siècle et l'Afrique du Sud doit développer sa production pour devenir le leader mondial incontesté. » Plus loin, je cite toujours : « Nous avons une grande nouvelle à annoncer, une nouvelle qui va modifier la face du monde… Nous avons découvert, il y a quelques semaines, des gisements aux réserves quasiment illimitées. Nous avons formé une alliance avec nos amis chinois pour lancer la production immédiatement… Nous serons, d'ici quelques semaines, capables de fournir au monde entier tout l'or dont il aura besoin. »

Rick entame une danse digne de Johnny Clegg, le Zoulou blanc, en hurlant « Vive Jacob Zuma, vive Jacob Zuma, vive Jacob Zuma ! »

La campagne d'intoxication pour le compte de la

Chine vient de commencer… Une fois de plus, les infos de Ben étaient de premier plan.

— Latika, quelle indication sur le marché ?

— 860 dollars sur le contrat juin, cela chute de 10 dollars par heure…

— À 860 dollars, on gagne combien ?

— Environ 256 millions de dollars pour 200 millions de dollars misés. On a plus que doublé la mise. On prend nos profits ?

— Non. Si Ben a raison, la panique va s'amplifier, d'ici demain ou après-demain, les Chinois vont racheter massivement et ils démentiront après…

— On prend un gros risque. Doubler en quelques jours, alors qu'on perdait de l'argent, c'est quand même un miracle…

— Non. Juste un délit d'initié sur le marché de l'or qui n'est pas réglementé et ne punit pas ces délits… Je te rappelle que notre objectif n'est pas de gagner de l'argent en spéculant, mais de retrouver les 40 milliards, et avant tout d'empêcher que le coup sur l'or ne se produise.

— OK, c'est toi le boss. Que dit Sunee ?

— Pareil que moi, je viens de lui parler… Kid, arrête de danser, s'il te plaît, tu me donnes la migraine…

— Vive Jacob Zuma, vive Jacob Zuma !

Mon portable vibre. C'est un SMS d'Eva :

« On est bien partis. Ne te précipite pas pour acheter… »

L'élève se prend pour le maître. Je lui ai tout appris du trading. Et c'est elle qui me donne des instructions maintenant. Le monde à l'envers.

— Ben en ligne sur la 4 ! hurle le Kid de l'autre bout de la salle.

J'attrape le combiné.

— Salut, Ben, bravo pour l'info !

— De rien, c'était facile. En revanche, ça risque d'être moins évident de savoir quand ils démentiront… Je vous rappelle dès que j'ai des infos là-dessus.

— Ça marche. Je vais regarder de mon côté, je crois que j'ai une idée. Je creuse et je reviens vers toi.

— Parfait.

Il règne dans notre salle des marchés une atmosphère qu'elle n'a encore jamais connue. Un mélange d'adrénaline, d'excitation et de trac. J'adore ça. Mais là, j'ai besoin de m'isoler un moment pour réfléchir. Dans mon bureau, j'attrape machinalement la pile de journaux que j'achète chaque matin. Un article des *Échos* retient mon attention. Sur l'or, encore. « Or : la demande pour placement dépasse celle de la joaillerie » : « Le tournant attendu a enfin eu lieu au premier trimestre 2009. La demande d'or comme véhicule de placement financier a dépassé en volume celle émanant de la joaillerie et d'autres industries selon le dernier rapport du Conseil mondial de l'or (CMO). La demande d'or a progressé en un an de 38 %, – 24 % pour la joaillerie, – 31 % pour l'industrie, + 248 % pour l'investissement et + 540 pour les trackers, les instruments spéculatifs. Les chiffres parlent d'eux-mêmes : l'or a bien regagné ses galons de valeur refuge…

J'appelle Sunee.

— Comment ça va ?

— Ça va toujours quand je gagne un peu d'argent. Je te rappelle que j'ai mis 10 millions de dollars au pot commun et qu'ils en valent déjà plus du double…

— C'est vrai.

— Le tout va être de trouver le bon timing pour racheter, ni trop tôt, ni trop tard.

Elles se sont vraiment donné le mot, Eva et elle.

— On devrait pouvoir le savoir facilement.

— Ah oui, et comment ? rétorque Sunee, dubitative.

— C'est simple. Pour acheter, les Chinois vont devoir utiliser les 40 milliards de dollars.

— Plus l'argent gagné avec le coup sur Bank of America.

— Pour l'instant, celui-là, laissons-le de côté, on ne sait pas où il est. Ils vont donc devoir transférer les 40 milliards de dollars sur un compte de trading avant d'acheter massivement sur le marché. Nous, on reste tranquilles et on ne fait rien avant que l'argent soit transféré. En revanche, dès que c'est fait, on les prend de court et on achète avant eux.

— Sur le papier, ça a l'air limpide. Mais tu es sûr que ton cousin tunisien va t'avertir ?

— Certain. Sa commission est en jeu.

— Je n'ai vraiment pas envie d'être patiente un jour comme aujourd'hui mais… OK. – Elle éclate de rire. – C'est dur de gagner de l'argent sans bouger !

— Tu as raison… mais c'est mieux que d'en perdre en s'agitant. À tout à l'heure, je te rappelle.

La suite de la journée s'est déroulée comme prévu.

L'or a glissé par paliers. Il a clôturé à 834 dollars.

— Plus value potentielle : 360 millions de dollars, m'annonce Latika en me tendant une impression papier de l'état de notre compte. Pas mal pour notre premier coup, boss !

— Oui, c'est un bon début. Latika, j'ai besoin de te parler. Je ne veux pas que tu me répondes ce soir. Je préfère que tu réfléchisses et que tu me donnes ta réponse dans un ou deux jours. Ce que je vais te demander va sûrement te perturber. Je ne suis pas fier d'avoir à le faire mais je ne crois pas que nous ayons le choix.

— Ouch…

— Oui, comme tu dis. Les 40 milliards sont sur un compte à Gibraltar.

— Je sais, tu nous l'as dit.

— Ne m'interromps pas, s'il te plaît, c'est déjà assez difficile comme ça…

— Vas-y. Je me tais.

— Voilà. Cet argent va être transféré de Gibraltar chez le courtier qui aura la responsabilité des achats sur le marché à terme de l'or de notre adversaire. Il va falloir qu'on intercepte cet argent.

— Au moment du transfert ?

— Non, justement. Après le transfert. Les fonds doivent arriver chez le courtier pour que notre adversaire fasse ses achats et fasse flamber le cours mais dès que l'ordre sera exécuté, il faudra que nous récupérions l'argent.

— Comment ?

— Je comptais justement sur toi. Je sais que tu peux t'introduire dans n'importe quel système.

Elle se lève d'un bond, rouge de colère.

— Tu sais que je ne fais pas ce genre de chose, j'ai été on ne peut plus claire sur ce sujet quand tu m'as engagée : c'est du piratage, du vol, c'est contraire à toutes mes valeurs !

— C'est pour ça que je t'ai demandé de ne pas me répondre tout de suite. Donne-toi un ou deux jours pour y réfléchir. Je t'en prie. Et ne m'en veux pas. Nous n'avons pas le choix…

Elle me jette un regard de mépris glacial, attrape d'un geste brusque sa veste et son sac et quitte le bureau en claquant la porte.

Merde. Je ne pensais pas qu'elle réagirait si violemment. J'espère qu'elle ne va pas nous lâcher maintenant. Il faut qu'elle reste, même si elle décide finalement de ne pas nous suivre sur ce terrain glissant.

Eva serait contente de moi. Je bascule de plus en plus facilement vers le côté obscur de la force…

Mardi 26 mai
J – 35

J'ai passé une grande partie de la nuit devant la fenêtre de ma chambre.

Après une journée caniculaire hier, des orages violents ont éclaté. Les orages me fascinent. Je n'ai pas voulu en manquer une goutte.

J'ai laissé les stores levés.

J'ai dû dormir trois heures à peine et c'est le soleil qui m'a réveillé ce matin à 6 heures.

J'ai la tête des mauvais jours.

Le compte à rebours me pèse certains jours plus que d'autres. C'est une lente torture : par moments, je n'en peux plus d'attendre, je voudrais en finir tout de suite. Mais je dois tenir. Pour la Fondation, pour mon équipe.

Je branche CNBC.

La chute de l'or est le premier gros titre.

L'or a continué sa descente ce matin en Asie.

On cote moins de 800 dollars et les spécialistes annoncent maintenant 650 dollars. Les mêmes qui voyaient 2 000 dollars il y a une semaine. Pourquoi se gêner ?

La manip chinoise fonctionne à plein.

La panique à la baisse s'amplifie. D'ici quelques heures, ils pourront acheter tout l'or du monde à un cours défiant toute concurrence.

L'attente du coup de fil de Habib m'annonçant le transfert me met les nerfs en pelote. Je me sentirai moins fébrile quand j'aurai la certitude que nous pouvons commencer à acheter nous aussi.

J'envoie un SMS aux gamins pour leur dire que je ne passerai pas au bureau aujourd'hui. Je ne sais même pas si Latika est revenue, d'ailleurs, ni si sa colère s'est calmée.

Je n'ai aucune envie de rester les yeux rivés sur l'écran à regarder l'or baisser en attendant un signal qui ne viendra sûrement pas aujourd'hui.

Je n'ai envie de rien faire. Envie de rien. Absolument rien.

Je m'allonge dans mon canapé. Je vais faire le vide.

Ce ne sera pas trop dur. Ma vie est déjà un vide immense.

Je ne supporte plus d'être si seul.

Clôture de l'or à 760 dollars.

On gagne une petite fortune. Certes, on est loin des milliards que Bernoff nous a volés mais c'est une consolation tout de même.

Pour le reste, aucune nouvelle de Habib.

Aucune nouvelle d'Eva.

Quelques SMS du bureau et des appels en absence de Sunee. Même pas le courage de la rappeler. Je verrai demain. *Bad trip* aujourd'hui. J'ai hâte que cette journée s'achève.

Mercredi 27 mai
J – 34

Or : 738 dollars.

J'ai de mauvaises vibrations.

Je n'arrive pas à déterminer si elles concernent notre opération, ou moi.

Je n'ai pas changé d'avis, mais maintenant que l'échéance approche, je ne peux plus y penser. Greg n'a sûrement pas réfléchi cent sept ans avant de se foutre en l'air. C'est infernal, cette attente.

L'or baisse. Nous gagnons toujours de l'argent sur notre position. Beaucoup d'argent.

Mais mon mauvais feeling ne me quitte pas.

N'y tenant plus, j'ai appelé Habib ce matin. Allaoui n'a reçu aucune instruction de transfert et les 40 milliards sont toujours sur le compte. Allaoui est-il grillé ? Ses employeurs ont-ils remarqué son absence de quelques jours ? Ont-ils été tuyautés par une taupe au sein des services tunisiens ?

Si les Chinois veulent intervenir pour acheter massivement de l'or, ils doivent transférer les 40 milliards au minimum deux jours avant. Au minimum.

Sunee a raison.

Eva a raison.

Il se passe autre chose, que nous ne maîtrisons pas.

Et si nous avions pris une mauvaise direction ?

Eva a de nouveau coupé les ponts. Elle a encore disparu. Je ne veux pas la relancer mais son silence me rend fou. Elle sait… Elle me connaît tellement bien, elle a sûrement deviné mes plans pour… pour après. Et elle ne fait rien, rien pour m'en dissuader, rien pour m'aider à franchir ce cap, rien pour m'aimer encore un peu, le temps qu'il me reste… Son silence me rend fou.

Rebecca non plus ne me donne plus de nouvelles. Je suis certain qu'elle sait que j'ai replongé avec Eva. Par Sunee ou… Peu importe. C'est mieux ainsi.

Latika a repris sa place devant ses écrans. Enfin une vraie bonne nouvelle. Elle n'acceptera peut-être pas de pirater les ordinateurs de la banque pour récupérer l'argent mais elle nous accompagnera jusqu'à la fin de l'opération.

Je suis soulagé.

Elle me harcèle pour que nous commencions à racheter l'or.

Ses systèmes ne donnent aucune possibilité d'accélération à la baisse. Pour elle, en dessous de 750 dollars, acheter est une opportunité que nous ne devons pas manquer.

Rick ne se mouille pas mais je le sens très nerveux, lui d'habitude si enjoué. Lui aussi est mal à l'aise avec ce profit potentiel que nous ne prenons pas.

Je m'en tiens au plan initial.

J'ai mal au ventre. J'ai mal.

Je crève de trouille.

Comme si la mort s'approchait et me rongeait déjà.

Décidément. Je ne voyais pas comme ça les derniers jours de ma vie.

Jeudi 28 mai
J – 33

Je n'ai pas éteint mon portable.

Il a sonné à 5 h 24.

Le numéro de Ben.

— Hello, Sam, désolé de te réveiller mais je crois qu'il faut que tu entendes ça. Ici, le ministère de l'Économie va sortir un communiqué dans quelques heures pour annoncer que les Chinois ont finalement décidé de ne pas donner suite au projet de joint-venture et que, du coup, l'exploitation de la nouvelle mine est ajournée sans calendrier de report. À la place, ils vont se contenter d'affirmer qu'ils mettront toutes les ressources possibles pour aider leurs groupes AngloGold Ashanti et Gold Fields à regagner leur leadership perdu au profit du canadien Barrick Gold et de l'américain NewMont Mining. Une *bullshit* pour sauver la face.

— Tu penses que les Sudaf sont dans le coup de la manip ?

— Pas du tout. Ici, c'est le branle-bas de combat. Les Sud-Africains sont furieux. Ils ont l'impression de s'être fait baiser par les Chinois et d'avoir été manipulés mais ils se demandent dans quel but…

— Le marché va exploser à la sortie du communiqué ! C'est sûr qu'à partir de ça, les Chinois vont pouvoir acheter massivement. Or ils n'ont pas touché aux 40 milliards. L'argent est toujours à Gibraltar. Je ne comprends rien…

— Tu es certain que l'argent y est toujours ?

— Normalement oui… Bon, je me renseigne tout de suite. Je te rappelle. Tu rentres quand ?

— Aujourd'hui. Il ne se passera plus rien ici.

— OK. Bon vol.

J'essaie de rester calme mais la panique me gagne. Notre scénario ne tient plus la route.

— Habib, désolé de vous réveiller mais c'est urgent. Allaoui n'a pas été contacté ?

— Toujours pas. L'argent n'a pas bougé de Gibraltar. Pourquoi ?

— Parce que les Chinois vont acheter aujourd'hui et qu'ils n'ont pas touché aux 40 milliards.

— Cela veut dire que ce n'est pas pour le compte des Chinois que Bernoff a piqué ces 40 milliards…

— Je ne sais pas. Cela veut dire en tout cas que l'argent va servir à autre chose qu'à acheter de l'or et que nous sommes dans le brouillard le plus complet. Surtout, alertez-moi dès que vous avez le moindre signe de mouvement sur l'argent.

— Comptez sur moi.

La première chose à faire est de racheter nos quarante mille contrats pour prendre notre profit et de jouer un deuxième coup en se positionnant à la hausse avec un achat de trente mille ou quarante mille contrats. Pas d'autre solution que d'appeler Rick et Latika pour qu'ils se ruent au bureau.

Je jette un œil à ma montre. Six heures moins le quart. Je vais me faire accueillir…

— Rick, c'est Sam.

— Putain, boss, t'es insomniaque ou quoi ?

— Bouge-toi le cul et plus vite que ça, s'il te plaît.

C'est une urgence. Fonce au bureau. On solde notre position *short* de contrats juin Gold, on prend notre profit.

— Qu'est-ce qu'il se passe ?

— Les Sudaf vont démentir le deal avec la Chine mais les 40 milliards n'ont pas bougé.

— Merde ! On s'est fait avoir.

— Pas complètement. Si tu arrêtes de tchatcher et que tu t'y mets, on va quand même gagner de l'argent sur l'or qu'on a vendu et qu'on va racheter.

— Ça ne va pas être facile de racheter quarante mille contrats sur l'Asie à l'ouverture de l'Europe. Il faudra sûrement attendre celle de New York.

— Non. Surtout pas. Il sera trop tard. On a à peu près quatre heures devant nous. Pas davantage. Avant que le marché n'explose avec le démenti et que les Chinois n'achètent. J'appelle Latika pour qu'elle te rejoigne.

— Pas la peine, elle…

Rick a répondu spontanément, l'esprit probablement embué dans le demi-sommeil dont je viens de le tirer. Sentant qu'il a fait une gaffe, il tente une manœuvre.

— Elle… enfin je vais l'appeler moi-même. Ne t'inquiète pas pour ça, boss.

Je souris et insiste, histoire de m'amuser un peu :

— Mais non, c'est à moi de faire ça…

— Non, non, je te jure, c'est bon. Je m'en occupe.

C'est bien la première fois que j'entends quelque chose qui ressemble à une supplication dans la voix du Kid. Allez, on a d'autres chats à fouetter ce matin que les affaires du cœur. Je réponds, même pas ironique :

— Comme tu veux. Si tu y tiens. À tout de suite.

Ce sont vraiment des gamins… Il n'y a qu'eux pour ne pas voir que leur liaison saute aux yeux et que tout le monde est au courant. Dans le fond, ils m'attendrissent.

J'hésite à appeler Sunee mais à cette heure-là, elle va me tuer ; pourtant, il faut qu'on remette tout à plat, et vite, pour comprendre ce qu'il se passe.

Je fonce au bureau. Les rues sont encore vides. Le jour se lève. Il fait déjà chaud.

Latika arrive quelques minutes après moi.

Rick est déjà là, bien sûr, parti devant pour ne pas prendre le risque qu'on le croise avec elle.

Il lui dit bonjour le plus naturellement du monde. Trop mignon… Et puis se tourne vers moi :

— Je viens d'avoir NewMarket à Singapour. C'est eux qui vont nous aider à traiter avant que les gens de Londres appellent. Ils ont contacté tous les *market makers* sur l'or. Et comme je le craignais, ils m'ont confirmé qu'on risquait de payer assez cher pour des volumes pareils alors que Londres et New York sont fermées.

— Je m'en fous. Dans quelques heures, ça va exploser. On voit quoi, là ?

— 742 dollars mais pour quelques centaines de contrats seulement. Ne t'inquiète pas, Sam, je me charge de tout.

Une fois de plus, la métamorphose de Rick me frappe. Dès qu'il entre dans sa peau de trader, il est transfiguré. D'un calme et d'une maîtrise stupéfiants.

— *Make me a price for 5 000 Gold June*.

— Désolé mais je n'ai pas mieux que 742/746.

Le *spread*, la différence entre le prix auquel on peut vendre (742) et le prix auquel on peut acheter (746) est de 4 dollars. Dans un marché normal, il ne doit pas dépasser 10 ou 20 *cents* mais nous n'avons pas le choix… Rick négocie tout de même.

— C'est trop large. Je ne traite pas. Resserre-moi ça et donne-moi un prix ferme pour dix mille contrats.

Il bluffe. Il sait qu'il est obligé de traiter mais son bluff marche…

— Kid, j'ai trouvé une fourchette de prix exceptionnelle pour toi : 742,60/744,60 pour dix mille.

— J'achète. *Mine at 744,60.*

— C'est fait.

Maintenant que ce broker sait que nous sommes acheteurs, le cours va monter. Il faut faire vite.

Rick décide d'appeler une dizaine d'autres brokers pour brouiller les pistes.

Partout il demande des prix pour de plus petites quantités et avant que les brokers ne se parlent entre eux et ne sachent tous que nous sommes acheteurs, il réussit à ramasser vingt mille contrats à un cours moyen de 746,20. Il a fait un boulot incroyable.

Pour les dix mille derniers, nous sommes baisés. Nous devons payer le prix cher, 753 dollars. N'empêche, nous avons une excellente moyenne de cours d'achat.

Le Kid m'impressionne. Latika le regarde avec admiration et amour. Lui est en transe.

— Quarante mille achetés à 747,50 dollars, boss. On s'est fait un profit de 706 millions de dollars, plus de trois fois la mise… On se met long maintenant ?

— Oui. Achète trente mille de plus. On va jouer la hausse.

— Je peux payer jusqu'à combien ?

— C'est toi qui gères ça.

— Si on veut laisser le marché se calmer un peu, il me faudra deux ou trois heures. Je préfère attendre l'arrivée de Londres.

— OK. Si tu veux. Selon Ben, le communiqué sortira à 11 heures, heure de Paris, il vient de me rappeler.

— Parfait. Cela me laisse un peu de temps.

À 10 h 30, Rick a fini ses achats.

Nous avons engrangé un profit de 706 millions de dollars sur notre spéculation à la baisse.

Et nous nous sommes positionnés à la hausse avec trente mille contrats à 755 dollars.

En achetant massivement ce matin, c'est nous qui avons provoqué l'envolée du marché.

Il ne reste qu'à attendre le communiqué.

À 11 heures, rien.

À midi, rien.

À 13 heures, rien.

New York ouvre. Nos achats ont été absorbés et le marché repart à la baisse. Brutalement. 755… 745… 730… nouveau plus bas 720… Le plancher des 700 est explosé facilement. Et c'est la panique. L'or descend en quelques minutes à 650 dollars. Nous perdons… beaucoup…

Injoignable, Ben ignore ce qu'il se passe. Il doit être dans l'avion. Est-ce qu'il a été manipulé lui aussi ? Est-ce qu'on nous a fait tomber dans un piège ? Le prétendu démenti ne sera jamais publié et nous perdrons une fortune…

Au-delà de l'argent perdu ou gagné, je ne comprends plus rien à ce qui est en train de se produire.

Eva elle aussi est toujours injoignable. Je commence à avoir des soupçons : peut-être est-elle dans le coup elle aussi ? Les idées les plus folles me viennent à l'esprit. Eva est de mèche avec les Chinois ou avec notre adversaire s'il est autre qu'eux… Ben a été manipulé par un informateur qui travaille pour l'ennemi… L'or était un leurre, comme le coup de Bank of America… Et pendant qu'on s'est laissé embringuer sur ces fausses pistes, les 40 milliards vont servir à un autre coup massif et nous n'y pourrons rien…

Merde et merde.

Sunee est restée chez elle. Elle réfléchit mieux en solitaire. Mais là, elle m'avoue être perdue.

— Je t'avais bien dit que quelque chose me chiffonnait. Tout avait l'air trop simple.

— Ouais… Que me conseilles-tu de faire avec les trente mille contrats à la hausse ?

— Garde-les. On a une marge de manœuvre. Au pire, on perdra ce qu'on a gagné à la baisse. Ce n'est pas le problème. Le problème est de savoir qui on a en face de nous et sur quel marché ils vont frapper si ce n'est pas celui de l'or.

Et on n'a pas le début de commencement d'une idée… Je raccroche le téléphone encore plus déprimé.

L'or clôture en pleine déroute à 620 dollars.

On se prend une claque de 405 millions de dollars.

Dans un brouillard complet.

Si Eva m'a trahi encore une fois…

Pourquoi si ?

Eva m'a trahi !

Eva ne peut que trahir…

Quel idiot ai-je été de croire autre chose !

La seule bonne nouvelle du jour est que j'ai passé ma commande de Nembutal sur le site mexicain.

Ils promettent une livraison en sept jours.

Deuxième semaine de juin, donc.

L'essentiel est que le colis me parvienne avant le 30.

Vendredi 29 mai
J – 32

La chute de l'or fait encore la une de tous les journaux.

En deux jours, tous les sous-analystes, sous-économistes et sous-prévisionnistes de la planète Finance ont retourné leur veste. Maintenant, ils voient l'or s'effondrer. La cavalerie qui arrive après la bataille. Les pompiers pyromanes. Toujours les mêmes. Ils poussent les hauts cris : mais comment a-t-on même pu *imaginer* qu'il pourrait dépasser les 1 000 dollars ? (Ils oublient juste de préciser que ce sont eux qui ont imaginé et claironné ça.)

Le marché, lui, s'est stabilisé après trois jours de descente aux enfers. On a légèrement rebondi à 650 dollars. Et depuis plus rien. Le calme plat après la tempête. Ou le calme plat avant une nouvelle tempête.

Ben est arrivé tôt ce matin. Il m'a appelé de l'aéroport. Je lui ai demandé de me retrouver directement au café.

— Sam, je t'assure que je ne comprends rien. Mes contacts m'ont tous confirmé que le démenti allait être publié.

— Est-il possible qu'ils soient eux aussi dans la combine ? Qu'ils t'aient utilisé ?

— Impossible. Nous avons combattu côte à côte au moment de l'apartheid et nous avons frôlé la mort ensemble à plusieurs reprises en Rhodésie. Non, je me porte garant pour eux. Mais je me sens responsable de ce fiasco. Est-ce que l'or peut continuer à baisser ?

— Ben, tu n'es pas responsable. Tu vois bien que nous ne maîtrisons plus rien. Je ne crois pas que l'or puisse encore baisser. Il vient de se prendre une claque magistrale. À ce cours, les Chinois ne peuvent pas laisser passer l'opportunité de l'acheter. Il suffit peut-être d'attendre.

— On ne prend pas notre perte ?

— Surtout pas. On tient. Va te reposer à ton hôtel. Appelle-moi si tes amis te contactent et moi je te tiens au courant si ça bouge. Latika est au bureau si tu veux avoir les cours. Rick aussi, je pense.

— Tu n'y vas pas ?

— Non. Pas la peine que je leur transmette mon stress. Ils sont déjà assez nerveux comme ça.

— Que dit Sunee ?

— Rien. Apparemment elle reste sereine. Elle est persuadée que tes infos sont bonnes. Mais elle croit toujours qu'un élément essentiel nous échappe complètement. Elle passe ses journées à appeler tous ses relais d'information.

— Sur l'or ?

— Non. Sur tout. Elle pense que l'or n'est qu'une partie du problème.

— Ah ! merde…

— Comme tu dis. Si on se fait déjà balader sur l'or, tu imagines ce qu'on va prendre si un autre front s'ouvre sur un autre marché ! Bon, je te laisse, Ben. *Take care !*

Pauvre Ben. Les marchés financiers lui font plus peur

que les balles qui ont sifflé autour de sa tête tout au long de sa vie.

Sur les marchés, tout est relativement calme. Les indices boursiers sont à la hausse. Le CAC a dépassé les 3 300. Le pétrole flambe à nouveau… après avoir atteint les 147 dollars en juillet 2008, et plongé à 32 en décembre, le voici qui caracole vers les 70 dollars. L'OPEP s'est réunie et a décidé de maintenir sa production au même niveau. Elle est persuadée que la reprise économique mondiale est imminente et que la demande de pétrole va repartir. Comme les réserves et les stocks sont au plus bas, selon le ministre saoudien, le cours ne peut que grimper.

Ils parient tous sur la reprise.

Ils veulent tous ignorer que la plupart des pays sont en faillite.

Si j'avais un peu de temps, j'écrirais un petit livre d'une cinquantaine de pages à 1 euro pour alerter les épargnants qui se croient à nouveau tranquilles après l'alerte de la crise bancaire.

Je l'appellerais : *Votre argent est en danger*. Et j'expliquerais tout simplement qu'il n'y a pas de miracle : qu'un État, c'est comme une entreprise ou comme un ménage : si on est surendetté et qu'en plus on gagne moins d'argent, on ne peut pas s'en sortir. Ce n'est même pas de l'économie de haut vol. Juste du bon sens. Mais le bon sens est la valeur la plus en baisse depuis des années sur les marchés financiers. Cela me rend triste de voir, une nouvelle fois, tous les petits épargnants suivre le joueur de flûte vers le précipice. Je ne serai sûrement plus là, d'ailleurs. Tant mieux.

J'appelle Olivier, mon prof de combat. J'ai besoin de me défouler. Je le supplie d'annuler ses engagements pour l'après-midi et de me prendre deux ou trois heures. Il finit par accepter.

J'ai bien combattu. J'ai appuyé mes coups. Le combat s'est durci progressivement. Je ressors l'esprit vidé.

L'or n'a toujours pas bougé. 650 dollars. On a l'impression qu'il est scotché. Il clôture dans quelques heures mais il ne se passera plus rien aujourd'hui.

Je n'aurai plus de nouvelles d'Eva, non plus. Plus jamais. J'en ai la conviction. Je suis tellement au-delà de la lassitude, ce soir, que je ne sais même pas si ça me rend triste.

Samedi 30 mai
J – 31

Il me reste un mois. Pile un mois. Plus qu'un mois.

La France entame son quatrième week-end de ponts.

Trois jours pour le 1er Mai. Trois jours pour le 8 Mai. Quatre jours pour l'Ascension. Et maintenant, trois jours pour la Pentecôte.

Le seul événement capable de réveiller le pays de cette torpeur fériée, c'est le concert d'adieu de Johnny devant un Stade de France plein à craquer. Voilà un Français qui mérite sa retraite. Il bosse depuis cinquante ans, week-ends et vacances inclus.

Après une journée de déprime passée à me traîner du canapé à mon lit et de mon lit au canapé, je branche ma télé sur le concert. Je n'ai jamais été fan mais ce type-là me touche. Je verse même une larme quand il serre son fils dans ses bras après avoir chanté en duo avec lui, une autre quand le chanteur dit adieu à son public avec une voix brisée par l'émotion, une dernière quand il entame son finale sur la chanson de Bécaud : *Et maintenant, que vais-je faire ?*

J'ai l'impression qu'il s'adresse à moi. Je zappe d'une chaîne à l'autre. Sans m'arrêter sur rien. Mais je n'ai pas envie d'aller me coucher. J'ai peur de dormir.

La journée a été glauque, la nuit sera donc peuplée de cauchemars. Autant les éviter.

J'aimerais bien me bourrer la gueule mais je déteste l'alcool.

J'aimerais bien me shooter mais je déteste la drogue.

Je me passe la main sur le visage. Il est humide. Je m'aperçois que je n'ai pas cessé de pleurer depuis une heure. Sur quoi ? Aucune idée. Mais ça me plaît.

Un appel de Max m'arrache à mes sombres réflexions. Il veut passer tout de suite. Une urgence.

Une vingtaine de minutes à peine après son appel, il est là. J'ai juste eu le temps de me redonner une apparence correcte. Pas assez, visiblement :

— Patron, tu as la tête d'un mec qui va se jeter par la fenêtre.

— Pas du tout. Je suis crevé. J'allais me coucher. Et tout ce qui se passe actuellement m'inquiète.

— Ce que je viens te dire ne va pas te rassurer.

— Trop sympa, Max, d'être passé pour m'annoncer une bonne nouvelle ! Je savais que je pouvais compter sur toi !

Mon ton léger le laisse de marbre.

— Tu as un traître dans ton équipe, poursuit-il d'une voix sinistre.

— Qui ?

— Justement, Sam, je ne sais pas. On a simplement récupéré dans les poubelles de tes bureaux un téléphone portable. Neuf. Un de mes gars chargé de votre surveillance a cru qu'il était tombé là par erreur. Il me l'a apporté. Impossible de l'allumer. Quelqu'un avait pris le soin de déchirer la puce et d'endommager les circuits. Mais un de mes potes qui a l'habitude de recycler les portables empruntés l'a remis en état.

— Et alors, qu'a-t-il pu récupérer ?

— Un échange de SMS. Sur une carte prépayée. Il

les a retranscrits et imprimés pour moi. Regarde. Les échanges sont tous en anglais. Je n'ai rien compris mais mon pote me dit que vous êtes mal barrés.

Max me tend une feuille de papier. Je traduis pour lui au fur et à mesure de ma lecture.

« Ils sont foutus. Ils vont se planter sur l'or. On connaît leurs positions. Coopère et tu gagneras le gros lot.

— Je dois faire quoi ?

— Nous informer s'ils s'aperçoivent qu'on attaque un autre marché que l'or.

— Quel marché ?

— Tu n'as pas besoin de le savoir.

— Je toucherai combien ?

— 10 millions d'euros. Sur un compte offshore. Ça fait trois fois que tu refuses de coopérer. Tu vas couler avec eux et on pourrait même devenir très méchants.

— C'est une menace ?

— Non. Une proposition que tu ne peux pas refuser…

— Je vois… Je n'ai donc pas le choix ?

— Non.

— OK, je marche.

— C'est plus sage pour toi. Et n'essaie pas de jouer sur les deux tableaux. Tu as une jolie famille…

— J'ai compris. »

Je relis l'échange de messages. D'abord pour m'assurer que tout cela est authentique. Aucun doute là-dessus, malheureusement, pas plus que je n'ai de raisons de douter de la fiabilité de Max… Puis je relis encore, tâchant de déceler un indice qui me permettrait d'identifier notre taupe.

Je reprends mes esprits mais ma voix tremble un peu :

— Ben n'est jamais au bureau et Sunee n'y vient plus. Ils sont donc hors de cause. Restent Rick et Latika.

— Patron, c'est forcément Rick. Il tuerait sa mère pour de l'oseille. Latika a l'air réglo.

— Mais elle peut vouloir protéger sa famille.

— Non. C'est le play-boy. J'en suis sûr.

Max a peut-être raison. La proximité entre Rick et les gérants du Revenge Fund aurait dû m'alerter.

Mais pour l'instant, je n'ai aucun moyen d'agir. Je ne peux rien faire d'autre que réfléchir. Guetter. Me méfier. L'histoire de ma vie.

Je suis accablé. Max me donne une bourrade amicale dans le dos.

— Patron, tu peux toujours compter sur moi. Je ne vais pas lâcher cet enfoiré des yeux.

— Merci, Max, tu m'as rendu un grand service, tu sais.

— Je suis là pour ça, patron.

— Continue quand même à surveiller Latika puisque vous assurez sa protection.

— D'acc. Je me tire. Et toi, essaie de reprendre des couleurs.

— Je préfère être blanc.

— Ha, ha, ha, très drôle. Va dormir un peu, plutôt, tu ne tiendras pas le coup longtemps, avec cette tête…

L'impression de glisser dans un trou noir sans fond, sans rien à quoi me raccrocher. Je n'en peux plus. J'attrape mon portable et compose le numéro d'Eva sans réfléchir. Elle ne décroche pas. Je ne laisse pas de message. Saloperie de solitude.

Dimanche 31 mai
J – 30

Et si c'était Latika ? Et si elle n'avait pas supporté ma proposition de devenir une hors-la-loi ? Elle a rejoint l'équipe pour rétablir une certaine justice. Je l'ai déçue, elle s'est sentie trahie et elle a voulu se venger.

Je hais ce 31 mai.

Pourquoi faut-il que mai ait trente et un jours ?

Je décide que tous les mois ont trente jours. Que le 31 mai n'existe pas. Je veux être au 30 juin et que tout cela cesse.

Lundi 1er juin
J – 29

Je me redresse brusquement dans mon lit. Un bruit sourd dans le fond de l'appartement, puis de plus en plus fort… Putain, mais qui est en train de défoncer ma porte ?

Je hurle, furieux :

— C'est quoi ce bordel ?! Qui est-ce ? Il est 5 heures du matin !

— Ouvre, Sam. Ouvre, c'est moi, c'est Rick.

Je saute du lit. Je vais l'étrangler. Pour une fois que je dormais !

— Mais comment es-tu monté ?

— Tu m'avais laissé le code. Bon, arrête de faire la gueule. Je t'ai appelé dix fois.

— J'ai débranché mon portable.

— Et alors ? Comment je t'annonce que c'est la panique en Asie si ton téléphone n'est pas branché ?

— Pourquoi la panique ?

— Écoute bien : depuis l'ouverture des marchés asiatiques, les Chinois ramassent tout. Tout. La moindre pépite d'or. Et tiens-toi bien, ils ne se cachent pas. Ils le font ouvertement. Ils ont pris le marché à contre-pied.

— Je ne comprends pas. Les Sud-Africains ont démenti ?

— Mais non. Les Chinois vont acheter toute la journée, tout rafler et ce soir ou demain, le deal avec les Sudaf sera annulé.

— Tu es sûr ? C'est énorme ! Énorme ! Attends-moi. On fonce au bureau. Appelle Latika, dis-lui de nous rejoindre… Tu connais son numéro ?

— C'est quoi cette question ? Et pourquoi ce petit sourire ? Bien sûr que j'ai son numéro. Je retiens les chiffres, j'ai même retenu ton code…

— Mais ne t'énerve pas… Pourquoi tu prends la mouche comme ça ?… Je plaisantais, c'est tout. Bon, j'enfile un truc et j'arrive.

Je n'arrive pas à me faire à l'idée que Rick ait pu nous trahir. Je n'arrive pas à me méfier de lui. Le temps du trajet jusqu'au bureau, je le scrute à la dérobée. Il ne s'en rend même pas compte – son enthousiasme a l'air si sincère.

Les chiffres défilent sur les écrans de Latika. Bleu, bleu, bleu, l'or s'envole. Les Chinois réussissent le *short squeeze* parfait, le *corner* absolu : entraîner le marché à la baisse dans un piège pour pouvoir tout racheter à la casse. De la manipulation de génie ! Un vrai travail d'orfèvre, le rêve de tous les traders. Une offensive sur tous les fronts. Le blitzkrieg ! Un vrai débarquement ! Or physique, marchés à terme, Tokyo, Hong Kong, Singapour.

J'imagine les traders londoniens et new-yorkais tirés de leur lit en pleine nuit avec ordre de rejoindre d'urgence leur salle des marchés. Mobilisation générale. Vite, enfile ton uniforme, petit. Il faut aller au front. L'ennemi a attaqué. On est encerclés…

— Je n'ai jamais vu ça, Sam, ils sont partout. Londres vient d'ouvrir et ils canardent de tous les côtés.

Rick est en transe. Latika regarde, incrédule, les cours de l'or s'envoler. Je dois avouer que moi aussi je suis pantois. Je n'ai jamais vu ça. Jamais. J'observe Latika du coin de l'œil mais son comportement me paraît normal. Rick ? Latika ? Latika ? Rick ? Je réglerai ce problème plus tard…

CNBC improvise en direct une émission spéciale.

Les uns après les autres, des analystes embrumés de sommeil défilent sur le plateau pour tenter de donner une explication. En vain.

Nous sommes les seuls à comprendre ce qui est en train de se dérouler : la Chine prend le pouvoir sur les marchés financiers.

Ben et Sunee viennent de se connecter en conf call :

— Ben, aucune nouvelle de nos amis sud-africains ?

— Mon contact me répète que le démenti est imminent mais il me dit cela depuis plusieurs jours. D'après lui, ce serait pour ce soir, après la clôture des marchés.

— Ce qui expliquerait pourquoi les Chinois bourrent comme des malades. Ils veulent rafler tout le marché avant que la nouvelle tombe, quelle arnaque !

Il y a dans la voix de Sunee comme de l'admiration, voire de la jalousie. Cette manip des marchés, on sent qu'elle aurait aimé la mener même si elle est contraire à ses principes.

— En tout cas, on se fait des couilles en or, c'est le cas de le dire… On a gagné une fortune à la baisse, on va gagner encore plus à la hausse.

— *Watch your language*, Rick, je te prie. Je te rappelle que le but n'est pas de faire fructifier 220 millions de dollars en se rendant coupable de délits d'initié mais de savoir qui se cache derrière Bernoff !

Rick baisse la tête, c'est Latika qui vole à sa rescousse :

— Mais c'est simple, Sam, qu'est-ce qu'il te faut de plus ? Ce sont les Chinetoques. Ils ont fait le coup sur Bank of America pour faire diversion en gagnant 9 milliards de dollars. Et aujourd'hui, ils mettent la main sur tout l'or du monde.

— Tu oublies une chose, Latika. Les 40 milliards de Bernoff n'ont pas bougé. Ils sont toujours à Gibraltar. Je viens d'appeler Habib. Farid Allaoui n'a reçu aucune instruction de transfert. Quant aux 9 milliards, on ne sait pas où ils sont. Ils ont disparu. À Gibraltar, il y a 40 milliards, pas 49. Non. Il y a une couille.

— Je suis d'accord avec Sam. Ça fait plusieurs jours que je vous répète que quelque chose nous échappe. J'ai besoin de réfléchir.

— Vas-y, Sunee. Attendons de voir comment la journée se déroule. On balancera nos trente mille contrats à la clôture. Au rythme auquel ça va, les plus hauts historiques de mars vont être explosés. On vaut déjà 880 dollars et ils continuent à acheter tout ce qui se présente. À tous les prix.

— *What a fucking day*…

Cette fois, personne ne reprend le Kid.

La journée continue sur ce vent de folie.

Latika est rivée sur ses ordinateurs, sidérée par les colonnes de chiffres qui défilent sous ses yeux.

Personne. Personne ne donne une seule explication.

Les images de traders effondrés se succèdent sur les écrans de télé. C'est un krach. À la hausse.

Une journée folle, épuisante, historique.

Aux États-Unis, la surprise incrédule a fait place à la panique et à la peur.

Tim Geithner, le secrétaire du Trésor, somme la Chine de s'expliquer.

Ben Bernanke, le président de la Banque centrale, annonce qu'il a tenté d'entrer en contact avec son homologue chinois. Sans succès.

Les Européens multiplient les initiatives. Aucune réponse chinoise.

Il flotte une ambiance de septembre 1939. L'Allemagne vient d'entrer en Pologne ; et Daladier et Chamberlain se rendent compte qu'ils se sont fait baiser avec leurs accords de Munich.

L'Europe s'est couchée devant la Chine et la Chine vient de franchir les frontières des marchés avec ses blindés.

1 075 dollars.

1 075 dollars !

C'est le cours de clôture officiel de l'or.

Nous avons liquidé notre position de trente mille contrats et encaissé un profit de 960 millions de dollars. Sur les 220 millions de dollars initiaux, nous voici avec un profit total de 1 milliard 666 millions d'euros !

Sunee a raflé 75,7 millions pour elle, nous avons gagné la même chose pour le fonds, Eva et ses compères empochent 1 milliard 514 millions.

Toute la journée j'ai essayé de la joindre.

Tout s'est passé comme prévu ou presque.

J'ai besoin de lui parler.

J'ai envie de lui parler.

Je suis certain qu'elle seule peut nous aider à comprendre. Qu'elle peut m'éclairer sur l'identité de notre traître, elle connaît bien ce sujet…

Mais elle ne répond pas. Je ne tombe même plus sur sa boîte vocale. La sonnerie sonne dans le vide. Sa sonnerie résonne dans mon vide.

Là aussi, quelque chose cloche. Eva ne peut pas ne

pas réagir à ce qui s'est passé aujourd'hui. Eva ne peut pas ne pas vouloir partager avec moi l'excitation d'avoir réussi un si beau coup. Son plus gros coup. M'éviter dans un moment comme celui-ci, ça ne lui ressemble pas, vraiment pas. Je n'ai pas voulu écouter la petite alarme que déclenche en moi son silence depuis quelques jours. À présent, je suis franchement inquiet.

Mais je ne peux rien faire.

Mardi 2 juin
J – 28

C’est à 4 heures du matin, heure de Paris, que le porte-parole du gouvernement sud-africain a annoncé la rupture de l’accord avec la Chine et l’abandon de l’exploitation du nouveau gisement. Sans autre explication.

Dès l’ouverture des marchés européens, financiers, ministres des Finances, politiques et même traders crient au scandale, hurlent à la manipulation. La Chine ne dit pas un mot. Pas un.

Branle-bas de combat sur tous les continents.

Les Européens convoquent un sommet extraordinaire. Aux États-Unis, silence radio de la Banque centrale et du gouvernement. Ils évaluent le désastre.

Sous la pression de l’autorité des marchés, la SEC, les marchés à terme restent fermés.

C’est la stupeur. Partout.

Nous passons la journée pendus au téléphone.

Avec une étrange impression.

Celle d’être tombés par hasard sur LA manipulation du siècle, mais pas la nôtre. Nous cherchions la main derrière Bernoff et nous avons trouvé le stock d’armes de destruction massive que traquaient les Américains depuis la guerre en Irak.

Mais les Chinois ont conquis la planète financière sans l'argent de Bernoff. Cela les innocente-t-il pour autant ? Existe-t-il un pacte germano-soviétique secret ? Qui sont les Soviétiques de cette guerre-là ?

Eva, où es-tu ? J'ai besoin de toi.

Mercredi 3 juin
J – 27

Les marchés de l'or sont toujours fermés.

Le trading s'est complètement interrompu en Asie, en Europe et aux États-Unis.

Tim Geithner a annulé son départ prévu vendredi pour Pékin. Ce devait être sa première visite en Chine en tant que secrétaire au Trésor. Il devait négocier un pacte de non-agression financier sur le dollar, le yuan et les emprunts du Trésor américain. Or pendant que les Américains préparaient la paix dans la sérénité, la Chine a lancé toutes ses forces dans la guerre. Et remporté une bataille décisive.

Le Premier ministre chinois, Wen Jiabao, s'est fendu d'un communiqué laconique : « La Chine a accéléré le processus de diversification de ses réserves financières. 70 % d'entre elles étaient en dollars. Ce n'était ni sain ni soutenable. »

Du coup, le dollar s'effondre. L'euro vient de battre son record historique. Il s'envole au-dessus de 1,60 dollar et s'achemine vers les 1,80.

On attend une réouverture du marché de l'or pour demain avec peu de volume et un cours d'équilibre autour de 1 100. Il n'y a plus de vendeurs. Il n'y a quasiment plus d'or en dehors du stock chinois.

Certains analystes estiment que la Chine détient maintenant vingt mille tonnes d'or, cinquante mille si on inclut les marchés à terme et les trackers, soit quatre fois la somme des réserves européennes et américaines. La messe est dite…

Je suis perdu dans mes réflexions quand je reçois un appel que je n'attendais plus.

— Sam, c'est Habib, ça y est, Allaoui a été contacté.

— Enfin ! Où l'argent doit-il être transféré ? En Asie, je suppose ?

— Pas du tout. En Suisse. À Genève. À la Banque genevoise d'investissement.

— Quoi, Genève encore ?… Sur un compte numéroté ?

— Non. Sur le compte de Revenge Investment Company.

— Vous pouvez répéter, s'il vous plaît ?

— Revenge Investment Company. Vous les connaissez ?

— Oui… Oui, je les connais…

— Qu'est-ce que je fais, Sam ? On procède au transfert ou on fait tout pour récupérer les 40 milliards tout de suite en bloquant le compte ?

— On n'arrivera pas à bloquer le compte, Habib. La seule façon de récupérer l'argent, c'est de breaker le système informatique de la banque à Gibraltar et de siphonner l'argent, mais, si on fait cela, on ne pourra jamais coincer les types qui étaient derrière Bèrnoff et on ne saura jamais quel coup ils préparaient.

— Certes. Mais si on laisse partir l'argent à Genève, on risque d'en perdre définitivement la trace.

— Vous avez raison. Laissez-moi réfléchir. Le transfert doit être effectué avant quelle heure ?

— On a jusqu'à 16 heures.

— OK, je vous rappelle.

Je vais tenter un truc. Pas le choix. Je m'approche de Rick, qui est au téléphone, les pieds sur son bureau, et lui fais signe de raccrocher dare-dare.

— Kid, accroche-toi.

— Je suis prêt, boss. On va encore faire péter le marché de l'or ?

— Non. Tu sais qui va récupérer les 40 milliards de dollars de Bernoff ?

— Non.

— Tes potes. Les Vengeurs masqués. Le Revenge Fund.

— Tu me charries ?

— Pas du tout. Habib vient de m'appeler.

— Incroyable, incroyable…

— Le nom de leur fonds donnait le ton. Tu le disais toi-même. Ils veulent leur revanche contre le gouvernement qui les a laissés crever volontairement.

— Mais ce ne sont pas des types qui auraient pu s'allier avec une ordure comme Bernoff !

— Je ne crois pas qu'ils se soient alliés avec Bernoff. Je pense que quelqu'un les utilise, la même main qui a utilisé Bernoff. Je suis même certain qu'ils ne savent pas que l'argent vient des fonds Bernoff.

— Qu'en pense Sunee ?

— Je fonce chez elle maintenant. Vois de ton côté ce que tu peux glaner comme information sur eux. Demande à Latika de revoir toutes les transactions sur Bank of America. C'est sûrement eux qui ont fait le coup aussi. Ne les contacte pas directement. S'ils se doutent que tu sais quelque chose, j'ai peur que tu sois vraiment en danger.

— OK.

Bon. Rick n'a pas réagi quand j'ai parlé du Revenge Fund. Soit c'est un bon acteur. Soit il n'a rien à voir avec l'échange de SMS. Je m'accroche à l'idée qu'il n'a pas pu nous trahir. Ni lui ni Latika. Même si les SMS ne laissaient aucune place au doute.

J'appelle Max pour lui demander de resserrer la surveillance sur mes deux gamins.

J'ai également décidé de continuer à ne pas parler de notre taupe à Ben et Sunee. Je ne sais pas pourquoi. Leur avis pourrait m'être précieux. Peut-être que je ne peux pas me résoudre à ce qu'ils m'ouvrent les yeux ?…

Je passe prendre Ben à son hôtel et nous allons directement chez Sunee. Il lui faut quelques secondes pour absorber l'information. Elle marche de long en large dans sa cuisine. Je l'ai rarement vue si nerveuse. Ben se concentre sur la tasse de thé qu'elle vient de lui préparer.

— Je t'avais dit qu'un truc me gênait… Que dit le diable ?

— Le diable a disparu. Ça fait plus d'une semaine que je n'arrive pas à la joindre.

Je ne suis pas sûr d'avoir réussi à masquer l'inquiétude dans ma voix.

— Sam…

Sunee me regarde avec un air réprobateur. Elle ne me croit pas.

— Je te jure que, pour une fois, je te dis la vérité au sujet d'Eva ! Je lui ai laissé des dizaines de messages mais elle ne me rappelle pas. Depuis deux jours, je ne peux même plus lui laisser de message, d'ailleurs, son numéro sonne dans le vide. Je suis inquiet pour elle, Sunee, elle était très fatiguée la dernière fois que nous nous sommes vus…

— Pff, alors là, je ne m'inquiéterai jamais pour elle ! Elle sortirait à peine bronzée des flammes de l'enfer…

Non, Sunee, pas cette fois… L'alarme retentit de

nouveau dans ma tête. Là aussi, l'impression que quelque chose d'essentiel m'échappe. Il ne faut pas que je pense à elle, il faut que je me concentre sur ce que dit Sunee, j'ai un mal fou… Ce poids sur la poitrine dès que je pense à Eva… Sunee me secoue l'épaule.

— Ouh-ouh Sam, tu es avec nous ? Reprenons tout de zéro. Que savons-nous de façon certaine ? Ben, c'est toi qui as le meilleur esprit de synthèse, tu peux nous faire un petit récapitualitf ?

— On sait que la Chine amasse des réserves d'or depuis des mois, dans le plus grand secret. Qu'elle a utilisé le régime sud-africain pour faire chuter le cours de l'or puis le rafler sur tous les marchés. On sait qu'elle est aujourd'hui à la tête d'un stock faramineux et que la valeur de ce stock a flambé avec la pénurie sur le marché.

Ce cours magistral m'énerve. On tourne en rond. Je grommelle :

— Et on sait que tout cela n'a peut-être aucun rapport avec notre affaire…

— Détrompe-toi, Sam. On sait que la Chine a aidé Bernoff et qu'elle a pu récupérer l'argent placé chez lui avant qu'il ne soit trop tard. Par miracle. Pile au moment où Greg mettait le sien et celui de la Fondation. On sait également qu'il y a eu une manipulation de diversion sur Bank of America qui a rapporté plus de 9 milliards à ses auteurs, que les 40 milliards de Bernoff doivent être transférés sur le compte d'anciennes stars des marchés des emprunts d'État et des actions qui veulent se venger du gouvernement américain…

— Selon Rick, ces types sont en effet remontés à bloc contre les États-Unis mais n'auraient jamais fricoté avec Bernoff.

— Je suis d'accord avec Rick, intervient Sunee. Ces gars n'ont rien à voir avec Bernoff. Ils pensent juste avoir trouvé un allié de poids qui a des intérêts convergents avec les leurs…

— Détruire les États-Unis, ajoute Ben.

— Ce qui me gêne dans tout ça, c'est que le fait d'avoir tout l'or du monde ne donne pas à la Chine un avantage déterminant. Certes, elle gagne une fortune sur son stock d'or, *so what* ? L'or n'est pas une monnaie d'échange…

— Attends, attends, Sam. Tu as mis le doigt sur quelque chose… La Chine a tout l'or du monde en mains mais ce stock n'a de valeur que s'il devient la vraie monnaie d'échange et de réserves, et pour cela il faudrait…

— Que le dollar disparaisse de la circulation ! s'exclame Ben.

— Mais vous êtes dingues ! Comment voulez-vous que le dollar disparaisse de la circulation ? Il peut s'écrouler mais disparaître… Non, vous êtes dingues.

— Il peut très bien disparaître, au moins momentanément.

Sunee a parlé d'une voix sèche, précise, presque clinique – qui me fait froid dans le dos. Quand Sunee a cette voix, elle ne se trompe jamais…

— C'est simple, poursuit-elle. Imaginons, je dis bien imaginons, que les États-Unis ne parviennent plus à financer leur déficit budgétaire…

— Ils empruntent plus de 50 milliards de dollars sur le marché chaque semaine, renchérit Ben.

— Eh bien, imaginons qu'ils ne trouvent plus l'argent nécessaire, et que une ou deux opérations de financement échouent complètement. Les États-Unis sont techniquement en défaut sur leur dette. Ils sont techniquement en cessation de paiement. Alors imaginons qu'au même moment ou juste avant, par le plus grand des hasards, des fonds se mettent à vendre agressivement les obligations d'État américaines tandis que, toujours par le plus grand des hasards, la Chine déclare qu'elle refuse de prêter aux États-Unis comme elle le fait chaque semaine et exige même le remboursement de certains de ses prêts.

— Les États-Unis sont en faillite et le dollar n'existe plus ! Au moins pour quelques mois, entraînant la faillite d'autres pays comme l'Angleterre, les pays d'Europe de l'Est et même certains d'Europe du Sud. Plus d'alternative au dollar. Sauf l'or...

— Exactement, Ben. Nous entrons alors dans une économie de guerre et la Chine devient le banquier du monde, définissant les nouveaux standards monétaires internationaux...

— Mais c'est monstrueux !

— Pas plus que ce qu'ont fait les Américains pendant des décennies en vivant à crédit sur le dos du monde entier, réplique Ben.

— Cela voudrait dire que c'est la Chine qui était derrière Bernoff, qu'elle utilise d'une façon ou d'une autre le Revenge Fund en lui confiant 40 milliards de dollars pour provoquer la panique sur le marché des obligations d'État, qu'elle va ensuite annoncer qu'elle ferme son guichet de prêt aux États-Unis et...

Nous sommes sonnés par ce raisonnement. Un épais silence s'installe, comme si nous étions trop abasourdis pour parler. Plus les minutes passent, plus ce scénario paraît être le plus crédible. Plus la situation paraît explosive... Et moins les solutions paraissent évidentes.

Je finis par reprendre la parole :

— Nous avons une décision à prendre rapidement. Est-ce qu'on autorise le transfert des 40 milliards ?

— Absolument. Il faut laisser la manip se déclencher pour pouvoir la contrer. Il faut les prendre à leur propre piège.

— Ah oui ? Et comment on va faire ça, Sunee ? Et si on perd la trace de l'argent ?

— Écoute, tu dois demander à Latika de nous aider. Qu'elle mette de côté ses principes. On ne peut pas autoriser le transfert si on ne le piste pas en pénétrant le système bancaire de la banque de Genève.

— Je lui ai déjà demandé. Elle est partie en claquant la porte et elle ne m'a jamais répondu.

— Eh bien, il faut la convaincre.

— Je vais la convaincre, intervient Ben. Elle connaît mon détachement par rapport à l'argent et les principes pour lesquels je me bats depuis des décennies. Je vais lui expliquer pourquoi nous devons franchir la ligne jaune si nous voulons éviter une explosion nucléaire financière. Sam, tu peux dire à Habib de laisser partir l'argent, je me charge de Latika.

— OK. J'espère que tu y parviendras, sinon nous sommes foutus. J'appelle Habib tout de suite pour qu'il autorise le transfert.

Jeudi 4 juin
J – 26

Latika m'accueille avec le sourire, un sourire triste mais un sourire tout de même.

— Le compte du Revenge Fund vient d'être crédité de 40 milliards de dollars. Et il disposait déjà de 9,2 milliards de dollars. Soit le gain exact sur Bank of America.

Ben a donc réussi à la convaincre d'utiliser ses talents informatiques pour craquer le système de la banque genevoise. À moins qu'elle ne cherche qu'à nous endormir pour mieux nous trahir, cela signifie aussi qu'elle est dans notre camp…

Sans le lui montrer, je pousse un soupir de soulagement.

— Latika, je sais ce que cela te coûte, je voulais te remercier et…

Elle m'interrompt.

— Je t'en prie, Sam, je fais ça pour la Fondation, pas pour toi, et je ne veux pas qu'on en parle.

— OK. Merci quand même.

— Tu sais qu'on peut récupérer l'argent tout de suite et arrêter tout ça ? Je peux transférer immédiatement l'argent du compte et la Fondation retrouve ses billes,

les héritiers de Greg et les autres investisseurs de Bernoff les leurs.

— Je sais. Mais si on fait ça, rien ne garantit que la manipulation s'arrêtera et nous devrons tout recommencer de zéro. Les Chinois se débrouilleront pour remplacer cet argent par un autre. Non. Il faut qu'on joue à leur propre jeu et qu'on les fasse exploser en vol.

— Comment ?

— Je ne sais pas encore. Qu'est-ce que tu remarques pour l'instant sur les emprunts d'État américains et sur le dollar ?

— Sur le dollar, c'est la panique avec le *squeeze* sur l'or. Il n'arrête pas de chuter même si la Banque centrale intervient sur le marché pour ralentir sa chute. Sur les emprunts d'État, pour le moment, c'est calme.

— Quand est la prochaine date de refinancement des États-Unis ?

— Le mardi 16 juin. Le Trésor américain doit emprunter 100 milliards de dollars sur cinq ans. C'est la plus grosse adjudication depuis deux ans.

— Et que risque-t-il de se passer s'ils n'arrivent pas à trouver l'argent ?

— Certains créanciers seront alors en droit de demander le remboursement immédiat d'une partie de leur dette. Je chiffre cela à plus de 3 000 milliards de dollars, précise Latika.

— … que les États-Unis ne pourront pas fournir.

— Non.

— Dans ce cas, les États-Unis seront techniquement en faillite et le dollar ne vaudra plus rien, je ne me trompe pas ?

— Exactement.

— Cela nous laisse plus d'une semaine pour réfléchir et agir.

— Je continue ma surveillance des marchés et du compte pour voir si l'argent bouge.

— Oui, merci. Dis-moi, où est le Kid ?

Latika est gênée. Elle ne me regarde plus dans les yeux.

— À Londres.

— À Londres ! Mais qu'est-ce qu'il fout à Londres ?

— Je ne sais pas.

— Latika, pas à moi. Dis-moi la vérité…

— Il veut rencontrer un des quatre associés du Revenge Fund, celui qu'il connaît très bien et dont il était le plus proche, pour tenter de lui soutirer des informations…

— Mais il est cinglé ! Les gars savent peut-être qu'on est sur leurs traces et s'ils ne le savent pas, les Chinois, eux, le savent ! Il va se jeter dans la gueule du loup.

— Je le lui ai dit, il n'a rien voulu entendre.

Elle fond en larmes.

— Oh, Sam, je suis tellement inquiète…

Je la prends dans mes bras.

— Calme-toi. Je vais l'appeler et lui ordonner de revenir par le premier Eurostar.

— Tu sais, Sam, nous ne voulions pas te le dire de peur que tu trouves cela dommageable pour notre mission, mais Kid et moi sommes très amoureux.

Je joue l'étonné.

— Non ! Bande de cachottiers ! Attends qu'il revienne et je vous licencie tous les deux pour faute grave.

Je parviens à lui arracher un sourire.

— Ne t'en fais pas, je m'occupe de Kid. De ton côté, préviens-moi tout de suite s'il se passe quoi que ce soit.

À peine revenu dans mon bureau, j'appelle Max.

— Tu as laissé filer Kid ?

— Ne t'inquiète pas, mon gars ne le lâche pas d'une semelle. Il le suit à Londres et j'ai alerté mes correspondants sur place. Ton Rick sera suivi vingt-quatre heures sur vingt-quatre. Je t'avais dit que ce frimeur était une planche pourrie.

— Peut-être.

— Peut-être ? Patron, tu deviens naïf, tu ne veux pas voir la réalité en face ! Le mec est à Londres pour tout balancer. Tu ne le reverras plus, crois-moi.

Max n'a pas tort. Je n'ai plus envie de voir la vérité en face. Elle est trop moche.

Vendredi 5 juin
J – 25

Or : 1 020 dollars. Euro/dollar : 1,60
Taux emprunt États-Unis sur dix ans : 4,5 %.

Le Premier ministre chinois a accepté de recevoir une délégation européenne de ministres des Finances menée par le président de la Banque centrale européenne, Jean-Claude Trichet. Il a affirmé que la Chine n'avait aucune intention agressive et que la constitution de stock d'or était purement défensive. La Chine, selon lui, craignait tout simplement que les États-Unis ne dévaluent massivement le dollar pour devenir plus compétitifs à l'exportation. Il a réussi à « retourner » la délégation européenne qui se tourne maintenant vers Washington pour obtenir l'assurance des Américains sur le dollar. Il a même assuré à cette délégation naïve que son pays était prêt à revendre une partie de son stock d'or sur le marché si les États-Unis s'engageaient à ne pas dévaluer le dollar… Les États-Unis deviennent l'agresseur potentiel et la Chine la victime ! Un coup de maître… Suite à cette déclaration, les marchés de l'or ont pu rouvrir : les cours reglissent doucement pour se stabiliser juste au-dessus de 1 000 dollars.

Même le dollar retrouve des couleurs. Et se renforce.

Les investisseurs sont rassurés. La Chine cherche seulement à se défendre et les États-Unis vont céder à la pression… le monde à l'envers !

La bonne nouvelle, c'est que cela nous donne un peu de temps pour réfléchir.

Les Chinois n'ont donc pas l'intention de faire agir le Revenge Fund avant au moins une semaine. Tout se jouera probablement le 16 juin, jour du refinancement américain.

Latika m'a appelé à plusieurs reprises. Elle n'a aucune nouvelle de Rick. Son portable n'est pas connecté. Elle commence à s'affoler. Je la rassure comme je peux – je ne peux rien lui offrir de mieux, et certainement pas lui dire la vérité. C'est le silence d'Eva qui m'inquiète, surtout… Pour qu'elle n'ait pas plus répondu à mon dernier SMS, suppliant, qu'à tous les précédents, c'est qu'il lui est arrivé quelque chose. J'ai fini par rappeler Ron, l'ami israélien qui m'avait remis sur sa trace. Lui non plus ne sait pas où elle est. Ce qui signifie que… Bon, il faut que j'arrête de penser à elle, sinon je suis incapable de me concentrer sur notre enquête, sinon le gouffre s'ouvre sous mes pieds et… Après. Quand tout sera fini, quand nous aurons remis la main sur l'argent de Greg. Après je te retrouverai, Eva, où que tu sois. Et puis je mourrai. Pour le moment, je n'ai pas le droit de penser à autre chose qu'essayer de recoller tous les morceaux du puzzle.

Sunee, elle, s'est mise au vert en Corse pour tenter de dénouer l'écheveau. Elle m'a invité à passer le week-end à Sperone avec Ben. Ben a accepté, et il vient de partir. J'ai refusé. Je ne saurais l'expliquer mais j'ai la certitude que si je quitte Paris, je perdrai ma dernière chance de revoir Eva.

Je m'enferme dans ma tanière.

Je plante au milieu de mon salon le paperboard que nous utilisons au bureau.

J'efface les derniers chiffres que Latika y a inscrits.

Avec le marqueur rouge, je note nos données de départ – la base. Avec le bleu, celles recueillies en cours de route. Avec le vert, la nouvelle donne – la Chine, la faillite du dollar, le complot.

Je me recule, m'assieds en tailleur pour juger l'effet de mon œuvre.

Pas mal.

En bon financier, les tableaux synoptiques m'ont toujours inspiré.

Je fronce les sourcils, concentré.

Qu'est-ce qu'on a manqué ?

Et puis je pose mon portable par terre, à côté de moi.

La main dessus, incapable de le lâcher. Sonne, crétin.

Je n'espère plus mais j'espère encore.

Samedi 6 juin
J – 24

Je me suis écroulé sur mon lit au petit matin. Réveillé tard. J'allume la télé tout en me préparant un café. Commémoration du débarquement en Normandie.

Le monde dont on honore la mémoire aujourd'hui est mort. La crise économique va connaître une ampleur sans précédent. Les États-Unis vont subir la plus lourde défaite de leur histoire. L'Europe aussi va s'écrouler. Et pendant que le cataclysme se prépare à l'ombre des marchés financiers, le Messie se mire dans l'œil des caméras pour voir s'il est toujours le plus beau tandis que le petit Nicolas regarde sa Marie-Antoinette pour s'assurer qu'elle est toujours la plus belle. Pitoyable.

Je pars à mon entraînement de jeet kune do, le sport de combat créé par Bruce Lee dans les années 1960. J'ai besoin de me vider la tête. Je vais consacrer ma journée au sport. Je n'ai envie de voir personne à part Eva. Et mon portable reste muet. Eva a disparu.

Dimanche 7 juin
J – 23

Je n'imaginais pas mes derniers jours comme cela.

Je pensais que j'allais les vivre intensément. Profiter de chaque seconde, chaque minute, chaque heure.

Je me rends compte du vide absolu de ma vie. Même notre affaire ne le masque plus.

Encore un week-end vain. J'ai épuisé mon stock de vie. Eva ne reviendra pas. Mon père ne me parlera plus, inutile d'aller au cimetière. Mon monde s'est refermé.

J'imaginais une fin en apothéose, c'est une fin minable. Pire, sordide. Moi qui ai toujours eu la hantise de la médiocrité. Quelle ironie.

Je n'ai plus la force ni l'envie de réfléchir à notre recherche. Nous touchons au but. Mais nous allons devoir choisir : récupérer l'argent et laisser l'économie mondiale s'effondrer, ou sauver les États-Unis et perdre notre argent. Nous n'arriverons pas à atteindre les deux objectifs. Pardonne-moi, Greg.

Je tente encore une fois d'appeler Eva. Je l'ai fait tellement de fois ces derniers jours, c'est comme si le numéro se composait mécaniquement maintenant. Le numéro s'affiche sur mon portable.

J'appuie sur la touche.

Ça sonne. Dans le vide. Évidemment. Mais je laisse

sonner. Encore et encore. Je ne veux pas raccrocher. Cette sonnerie est mon seul lien avec Eva. Elle a fini par devenir familière. Nous communiquons à travers elle même si elle ne répond pas…

Je finis par raccrocher. Notre conversation est finie. Ma vie est finie.

Lundi 8 juin
J – 22

Le 8 est mon chiffre porte-bonheur. Que va-t-il se passer aujourd'hui ?

La journée commence par un appel de Rick.

— Boss, je te dérange ?

J'ai juste envie d'étrangler ce petit salopard mais j'essaie d'adopter le ton le plus naturel, le plus détaché possible.

— Kid, qu'est-ce que tu fous à Londres ? Et pourquoi n'as-tu donné aucune nouvelle depuis trois jours ? Latika est folle d'inquiétude et moi aussi.

— Je ne pouvais pas vous appeler. J'avais peur d'être sur écoute. Et Max m'a collé deux ou trois malabars qui me filent le train en permanence. Sam, écoute-moi, il faut que je te dise quelque chose… Figure-toi que mon pote du Revenge Fund m'a proposé il y a quelques jours de changer de camp. Pour 10 millions d'euros. Ce con m'a pris pour un petit joueur. J'ai joué le jeu et lui ai fait croire que je plongeais. Je me suis dit que c'était une chance unique de les infiltrer…

Le monde n'est peut-être pas aussi sombre que je le pense, finalement. Il faut que je me retienne pour que Kid n'entende pas mon soupir de soulagement.

— Et il t'a cru ?

— Oui. Il m'a menacé. Des trucs sur ma famille. S'ils savaient… Je t'explique pas ce qu'ils prendront s'ils touchent un cheveu de ma famille. Mon père est assez proche d'un milieu d'affaires napolitain avec lequel on ne plaisante pas.

Je souris. Sacré Kid, il se croit toujours dans *Le Parrain*… Décidément, on dirait moi à vingt-cinq ans. Je reprends, envahi par une bouffée de fierté paternelle – nom de Dieu, qu'est-ce que je suis heureux de ne pas m'être trompé sur lui…

— Et alors, il t'a lâché des trucs ?

— Oui ! Il était surexcité. Il m'a dit qu'ils avaient réussi un énorme coup sur des valeurs bancaires américaines, qu'un investisseur leur avait confié une fortune à gérer pendant quelques mois et qu'ils allaient enfin se venger, je cite, de « toutes ces ordures qui nous ont sacrifiés ». Il a ajouté que vous étiez des tocards et des ringards, toi et Sunee, que vous alliez encore vous planter. Que vous regardiez l'or alors que la bataille aura lieu ailleurs. Et qu'il fallait que je l'alerte si vous vous intéressiez de près à un autre marché que celui de l'or.

— C'est bien payé, 10 millions d'euros pour un job de surveillance…

— De la merde, oui… Il m'aurait proposé 50, j'aurais peut être hésité, mais là, aucune chance !

Il éclate de rire. Moi aussi. Je t'aime, gamin.

— Mais pourquoi tu ne m'as rien dit, Kid ?

— Franchement, boss, tu m'aurais laissé jouer le jeu si tu avais su ?

— Non.

— Donc j'ai eu raison !

— Ton gars n'a pas précisé comment ils envisageaient d'agir ?

— Il m'a juste dit sur le ton de la plaisanterie de ne pas prêter d'argent aux États-Unis…

— Cela confirme nos craintes

— Qu'est-ce que tu veux que je fasse ? Je cherche à en savoir plus ?

— Non. Rentre tout de suite. Le grand emprunt américain est pour le 16 juin. Je vais avoir besoin de tes talents de trader ici. Et en plus, je pense que tu vas rapidement être en danger si ce n'est pas déjà le cas.

— T'inquiète, Max veille sur moi. Je saute dans le prochain Eurostar.

Les gamins ne nous ont pas trahis. Je me retiens pour ne pas crier ma joie, en raccrochant. Mais j'ai les larmes aux yeux.

Grâce à Rick, nous avançons. Nous avons la confirmation que le Revenge Fund va être le bras armé de la Chine dans cette offensive contre les États-Unis. Quatre génies aveuglés par la haine après la faillite de Lehman. Quatre génies manipulés à leur insu. Leur commanditaire a sûrement déjà prévu de les faire disparaître, physiquement, une fois leur mission accomplie.

Et si nous leur révélions la vérité ? Tout simplement.

Trop risqué. Peut-être savent-ils déjà que la Chine tire les ficelles. Peut-être que cela ne leur pose pas de problème. Et puis, cela nous ferait agir à découvert. Non. Il faut qu'on trouve un autre moyen de faire tout exploser.

L'or continue de se stabiliser.

Le dollar s'est raffermi.

Les indices boursiers rebondissent.

Le taux d'emprunt à dix ans des États-Unis a même baissé à 4,3 %. Pour le moment, ils financent leur dette sans aucune difficulté.

Les investisseurs veulent croire à un retour à la normale.

Sunee rentre demain de Corse avec Ben.

Nous avons prévu de nous rencontrer, tous ensemble, dans la chambre d'hôtel de Ben. Au bureau, nous sommes en danger, désormais.

Les 49,2 milliards de dollars sont toujours sur le compte. Latika m'a appelé après avoir vérifié.

Une grande bataille se prépare. Une bataille décisive qui déterminera l'issue de cette guerre. Ma dernière bataille. Et je veux la remporter.

Je vais aller courir un peu pour fêter ça. J'enfile en vitesse un short et mes chaussures de jogging. Au moment où je passe la porte, mon portable sonne. Je décroche sans regarder de qui vient l'appel.

— Sam, c'est Eva.

Mon cœur s'arrête. Je me rattrape au chambranle de la porte, incapable de parler.

— Sam ? Sam, tu m'entends ? C'est Eva. Sam, tu es là ?

Je me laisse glisser par terre, m'appuie au mur du palier. Mes mains tremblent. Je bafouille.

— Eva ! Mais où es-tu ? J'ai cherché à te joindre des centaines de fois. J'ai cru que tu étais…

Morte. Le mot ne parvient pas à franchir mes lèvres.

— Ne me pose pas de questions.

— Tu ne peux pas disparaître comme ça et me demander de ne pas te poser de questions ! J'étais fou d'inquiétude. Tu n'imagines pas l'enfer de ces derniers jours. J'ai cru que je ne te reverrais jamais…

Silence au bout du fil. Puis, de nouveau :

— S'il te plaît, Sam, ne me pose pas de questions.

— Ta voix est faible. Je t'entends à peine. Qu'est-ce qui t'arrive ?

— Je suis un peu souffrante. Rien de grave. J'ai dû

prendre quelques jours de repos. J'ai préféré couper mon téléphone.

— Tu as suivi les marchés ?

— Non. Je t'avoue que je me suis complètement déconnectée.

Eva déconnectée des marchés alors qu'elle a investi à titre personnel 100 millions de dollars, fait investir 100 millions de dollars à un mystérieux investisseur et qu'elle sait que la manipulation du siècle se joue en ce moment ! Ce n'est pas possible. Je ne la crois pas.

— Où es-tu ? Je viens te rejoindre.

— Non. Pas pour l'instant. Donne-moi encore quelques jours et je te rejoindrai à Paris. Raconte-moi où vous en êtes…

Sa voix est de plus en plus faible, inaudible presque. Que lui arrive-t-il ?… Je ne veux pas qu'elle raccroche, il me semble que si je lâche le fil ténu entre nous, à cet instant, je ne l'entendrai plus jamais. Alors je me mets à lui raconter, tout, dans le détail. Notre spéculation heureuse sur l'or, nos craintes sur la faillite des États-Unis et l'implication du Revenge Fund.

— Je connais les associés du Revenge Fund. Un particulièrement.

Puis elle se tait. Son silence est un signe de fatigue ou un sous-entendu douloureux pour moi.

— Ed MacNeill, reprend-elle au bout d'un moment. Génial. Mais fou. Il aurait pu faire partie de la bande à Baader s'il était né plus tôt. Je le crois tout à fait capable de vouloir faire sauter la planète financière. Il faut les coincer à leur propre jeu. Ton Indienne a la main sur l'argent du compte ?

— Oui.

— Alors laisse-moi réfléchir… Ne m'appelle pas. Je te rappellerai moi, je te le promets… Je t'embrasse, mon Sam.

Elle coupe la communication avant que je puisse ajouter quoi que ce soit. Où est-elle ? Elle est malade, j'en suis sûr. Sa voix était faible mais proche. Très proche.

Et elle ne veut pas que je la retrouve. Si elle ne veut pas que je la retrouve, c'est parce que c'est grave, très grave.

Je ne sais pas combien de temps je suis resté prostré sur le palier de mon appartement où la minuterie s'allumait et s'éteignait au rythme des allées et venues des voisins, comme un macabre SOS lancé dans un océan de vide.

Je pourrais ne plus jamais me relever. Puisqu'il ne me reste plus qu'à attendre. Encore.

Attendre Eva.

Attendre la dernière bataille.

Attendre la mort.

Mardi 9 juin
J – 21

C'est le concierge qui me l'a monté.

Tôt.

Une boîte en carton. Simple. Banale.

Si le timbre n'était pas coloré et exotique, on aurait pu croire à une livraison de livres par Amazon.

À l'intérieur, deux boîtes.

Perdues au milieu de petites boules de mousse.

Un petit cercueil en carton.

Le Nembutal.

À son passif, la mort de dizaines de célébrités et de centaines d'inconnus.

Je range les deux boîtes dans le tiroir de ma table de nuit.

Je ne sais pas encore si je les avalerai ici ou si je choisirai un endroit plus agréable. Face à la mer…

C'est un peu groggy que j'arrive dans le hall de l'hôtel, rue des Beaux-Arts, l'hôtel où Ben a choisi de séjourner.

Sa chambre est exiguë mais très agréable. Incroyablement bien rangée. Je me demande si la femme de ménage est déjà passée ou si Ben est particulièrement soigneux. J'opte pour la deuxième hypothèse.

Latika est déjà là, assise raide comme un piquet sur un fauteuil. Rick est avachi sur le lit. Ben a pris place dans un des fauteuils et Sunee fume sur le rebord du balcon. C'est la première fois que nous nous retrouvons physiquement tous ensemble depuis que Max m'a alerté sur les menaces pesant sur nous. Même si nous avons l'impression de ne pas nous être quittés pendant les semaines qui viennent de s'écouler, nous sommes heureux d'être réunis.

Il règne cependant une ambiance de gravité et de solennité.

La conscience que nous arrivons près du but avec un risque d'échec grandissant. Une seule fausse manœuvre et les 49 milliards s'envolent. Une seule fausse manœuvre et le monde s'écroule – une faillite des États-Unis entraînera une dépression à côté de laquelle la crise de 1929 fera figure d'aimable plaisanterie.

Sunee ferme la fenêtre. Elle reste debout et lance la discussion. Son visage est fermé. Je l'ai rarement vue aussi tendue.

— Nous avons tous les éléments du puzzle. Maintenant, il va nous falloir prendre des décisions. Ensemble. Tous ensemble. Et vite. Très vite. Tout va se jouer lors du grand emprunt américain du 16 juin, dans très exactement une semaine. Le Trésor américain ne se doute de rien. Les investisseurs ne se doutent de rien. Mais le 16 juin, les États-Unis vont se retrouver dans l'incapacité d'emprunter les 100 milliards à dix ans nécessaires au financement de leur dette. La faillite suivra. Nous savons que le Revenge Fund va mener l'attaque avec 49,2 milliards de dollars.

— Si tu étais à leur place, Sunee, tu opérerais comment ?

— De façon très simple, Sam. Dès vendredi, histoire de laisser les investisseurs s'inquiéter durant tout le week-end, je commencerais à emprunter massivement de l'argent à dix ans sur le marché obligataire pour faire monter les taux d'intérêt et commencer à assécher le marché. Pendant le week-end, je laisserais fuiter dans la presse des déclarations d'investisseurs et des autorités chinoises exprimant leurs craintes quant à la capacité de remboursement des États-Unis. Tout cela dans le but de créer une ambiance explosive avant l'adjudication du 16 juin. Les marchés vont paniquer. Ils vont imaginer que les États-Unis auront à payer très cher pour emprunter leur argent mais pas une seconde que les États-Unis ne parviendront pas à emprunter. Lundi 15, la tension sera à son comble. Les taux continueront à monter. À ce moment-là, même à des taux très élevés, à leur place je continuerais à emprunter pour que le 16 il n'y ait pas ou plus d'argent disponible. Parallèlement, la Chine va sûrement rassurer le Trésor américain avec la fausse promesse qu'elle lui prêtera l'argent en cas de problème. Le 16, le Trésor américain va se retrouver coincé mais n'aura aucune crainte, convaincu de pouvoir compter sur la Chine. Il se tournera logiquement vers elle et elle lui refusera les 100 milliards de dollars. Voilà.

— États-Unis en faillite. Dollar en chute libre. Faillite dans la foulée de l'Angleterre et des principaux pays développés. L'or devient la seule monnaie d'échange, entièrement aux mains des Chinois. Le taux des emprunts atteint des niveaux stratosphériques. Ce qui veut dire qu'en plus du reste, le Revenge Fund fait une plus-value colossale sur les centaines de milliards empruntés avant la faillite et qu'il reprêtera instantanément dans le marché…

J'interviens :

— Exactement, Latika. J'ai fait un rapide calcul. Avec les 49,2 milliards de dollars, le Revenge Fund sera en mesure d'emprunter, avec l'effet de levier, près de 1 000 milliards de dollars à dix ans, disons à un taux de 6 % en moyenne. S'ils les reprêtent à 16 ou 18 %, ils empocheront une plus-value de près de 400 milliards de dollars…

— Sur laquelle ils prendront probablement 15 %, soit 60 milliards, reversant le reste à leurs investisseurs miracles, les fonds gouvernementaux chinois… soit 340 milliards… plus la mise initiale.

Tout cela est vertigineux. Mais d'une limpidité incroyable.

Sunee vient de décrire avec une facilité déconcertante l'attaque parfaite contre les États-Unis, les pays développés et le capitalisme.

Une attaque diabolique qui aura demandé une préparation minutieuse, mais dont l'exécution sera plus simple que la destruction du World Trade Center.

Un silence pesant s'abat sur la petite chambre d'hôtel. Personne n'ose le briser.

— On connaît leur plan. On fait quoi ? finit par demander Rick presque timidement.

C'est Sunee qui lui répond :

— Rien aujourd'hui. On se donne vingt-quatre heures pour réfléchir. Chacun de son côté. On surveille les marchés. On garde l'œil sur le compte du Revenge Fund.

— Je pourrais tenter de convaincre mon pote de ne pas se lancer là-dedans…

— Rick, surtout pas. Si tu lui parles, nous dévoilons notre seul atout : l'effet de surprise, le fait que nous avons percé leur complot. Ils doivent rester persuadés, eux et les Chinois, que les investisseurs du monde entier pensent que l'attaque est terminée et qu'elle ne consistait finalement qu'à permettre à la Chine de se constituer un stock d'or pour se défendre contre les risques de dévaluation du dollar, lui répond Ben, resté silencieux jusque-là. Latika, où en sont les marchés ?

— Ils sont calmes. L'or reglisse, les indices boursiers continuent leur remontée, le dollar aussi. Et le taux des emprunts à dix ans a baissé à 4,1 %. Les investisseurs sont rassurés.

— Ça, c'est une bonne chose, dit Sunee. Parlons-nous demain matin. Tôt. Par téléphone. Il ne faut plus qu'on nous voie ensemble. Bon courage à tous.

Nous nous séparons sans un mot. Même Rick est perdu dans ses pensées.

Sunee s'approche de moi :

— Sam, tu n'as pas l'air en forme.

— Je suis inquiet. Je ne vois pas pas comment nous allons pouvoir empêcher ce massacre…

— Sam, arrête de me mentir, s'il te plaît. Ce n'est pas la situation qui t'inquiète. Notre marge de manœuvre est étroite, et il nous faudra un peu de chance et beaucoup de doigté, mais tu sais que nous pouvons trouver une solution. Non, il y a autre chose. Qu'est-ce qui t'arrive ?

Pour une fois, je suis reconnaissant à Sunee de me tirer les vers du nez comme elle sait si bien le faire. Le poids qui m'écrase la poitrine depuis hier est si lourd à porter seul.

— Eva m'a enfin appelé hier. Après plusieurs jours de silence, je croyais qu'elle avait disparu, je m'inquiétais à propos de ça, tu te souviens ? Je suis sûre qu'elle est malade. Gravement. Sa voix… je ne l'ai jamais entendue aussi lasse, aussi faible. Et puis elle me fuit, elle refuse absolument de me voir…

— Vas-y quand même, tu en auras le cœur net.

— Je n'ai aucune idée d'où elle est.

— Fais comme la dernière fois. Utilise tes contacts pour la localiser.

— Non. Elle m'en voudrait. Je ne peux pas lui faire ça, pas comme ça…

— Tu te fais avoir une fois de plus, probablement, tu en as conscience au moins ? Je mettrais ma main au feu qu'elle nous a encore roulés dans la farine et qu'elle est de mèche avec les Chinois et le Revenge Fund…

— Non, Sunee, non. Elle était à mille lieues de tout ça, je t'assure. Elle a à peine réagi quand je lui ai parlé de l'argent qu'elle avait gagné sur l'or…

— Alors là, en effet, elle doit aller drôlement mal !

— Je sais que tu la hais. Mais j'ai un mauvais pressentiment. Et ce n'est pas de la naïveté.

— Elle t'a donné une idée pour contrer l'attaque qui va déferler ?

— Non. Elle m'a promis de me rappeler à la fin de la semaine, mais je ne pense pas qu'elle le fera…

Sunee m'attrape par les épaules, pose son front contre le mien, les yeux dans les yeux :

— Cette femme est un démon. Elle ne t'a apporté que du malheur. Mais si tu es convaincu de ce que tu avances, alors tu dois tout faire pour la retrouver. Tout.

Puis elle m'embrasse tendrement sur la joue et s'éloigne. Ma petite sœur asiatique, c'est toi qui as raison, une fois de plus.

Mercredi 10 juin
J – 20

Or : 980 dollars. Euro : 1,48 dollar.
Taux d'emprunt à dix ans : 4,1 %.

La tension monte.

Personne n'a trouvé la moindre idée pour contrer l'offensive.

Nous avons décidé de nous donner encore une journée.

Les équipes de Max continuent à assurer la protection de Rick et de Latika. Les vigiles qui surveillent nos bureaux n'ont rien remarqué d'inhabituel. Ce calme relatif ne me dit rien qui vaille. J'ai demandé à Ben de rester prudent mais il continue à refuser toute protection alors qu'il est probablement celui d'entre nous qui s'est le plus exposé.

Eva ne me rappelle pas. Je pense sans arrêt aux paroles de Sunee hier. Et si elle avait raison ? Je ne comprends pas pourquoi je tergiverse autant. La peur de ce que je vais découvrir si je pars à ta recherche, mon amour ?

Jeudi 11 juin
J – 19

Or : 1 020 dollars. Euro : 1,52 dollar.
Taux à dix ans US : 4,3 %.

La fébrilité est revenue sur le marché.

Les ministres des Finances des Huit ont décidé de se réunir ce week-end. C'est justement ce qui inquiète les investisseurs. Pourquoi organiser un G8 alors que la crise de l'or semble terminée et que le calme revient ?

Les grands de ce monde auraient-ils connaissance de données que les traders ignorent ?…

Sunee est persuadée que ce sont les États-Unis qui ont convoqué ce G8 car ils commencent à flipper pour leur emprunt du 16 juin. Le problème, c'est que le G8 a invité la Chine à participer et que la Chine a refusé. Or la Chine est la seule puissance capable de financer à court terme la dette américaine.

Nous, nous savons que le piège est en train de se refermer sur les États-Unis. Et, par ricochet, sur tous les pays développés.

Au bureau, le stress est à son maximum.

On tourne en rond. Sunee n'a pas donné de nouvelles. Ben m'a appelé à plusieurs reprises, mais pour me dire qu'il craignait que tout soit joué. Il pense même que nous devrions jeter l'éponge. Récupérer les 49 milliards avant qu'il ne soit trop tard et abandonner les États-Unis à leur sort. Je lui rétorque que nos 49 milliards ne vaudront pas grand-chose si la Chine réussit son coup. La vérité, c'est que je refuse de partir sur un tel échec. Comme un lâche.

C'est d'Eva qu'est venue la lumière.

En début d'après-midi, mon portable a vibré. Un SMS d'elle. Enfin. J'ai essayé de la rappeler immédiatement mais elle n'a pas répondu. Je m'en doutais. Son message est simple : « Contactez le Trésor américain et demandez-leur d'annuler leur grand emprunt à la dernière minute. Qu'ils trouvent une solution temporaire de financement. »

Son idée est lumineuse. Je compose le numéro de Sunee, surexcité.

— Le diable a raison, acquiesce-t-elle, belle joueuse malgré la pointe de jalousie dans sa voix. C'est évident. C'est génial, même. Le Revenge Fund va emprunter des milliards de dollars à dix ans pour assécher le marché. Ils vont payer des taux élevés mais ils sont certains de pouvoir les reprêter et d'empocher une fortune, une fois la faillite des États-Unis déclarée. Si les Américains annulent à la dernière minute leur financement du 16 juin et le reportent d'un mois voire plus, les taux vont chuter. Le Revenge Fund n'aura pas le temps de faire machine arrière et se retrouvera avec une perte abyssale qu'il ne pourra pas couvrir.

— Mais la Chine pourra les aider ?

— Non. La perte se chiffrera en centaines de milliards de dollars, la Chine les laissera tomber.

— Donc les 49,2 milliards de dollars seront perdus.

— Plus encore. Les 49,2 milliards plus une partie du levier. Ils n'auront qu'une solution : la fuite. Tu peux oublier le Revenge Fund. Tu peux oublier également la faillite américaine.

— Et l'or de la Chine ?

— Il ne vaudra plus rien. Si les États-Unis trouvent une solution pour leur financement pendant quelques mois, les marchés vont être euphoriques et personne ne voudra plus d'une valeur refuge… L'or s'effondrera et la Chine encaissera une perte monstrueuse sur son stock. Une perte qui risque de provoquer des remous politiques au sommet de l'État.

— Donc la Chine serait hors jeu pendant plusieurs mois…

— Compte plusieurs années. Il reste un problème. Comment convaincre le Trésor américain de cette menace et quelle solution de financement les Américains peuvent-ils trouver pour traverser l'orage ?

— Pour le Trésor, il faut qu'on passe par les contacts de Ben. À lui de les convaincre. Pour le financement, peut-être les Saoudiens et les autres pays du Golfe. Les Américains sauront faire preuve de persuasion en les menaçant de ne pas les aider si un jour l'Iran devient plus vindicatif.

— Alors bouge-toi les fesses, il n'y a plus une minute à perdre. Appelle Ben. Et, Sam, quand tu verras Eva, dis-lui que je la félicite.

— Promis, petite sœur.

Sur les marchés, la pression continue à monter.

Le Revenge Fund a commencé son travail d'assèchement des marchés. Tous les cadrans s'emballent. Les courtiers appellent Latika et Rick pour leur signaler qu'un gros fonds emprunte massivement du dollar à dix ans.

Les taux flambent.

Le dix ans a passé le cap des 4,50 %, un taux qu'on n'avait pas vu depuis la mi-2008.

Du coup, le dollar chute, entraînant les indices boursiers dans son sillage.

Ce n'est pas la panique. Mais l'inquiétude est perceptible.

Certains stratèges commencent à parler de l'opération massive de financement des États-Unis le 16 juin. Personne n'envisage qu'elle puisse échouer mais tous s'accordent à dire que cette hausse des taux tombe mal et qu'elle va obliger les États-Unis à payer plus cher que prévu.

Ben a pris le premier avion pour Washington. Il veut s'entretenir en tête à tête avec Ben Bernanke, le patron de la FED, la Banque centrale américaine, et surtout, un ami d'enfance.

La chance tournerait-elle enfin ?

L'Iran, la Russie et le Venezuela publient un communiqué commun pour réclamer la création d'un « OPEP monétaire », une organisation de pays qui s'engageraient à adopter une monnaie de référence autre que le dollar, jugé trop dangereux. La Chine a immédiatement apporté son soutien « spontané » à cette initiative. Le dollar a accéléré sa chute. L'euro a dépassé les 1,60 dollar.

Sur les marchés, la journée s'achève dans une ambiance délétère.

Ce n'est pas encore un krach mais cela y ressemble.

Tout peut basculer en quelques jours, en quelques heures.

Il faut que je m'occupe d'Eva, maintenant.

Vendredi 12 juin
J – 18

Or : 1 110 dollars. Euro : 1,64 dollar.
Taux d'emprunt à dix ans : 4,95 %.

Ben m'a réveillé au milieu de la nuit. J'avais laissé mon portable branché. Bernanke l'a reçu dès son arrivée. Ils ont passé deux heures ensemble. Et Bernanke n'a pas douté un instant de la thèse présentée par un Ben qui craignait de se faire traiter de fou paranoïaque. Ils ont extirpé Tim Geithner, le secrétaire au Trésor, d'une réunion de négociation avec les banquiers de Wall Street sur les rémunérations et les bonus. Geithner a écouté Ben avec circonspection puis avec effroi et il n'a pas tardé à mettre toutes les pièces du puzzle bout à bout.

— Que propose votre équipe, Ben ? a demandé Geithner.

— C'est simple. Vous faites monter la pression. Vous multipliez les initiatives vis-à-vis de la Chine et d'autres investisseurs pour les convaincre de vous prêter l'argent le 16 juin sur le marché obligataire. Vous leur donnez l'impression que vous avez peur de ne pas y arriver. Vous laissez quelques bribes de ces négociations fuiter dans la presse. Pendant ce temps, vous réunissez un pool d'investisseurs fidèles qui ne peuvent rien vous refuser et vous obtenez en secret le financement des 100 milliards. Vous voyez à qui vous pourriez vous adresser ?

— Hmm… Oui. Il va falloir faire pression sur quelques pays mais cela devrait être possible. De son côté, mon ami Bernanke a d'excellentes relations avec les Japonais. À partir du moment où cela peut nuire à leur ennemi de toujours, la Chine, ils ne refuseront pas de nous aider. N'est-ce pas, Ben ?

Le patron de la FED a acquiescé en souriant.

— Et à quelques minutes du début du lancement public de votre adjudication, a repris Ben, vous l'annulez en annonçant que vous n'avez plus besoin d'emprunter car vous avez sécurisé votre financement pour plusieurs mois avec un pool d'investisseurs.

Geithner s'est tourné vers Bernanke :

— Jouable, d'après toi ?

— Serré mais jouable. De toute façon, je ne vois pas d'alternative.

— *So, let's do it !*

Voilà. À l'américaine. En quelques minutes, les États-Unis avaient pris la décision de lancer une opération à haut risque pour protéger leur flotte financière d'un nouveau Pearl Harbor…

Je suis incapable de me rendormir après le coup de fil de Ben. Cette journée est interminable.

Les chaînes financières multiplient les flashs spéciaux et les marchés battent de nouveaux records de nervosité.

Latika est blême. Je la sens épuisée. À bout de nerfs.

La crainte de voir l'argent de la Fondation disparaître à nouveau. La crainte de voir le monde s'effondrer.

Je n'ai pas le cœur d'essayer de lui remonter le

moral. Moi aussi, je suis inquiet. Pour l'argent, pour les marchés mais surtout pour Eva. Je ne sais pas de quoi elle souffre mais je ressens sa souffrance à distance et je ne peux pas le supporter. Qu'est-ce que j'attends pour rappeler Ron ?

Rick n'ouvre pas la bouche. Rivé à ses écrans, la mâchoire serrée, il rêve d'un acte héroïque. Faire déraper le plan en contactant directement le Revenge Fund, toujours... je le connais. Deux ou trois fois, je retourne le voir, lui réexplique que ce serait une erreur, une erreur fatale pour notre plan.

Les officiels américains jouent parfaitement leur rôle.

Ils se succèdent sur les plateaux de télé pour annoncer avec des mines défaites que les États-Unis n'ont aucun problème de financement et que la panique des marchés est irrationnelle. Leur visage exprime le contraire de ce qu'ils affirment. C'est parfait.

Le *Wall Street Journal* publie une « indiscrétion » sur son site Internet : le Trésor américain aurait demandé l'aide du gouvernement chinois pour le grand emprunt du 16 juin. La Chine aurait indiqué qu'elle ne donnerait sa réponse que lundi.

Du coup, les spéculations vont bon train. On commence à envisager le scénario catastrophe. Et si les États-Unis n'y parvenaient pas ?

« Impossible », répondent la plupart des spécialistes.

Je demande à Latika de faire une nouvelle incursion informatique sur les comptes du Revenge Fund.

Les 49,2 milliards de dollars sont toujours là ; ils servent de garantie pour les opérations d'emprunt à dix ans sur le marché obligataire. Selon l'estimation de Latika, le Revenge Fund a déjà emprunté près de 850 milliards à dix ans. À un taux moyen de 4,80 %.

À la clôture de Wall Street, le taux est à 5,60 %. Ils

ont déjà un gain potentiel de plus de 24 milliards de dollars.

Ben me laisse un message laconique sur mon répondeur : « Tim et Ben ont obtenu ce qu'ils voulaient. » J'en déduis que les Émirats et le Japon ont accepté de prêter l'argent nécessaire au Trésor américain.

L'étau se referme. Doucement.

Sur le Revenge Fund.

Et sur la Chine.

À moins qu'il ne se referme sur nous. On est tellement fatigués, tous, tellement tendus. Je ne sais plus.

Samedi 13 juin
J – 17

— Sam, c'est Habib, je vous réveille ?

— Non. Pas du tout. Je suis en train de prendre mon café en terrasse. Il fait beau à Paris pour la première fois depuis deux semaines.

— Venez vivre à Tunis. Vous serez le roi ici !

Habib m'appelle sûrement pour savoir s'il a une chance de recevoir un jour la commission promise.

— Habib, l'opération est en cours, je ne peux rien vous dire mais je vous assure que je tiendrai mes promesses…

Il m'interrompt.

— Je ne vous appelle pas pour ça, mon ami. Non. Je vous appelle au sujet d'Eva. Vous devriez aller la voir. Les nouvelles ne sont pas bonnes.

Une peur glacée m'envahit.

— Mais je ne sais pas où elle est ! Elle ne répond pas à mes messages. Elle m'a interdit de la contacter ! Habib, qu'est-ce qu'elle a ?

— C'est à elle de vous en parler, Sam. Je vais vous dire où vous pouvez la trouver, mais vous devez me faire une promesse.

— Ce que vous voulez…

— Ne lui dites pas que c'est moi qui vous ai donné l'information ou elle m'arrachera les yeux.

— Je vous le promets.

— Allez à l'hôpital Américain. Demandez Mme Libertador. Elle s'est inscrite sous ce nom. Sûrement un clin d'œil à Simon Bolivar. Bonne chance, mon frère.

Eva est là. Toute proche. À quelques minutes de chez moi, du bureau.

Je me rue sur ma moto et roule comme un dératé jusqu'à Neuilly.

À la réception de l'hôpital, la jeune fille m'indique le pavillon et le numéro de la chambre. Je monte les escaliers quatre à quatre sans reprendre mon souffle.

Je frappe à la porte de la chambre 403.

— Entrez.

Mon Dieu, comme sa voix est faible… Mais c'est bien la sienne.

Elle est allongée sur le lit, les yeux fermés.

J'éprouve un soulagement aussi bête que bref en voyant son visage. Ses cheveux sont toujours aussi resplendissants : elle n'a donc pas subi de chimiothérapie. C'est peut-être moins grave que ce que je me suis imaginé.

Je m'approche sur la pointe des pieds, effleure doucement sa main. Elle soulève les paupières et me regarde avec un air surpris. Fronce les sourcils, les yeux pleins de reproche, mais finit par sourire.

— Qui m'a balancée ? Le Mossad, la CIA ou Habib ?

— Personne. J'ai juste suivi la voix de mon cœur.

— Comme c'est romantique. Mais soit tu es sourd, soit ton cœur a besoin d'un GPS car cela fait plus de deux semaines que je suis ici. Je t'avais dit de ne pas me chercher…

— Je n'en pouvais plus. Pardonne-moi.

— Viens. Pose ta tête sur mon épaule. Je suis heureuse de te voir. Ne me pose pas de questions. Laisse-moi profiter de ce moment. Je te raconterai tout. Plus tard. Plus tard.

Je pourrais passer une vie entière avec sa main dans mes cheveux et sur mon visage. Progressivement, elle s'est rendormie, ses doigts toujours accrochés à mes cheveux. Son souffle devient régulier. Je n'ose pas bouger de peur de la réveiller. Je m'endors à mon tour.

C'est une infirmière qui pénètre dans la chambre et nous découvre enlacés.

— Allez, les tourtereaux, c'est l'heure du déjeuner.

Eva me caresse la joue.

Je ne sais pas si je rêve ou si je suis vraiment avec elle.

Dès que l'infirmière est sortie, elle me demande :

— Éloigne ce plateau. L'odeur de la soupe de légumes me donne envie de vomir et leur compote immonde est immangeable. Regarde dans le placard, il y a un sac avec des petits biscuits d'apéritif libanais…

— Tu es sûre que c'est bon pour toi ?

— Tais-toi et fais ce que je te dis. Je suis malade. Tu dois me passer tous mes caprices. J'ai suivi les infos à la télé. Ça sent la fin du monde. Vous avez pu alerter les Américains ?

— Oui. On a suivi ton plan. Pour l'instant tout se déroule comme prévu.

— Méfiez-vous jusqu'à la dernière minute. Les Chinois peuvent très bien sortir une botte secrète.

— Ne t'inquiète pas. Toute l'équipe est dessus, vingt-quatre heures sur vingt-quatre.

— Sunee aussi ?

— Oui.

— Bon. Ça me rassure. Elle me hait. Je la hais. Mais elle est très forte.

— Elle dit la même chose de toi. D'ailleurs, elle m'a chargé de te féliciter pour ton idée de génie. Vous deviendrez sûrement amies un jour.

— Je ne pense pas. Pas dans ce monde, en tout cas. Sam, je vais mourir.

Je la repousse d'un geste brusque, me redresse.

— Non ! Non ! Qu'est-ce que tu racontes ?

— Tais-toi, s'il te plaît, et reviens à côté de moi. Là. – Elle me prend dans ses bras comme un tout petit enfant, me serre contre elle, sa voix n'est qu'un souffle dans mon oreille. – Je suis atteinte d'une malformation cardiaque. Je le sais depuis ma petite enfance. La médecine a déjà fait des miracles pour moi. Et l'argent aussi. J'ai vu les meilleurs spécialistes. Sans eux, cela fait dix ans que j'aurais dû mourir. C'est un miracle que je sois encore vivante. Mais j'ai fait une crise violente récemment et on m'a transportée ici. Mon médecin personnel est venu deux jours après. Il est formel. Je n'en ai que pour quelques semaines, quelques mois au mieux…

Elle continue. Sa voix s'affaiblit encore. La fatigue ou l'émotion.

— Sam, tu le sais, j'ai fait beaucoup de choses terribles, mais je ne regrette rien. J'en voulais à la terre entière. On me volait ma vie. Je volais ce qui m'était dû. Ce n'est pas une excuse. Je ne cherche pas le pardon. Juste une explication s'il en fallait une. Je veux juste que tu saches que je t'aime. Que je t'ai aimé dès le premier jour. Dès notre première rencontre ; mon cœur battait à tout rompre.

— Tu cachais bien ton jeu…

— Toujours…, répond-elle d'une voix lasse. Ne jamais montrer mes sentiments. Ne jamais faiblir. Je suis une guerrière, Sam... Mais je t'avoue que ce qu'ont fait les Chinois et Bernoff m'a révoltée. L'argent de la Fondation volé, ces enfants dont ils brisaient le destin. Comme moi. Et puis je voulais te retrouver avant de mourir. T'aider. Toi, pas Sunee et les autres, même si tu as une sacrément bonne équipe. Te laisser de moi quelque chose de bien. Mais je ne renie aucune de mes mauvaises actions. Aucune.

Elle se tait, épuisée. Ferme les yeux, ce qui l'empêche de voir les larmes qui coulent des miens.

Je suis sonné, incapable de parler, incapable d'intégrer la réalité qu'elle vient de m'asséner. Je prends sa main qui gît, pâle et fragile, d'une maigreur effrayante, je m'en aperçois en la serrant, dans la mienne. Mais je suis incapable de parler. Je serre plus fort.

— Aïe... Tu me fais mal.

Je desserre un peu mon étreinte et murmure d'une voix étranglée.

— Mais le miracle peut continuer, pourquoi il s'arrêterait...

— Non. C'est terminé, Sam. C'est terminé et c'est mieux comme ça. Chaque crise est plus brutale, plus douloureuse, et me laisse de plus en plus de séquelles.

Un silence interminable s'abat sur la pièce.

— Sam, fait Eva au bout d'un moment, approche-toi...

Je me penche vers elle. Nous tremblons tous les deux. À son oreille, je murmure :

— Je reste avec toi. Je ne te quitte plus. On ne se quitte plus.

— Moi aussi je veux rester avec toi. Dans tes bras.

Je l'enlace. Sans chercher à m'empêcher de pleurer. Elle me caresse les cheveux.

— Promets-moi une chose, Sam, une seule. Retrouve

l'argent de la Fondation. Crève ces pourris du Revenge et mets-moi au tapis ces Chinois de merde.

— Je te le promets mon amour. Je te le promets.

Je n'ai pas quitté sa chambre.

Nous avons ri, pleuré, évoqué ses souvenirs d'enfance, les miens, notre histoire. Par moments, sous l'effet de la fatigue et des médicaments, elle somnolait. Je continuais à parler.

Plus tard, beaucoup plus tard, une infirmière est entrée pour les soins. D'un signe, Eva m'a demandé de m'éloigner quelques minutes. J'ai obtenu facilement l'autorisation de passer la nuit à ses côtés. Je passerai toutes mes nuits à ses côtés. Je ne la laisserai plus s'envoler. Sans moi…

Je ne te quitterai pas.

Dimanche 14 juin
J – 16

Au réveil, je l'ai aidée à se lever.

Elle se déplace difficilement. Je la porte presque.

— Rentre chez toi, Sam. Tu ne sens pas très bon… Mais non, je te taquine. Rentre te changer et reviens vite. Sois prudent en moto et ne regarde pas les filles sur la route…

Moins d'une heure plus tard, je suis de retour.

Je lui rapporte la presse du matin et une boîte de macarons Ladurée que j'introduis en douce dans sa chambre. Ceux au caramel sont ses préférés.

— Lis-moi les journaux, tu veux ? Moi, je n'ai pas la force.

— *Le Journal du Dimanche* fait sa une avec une photo d'Obama les traits tirés flanqué de Geithner et Bernanke. Et une question en gros titre : « Les États-Unis peuvent-ils faire faillite ? »

— Ben a bien fait son boulot. Toute l'administration américaine joue parfaitement la comédie.

Eva se redresse un peu sur son lit. J'ajuste les oreillers pour lui permettre de se tenir droite et lui prends la main.

— Je suis sûr que les médecins vont trouver un traitement…

Elle retire sa main et me regarde fixement dans les yeux. Avec une férocité que j'avais cru disparue.

— Pour la dernière fois, Sam, écoute-moi. Cette rechute est plus grave que les autres. Mon état va se dégrader très rapidement. Je peux tenir quelques mois mais je vais subir une déchéance physique insupportable. Alors évite-moi les phrases de roman à l'eau de rose. Je vais mourir. C'est certain. Et dans des conditions que je ne supporte pas… Je ne laisserai pas la mort me prendre par surprise, je ne laisserai pas la maladie m'empêcher de me reconnaître dans le miroir. Jamais. Jamais…

Ce coup de colère l'a vidée de toute énergie. Elle se laisse retomber sur ses oreillers, exsangue.

Je me lève du lit pour m'installer dans le fauteuil.

Je ne veux pas la quitter.

Nous restons toute la journée ainsi. Sans parler. Elle n'en a plus la force. Plus l'envie. Et moi je ne m'en sens plus le droit.

Ce n'est qu'à la tombée de la nuit qu'elle me fait signe de m'approcher :

— Allonge-toi à côté de moi. Et pars quand je serai endormie. Tu vas avoir besoin d'être en forme dans les deux jours qui arrivent. C'est là que tout va se jouer. Tout.

Elle s'endort rapidement mais je ne bouge pas.

Je ne veux pas m'endormir. Je veux la regarder.

La mort ne la prendra pas par surprise… Mais je ne la laisserai pas partir seule.

Pour la première fois depuis qu'Eva m'a annoncé qu'elle va mourir, je repense à mon suicide. Nous partirons tous les deux, mon amour. Le 30 juin ou plus tard, mais tu ne mourras pas seule, je te le promets. Dors, mon Eva, dors…

Lundi 15 juin
J – 15

Aux premiers bruits des chariots des infirmières dans les couloirs, je me lève délicatement pour ne pas réveiller Eva. Je sors de la chambre. Il est 6 heures et l'hôpital Américain somnole encore. S'il n'y avait cette odeur si particulière qui rappelle que personne n'est là pour des vacances, on pourrait se croire dans un hôtel de luxe. J'ai laissé ma Harley sur le parking de l'hôpital. Le bruit du moteur m'apaise. Je n'ai pas fermé l'œil de la nuit mais je ne ressens aucune fatigue. Au contraire. J'ai hâte d'achever notre tâche. Pour la Fondation, pour Greg, pour Rebecca et pour le salut de mon âme s'il reste quelque chose à sauver. Je ne vaux pas mieux qu'Eva.

Je ne prends pas le temps de passer par mon appartement. Je vais directement au bureau. Même Latika n'est pas encore arrivée. J'allume les écrans.

Les nouvelles se succèdent à une vitesse incroyable.

Et le rouge règne en maître sur tous les marchés. Un rouge couleur de sang… Si ce n'est pas un krach, ça y ressemble furieusement.

Les investisseurs ont emmagasiné leur stress pendant tout le week-end et ce matin, ce stress se transforme en panique.

Shanghai perd 5 %.
Hong Kong 6 %.
Tokyo 8 %.
À l'ouverture, l'Europe est en chute libre et on se demande déjà si les marchés américains pourront ouvrir à l'heure tant les ordres de ventes sont massifs.
Il n'y a plus d'or ou presque sur le marché et son cours continue à flamber. Il s'approche dangereusement des 1 200 dollars mais les volumes sont ridiculement bas. Normal, tout l'or du monde est désormais entre les mains de la Chine.
Il n'y a quasiment plus de dollars à emprunter à dix ans et les taux continuent à flamber. Ils frôlent les 6,5 % mais là encore les volumes sont ridiculement bas. Normal, tous les dollars à dix ans sont entre les mains du Revenge Fund.
Le dollar chute par palier de 2 ou 3 %. Pour l'instant, c'est l'euro qui en bénéficie avec un cours de 1,70 dollar par euro. Record absolu pour la monnaie unique européenne introduite à 1,18 dollar en janvier 1999 et qui, un peu plus d'un an plus tard, n'en valait pourtant plus que 0,82…
En regardant les écrans, des souvenirs me reviennent. Un mélange du 19 octobre 1987, date du fameux krach, et du 11 septembre 2001.

Les officiels américains multiplient les déclarations apaisantes tout en prenant soin de le faire avec des mines de croque-mort, ce qui a pour effet d'amplifier la panique. Ils assurent que la Chine a apporté son soutien à leur opération d'emprunt du lendemain mais la Chine ne confirme rien.
Les marchés à terme américains ouvrent avec une heure et demie de retard. Et leurs actions sont en baisse de plus de 10 %.

La journée va se poursuivre dans un climat terrible.

Seule parenthèse anecdotique : Oliver Stone profite de cette séance apocalyptique pour annoncer le titre de la suite de son film *Wall Street* dans lequel Michael Douglas reprendra la rôle de Gordon Gekko : *Money Never Sleeps*...

En effet... L'argent ne va plus dormir une seule seconde.

À la clôture, c'est un champ de bataille jonché de cadavres.

L'or vaut 1 210 dollars.

L'euro cote 1,72 dollar.

Le taux d'emprunt du dollar à dix ans est à 6,75 %.

Nous avons décidé de passer cette journée fatidique de mardi tous ensemble. Au diable les précautions. Demain les dés seront jetés et si nous échouons, notre sécurité sera le moindre de nos soucis...

Ben est rentré de Washington dans la journée.

Nous nous retrouvons tous à minuit au bureau.

Rick et Latika se sont absentés après la fermeture de Wall Street et sont revenus deux heures après. Sunee est allée coucher ses enfants et vérifier leurs devoirs. Moi, j'ai fait un saut pour embrasser Eva. Elle m'a souri mais à peine parlé. Elle venait de subir son traitement. De plus en plus douloureux. Je suis reparti dévasté.

Mardi 16 juin
J – 14

Minuit.

Nous sommes tous dans les starting blocks.

C'est une veillée d'armes.

Nous parlons peu.

Nous attendons l'ouverture des marchés asiatiques.

Latika a imprimé le solde du compte du Revenge Fund.

Toujours 49,2 milliards de dollars mais une position globale de 1,4 milliard de dollars empruntés en moyenne à 5,40 % !

Il n'y a plus un dollar disponible pour le Trésor américain censé emprunter 100 milliards de dollars à 16 heures aujourd'hui. Certains commentateurs espèrent que le pire sera évité, que la Chine prêtera l'argent comme elle l'a promis…

2 heures : Ouverture de Tokyo.

La chute continue.

Le gouvernement japonais tente de rassurer les investisseurs.

Compte tenu de son propre déficit budgétaire et du fait que le Japon a déjà prêté beaucoup d'argent au Trésor américain, le ministre des Finances prétend ne pas pouvoir s'engager à participer au grand emprunt américain du jour.

Tous les yeux sont tournés vers Pékin.

La bourse de Shanghai ouvre à 3 h 30, heure de Paris.

Le communiqué tombe à 3 heures, heure de Paris. Il est signé de Hu Jintao lui-même.

« Compte tenu de l'évolution récente du dollar et des taux d'intérêt à dix ans, le gouvernement chinois a pris la décision de ne pas participer aujourd'hui à l'adjudication des obligations américaines. C'est une mesure de protection vitale pour les intérêts financiers de la Chine. La Chine ne peut plus accroître son risque. Si les États-Unis devaient se retrouver en situation de cessation de paiement, la Chine sera prête à jouer son rôle au sein des instances économiques. »

Les autorités chinoises ont d'ailleurs annoncé que, compte tenu de la gravité de la situation, Shanghai et Hong Kong seraient fermés jusqu'à la fin de la semaine.

Une manière d'accroître la panique en Europe et aux États-Unis sans en subir les conséquences sur les marchés domestiques…

4 heures : Le président Ahmadinejad apparaît sur la chaîne nationale iranienne. Il arbore un sourire radieux. Les images sont reprises sur Al Djazira mais également sur CNN, sur CNBC et sur toutes les chaînes du monde.

« Le 16 juin est une date historique. Le 16 juin deviendra une fête nationale en Iran et dans tout le monde islamique. Le jour de la mort du Grand Satan car je vous l'annonce aujourd'hui : les États-Unis sont à terre. Il ne reste plus qu'à porter le coup fatal. J'appelle tous mes frères musulmans à manifester leur joie dans toutes les capitales… »

La tirade continue ainsi pendant des heures.

La Banque centrale européenne convoque en urgence un sommet des ministres des Finances à Bruxelles, au siège de la Commission européenne.

Les autorités locales décident toutes de ne pas ouvrir les marchés boursiers. Paris, Londres, Francfort, Milan et Madrid resteront muets pour la journée.

5 heures : Les télévisions diffusent les premières manifestations à Téhéran, à Bagdad, à Gaza, à Beyrouth, dans les quartiers sous contrôle du Hezbollah…

Les queues commencent à se former devant les banques des villes américaines alors qu'il fait encore nuit. La nouvelle s'est répandue comme une traînée de poudre. Les familles et les amis se téléphonent en pleine nuit pour conseiller d'aller retirer l'argent au plus vite.

Aucune déclaration du côté de Washington.

6 heures : Ben reçoit un coup de fil. C'est Tim Geithner lui-même.

— Tout est sous contrôle. Nous avons réuni un pool d'investisseurs du Golfe. Nous n'avons même pas eu besoin de faire appel aux Japonais. Non seulement l'emprunt des 100 milliards est sécurisé mais nous avons étendu le financement à 400 milliards de dollars pour ne plus avoir à faire appel au marché d'ici à la fin de l'année. Ceux qui ont spéculé sur notre faillite vont se faire massacrer.

— Tim, à quelle heure allez-vous annoncer l'annulation de l'emprunt public et la nouvelle du refinancement ?

— À 14 h 30, et nous laisserons les marchés ouvrir normalement pour que tous les vendeurs à découvert finissent la journée exsangues. Est-ce que cela vous laisse le temps de faire ce que vous avez à faire ?

— Parfaitement. Sans problème.

— OK. Ben, n'oublie pas de dire à ton ami Sam Ventura que nous lui devons une fière chandelle et que nous ne l'oublierons pas.

— Il t'a entendu. Tu es sur haut-parleur. *Bye*, Tim. Bon courage.

7 heures : L'Europe s'éveille à peine. Groggy. Sous le choc.

Les radios diffusent en boucle la nouvelle d'une possible « faillite » des États-Unis.

Les économistes se succèdent pour disserter sur les conséquences d'un tel événement.

8 heures : J'abandonne l'équipe.

Je passe embrasser Eva d'un coup de Harley.

Elle a du mal à se réveiller.

Je lui raconte le déroulement de la nuit.

Elle me sourit et me fait un geste de la main. Le pouce levé. Un encouragement.

J'ai hâte qu'on en ait fini.

Je veux rester près d'elle. Ne plus rien faire d'autre.

9 heures : Le Trésor américain se refuse à tout commentaire.

À Bruxelles, la réunion d'urgence des ministres des Finances a commencé mais les responsables européens ont d'ores et déjà indiqué qu'ils ne seraient pas en mesure d'aider les États-Unis compte tenu de leurs propres difficultés et de la tourmente que la situation actuelle va provoquer sur leurs propres financements.

10 heures : Poutine n'a pas pu résister à la tentation.

Il a fait une brève déclaration pour regretter la situation actuelle et pour reprocher aux États-Unis « des décennies de gaspillage ».

11 heures : Besancenot passe sur LCI, BFM TV et iTélé : pour lui, c'est la mort du capitalisme.

Bientôt le Grand Soir, camarade…

12 heures : Le Trésor américain annonce une conférence de presse exceptionnelle à 14 h 30.

Les commentateurs sont formels. Les États-Unis vont confirmer l'échec de leur emprunt suite à la défection de la Chine et demander un moratoire international sur leur dette. Techniquement, la première puissance mondiale sera en défaut de paiement.

Les journalistes donnent la liste des pays qui se retrouveront immédiatement entraînés dans la tourmente. L'Europe, bien sûr, mais aussi le Japon et une grande partie de l'Amérique du Sud.

Nous sommes tous assis autour du poste de Latika.

Sunee fait des allers et retours à l'extérieur pour fumer. Elle a dû descendre un paquet de Marlboro depuis ce matin.

Je demande à Latika de se préparer à siphonner le compte du Revenge Fund. Ben a obtenu les coordonnées bancaires du liquidateur de Bernoff chargé de récupérer pour les victimes de l'escroquerie du siècle quelques miettes de l'argent détourné. En voilà un qui va avoir une belle surprise dans quelques heures…

Je demande à Rick d'appeler son ami du Revenge Fund. Il le met sur haut-parleur. Dans son bureau de la City, le trader a du mal à cacher son excitation. La bave semble lui couler des lèvres :

— Ces enfoirés nous ont mis en faillite, à chacun son tour !

Prudent, il ajoute :

— Dommage que nous ne puissions pas en profiter, il y avait un beau coup à faire…

Pas très convaincant, l'ex-yuppie.

Les deux heures qui vont suivre vont être les plus longues de nos carrières respectives.

L'impression est étrange.

C'est la panique, mais tous les marchés sont fermés. Elle ne peut donc s'exprimer que dans les médias.

Aux États-Unis, les banques ont annoncé qu'elles ouvriraient en retard. Les files d'attente s'allongent. Là-bas, en Europe, un peu partout, on assiste à des scènes de panique filmées par les chaînes de télévision.

À ces images succèdent les scènes de liesse dans les pays hostiles au Grand Satan…

14 h 30 : Tim Geithner et Ben Bernanke sont devant leurs pupitres.

Obama a laissé les financiers monter au feu, ce que certains critiquent déjà comme un geste de faiblesse.

Les appareils photo crépitent.

Des millions de spectateurs assistent en direct à ce qu'ils pensent être leur pire cauchemar ou leur rêve le plus fou.

Silence.

C'est Tim qui démarre.

— Les développements des dernières heures ont été dramatiques pour notre pays. Les États-Unis d'Amérique avaient besoin de 100 milliards de dollars pour faire face à leurs obligations de paiement. Nous avions prévu une adjudication publique à 16 h 30. Elle ne pourra se faire…

Il ménage son effet. Ben Bernanke prend le relais :

— Heureusement, nous avions anticipé et pris la mesure de la gravité de la situation. Nous avons bouclé, en dehors des marchés, un prêt de 400 milliards…

Il marque une pause avec d'ajouter avec un sourire :

— Nous n'aurons plus besoin d'emprunter le moindre dollar au moins jusqu'au début de l'année prochaine. D'ici là, le président Obama nous a chargés de proposer des solutions pour que cette situation ne se reproduise plus. D'autre part, afin de couper court à la spéculation récente sur cette matière première, nous allons vendre un quart de nos réserves d'or.

« Bien sûr, les marchés boursiers ouvriront comme à la normale dans quelques minutes. Nous vous remercions de votre attention.

Rick pousse un hurlement de joie.

Tim ne nous avait pas dit qu'il avait décidé d'enfoncer un peu plus la Chine en provoquant une panique à la baisse sur l'or, faisant coup double. Je me retourne vers Latika. Un simple geste de la tête suffit. Le geste qu'elle attend depuis des semaines.

Sourire aux lèvres, elle déclenche le transfert des 49,2 milliards de dollars.

Dans quelques secondes, le Revenge Fund va perdre des centaines de milliards de dollars sur sa position spéculative à la hausse des taux d'intérêt à dix ans et ne retrouvera même pas la mise initiale de son investisseur… Son mystérieux bailleur de fonds, la Chine, va se retrouver dans une position intenable, amplifiée par la chute des cours de l'or.

Sunee me saute au cou. Ben nous serre chaleureusement la main. Latika fond en larmes. Le relâchement, sans doute.

Wall Street ouvre à l'heure habituelle.

L'Europe suit.

Les indices boursiers font un bond de plus de 20 %.

Sur l'or, il n'y a pas de prix. À chaque tentative de

reprise de cotation, la chute est tellement vertigineuse que les cotations sont suspendues instantanément.

Sur les emprunts du dollar à dix ans, c'est la déroute. Rick apprend par ses courtiers que le Revenge Fund tente désespérément de se débarrasser de ses 1 400 milliards de dollars à n'importe quel taux. En vain.

C'est au côté d'Eva que je regarde sur CNBC la clôture des marchés.

L'or vaut 880 dollars.

Le dollar a flambé et l'euro est à 1,3850 dollar.

Le taux d'emprunt dollar à dix ans cote 3,80 %.

Nous avons gagné.

Tous ensemble.

Eva a les yeux brillants des enfants le matin de Noël.

Mercredi 17 juin
J – 13

Financial Times. Sur la première page, quatre titres s'étalent.

« Les États-Unis renversent la vapeur : la dette américaine n'est plus un sujet cette année. »

« Quatre gérants de hedge funds en fuite : ils auraient perdu 400 milliards de dollars en spéculant sur la faillite des États-Unis. »

« Un miracle : l'argent détourné par Bernoff a été mystérieusement transféré sur le compte du liquidateur. Toutes les victimes vont pouvoir récupérer l'intégralité de leurs investissements. »

« La Chine demande l'aide du FMI et se déclare prête à céder son stock d'or à perte pour garantir un emprunt d'urgence : des troubles sociaux s'étendent à tout le pays après la décision de fermer les guichets des banques devant l'afflux des retraits. »

En cahier central, une double page : « Récit d'une journée où le monde a failli basculer. »

Je suis rassuré. Nous ne sommes mentionnés nulle part.

Rebecca m'a laissé un message sur mon répondeur. Bref.

« Merci pour la Fondation. Merci mille fois. Si tu as envie qu'on se revoie, appelle-moi. Tu me manques. » Rebecca… Une étrange impression d'irréalité m'envahit, comme si c'était dans une autre vie. Trop tard, Rebecca, désolé. Il ne me reste plus que treize jours, et il y a Eva, il n'y a jamais eu qu'elle.

Ben nous transmet une invitation de la Maison Blanche. Toute l'équipe est attendue à Washington pour un week-end de festivités. Avec en point d'orgue un dîner avec le couple Obama samedi soir. Je n'irai pas. Je ne veux pas laisser Eva. Je déteste les honneurs. Et je pense que les États-Unis ne méritent pas d'avoir été sauvés. Ils n'ont rien appris de la dernière crise financière, ils n'ont rien nettoyé. Si l'argent de la Fondation et de Greg n'avaient pas été en jeu, je les aurais laissés couler à pic. Sunee non plus n'ira pas. Son fils cadet est finaliste du Championnat de France junior de tennis et pour elle c'est bien plus important qu'un dîner à la Maison Blanche…

Finalement, Ben s'y rendra avec notre jeune couple. Rick est excité comme une puce.

Nous avons prévu de dîner tous ensemble demain soir. Pour fêter notre victoire et… pour faire les comptes, car nous voici tous à la tête d'un pactole indécent.

Jeudi 18 juin
J – 12

Je pénètre à 20 heures dans le hall de l'hôtel Lancaster, rue de Berri. J'ai réservé le petit salon au fond du restaurant. Rick et Latika sont déjà là. Ben nous rejoint quelques minutes plus tard. Sunee arrive bonne dernière avec une petite demi-heure de retard.

Les coupes de champagne se succèdent et je ne suis pas en reste, moi qui ne suis pourtant pas un amateur d'alcool.

Je regarde leurs visages. Ils sont tous exténués mais heureux. Vraiment heureux. Un peu incrédules aussi. Avant que le repas ne soit servi, j'ai demandé à Rick de faire les comptes. Il a même apporté le paperboard du bureau !

— La Fondation a donc récupéré ses 5 milliards de dollars. Nous avons droit à 500 millions de dollars, notre commission.

« Les héritiers de Greg ont récupéré leurs 9 milliards de dollars. Nous avons droit à nos 20 % de commission, soit 1,8 milliard de dollars.

« Ce qui fait un total de 2,3 milliards de dollars à se partager en cinq, sauf si Ben reste en accord avec ses principes et préfère renoncer à sa part…

— Non, Kid, rigole Ben en levant son verre. Finalement tu m'as convaincu. *Greed is good !* Je garde ma part.

— Ce sera donc 460 millions de dollars par personne, chers amis. Et le droit, bien évidemment, de gérer les 7,2 milliards de dollars des héritiers de Greg, comme l'indiquait son testament…

Hilare, Kid nous menace de quitter l'équipe pour rejoindre la CIA. Il brandit un article du *Figaro* dont le titre est : « La CIA recrute ses nouveaux espions parmi les golden boys. »

— Regardez, j'ai jusqu'au 22 juin pour déposer ma candidature sur le site www.cia.gouv !

Il nous lit l'annonce, étonnante :

— « Économistes, financiers et traders, la CIA a pour vous une mission comme vous n'en avez jamais connu. Changez le cours de votre carrière pour défendre votre patrie ! »

Kid ajoute :

— Il y a un os, tout de même… Les salaires vont de 60 000 à 100 000 dollars par mois, jusqu'à 160 000 pour les perles rares…

— Jack Bauer n'est pas vénal, lui, que veux-tu ! le taquine Ben.

— Non, ils ne m'auront pas à ce prix-là, rétorque Kid. Dommage pour vous, vous devrez continuer à me supporter…

Je règle les derniers détails. Notamment le sujet de la commission de Habib, en décidant de lui verser l'intégralité du reste du produit de la vente de l'appartement de Greg et de l'argent que nous avons gagné avec ses dix millions de dollars sur l'or. Je l'appelle pour le prévenir, il est tellement satisfait qu'il m'offre même la nationalité tunisienne.

Ensuite, le dîner se déroule dans une ambiance de franche euphorie. Les plats originaux de Michel

Troisgros qui dirige la cuisine se succèdent et repartent nettoyés jusqu'à la dernière miette.

Sunee s'approche de moi discrètement :

— Tu as l'air absent, Sam. C'est pourtant ta victoire.

— Non, c'est notre victoire. Et je t'avoue que tout cela m'a usé. Je ne sais pas si j'ai vraiment envie de continuer le trading, les marchés, la pression, l'appât du gain, tout ce cirque…

— Mais, Sam, ce cirque, comme tu dis, c'est notre vie. Notre passion. Tu n'y peux rien.

— Peut-être, je ne sais pas, je ne sais plus. Et puis j'ai peur pour Eva. Elle va mal. Très mal. Elle n'en a plus pour longtemps.

— Va la rejoindre. On continuera à faire la fête sans toi… Va, mon grand, ne t'inquiète pas. Mais appelle-moi demain, ne me laisse pas sans nouvelles. Promis ?

Je promets et je salue tout le monde, m'excusant de les quitter si tôt. Vingt minutes plus tard, je rejoins Eva. Elle dort. Elle bouge à peine quand j'arrive. Je m'installe sur le fauteuil pour ne pas la déranger.

Vendredi 19 juin
J – 11

— Emmène-moi loin d'ici, Sam, s'il te plaît.

— Mais ce serait de la folie. Tu peux à peine bouger. Je ne peux pas, Eva. Les médecins ne te laisseront jamais partir.

— Je les ai avertis hier. Ils sont d'accord.

Ce n'est pas bon signe. S'ils la laissent partir dans cet état, c'est que ses jours sont comptés, qu'il n'y a plus rien à faire.

— Tu ne supporteras pas l'aéroport, l'avion…

— Un ami me prête son jet. Il nous attend à 16 heures au Bourget.

J'abdique.

— OK… Où veux-tu aller ?

— À l'Eden Roc, mon chéri, comme avant.

Je l'aide à s'habiller. Elle est d'une faiblesse extrême mais cela n'entame pas sa beauté. Un taxi nous dépose chez moi quelques minutes. J'entasse quelques affaires dans mon sac de voyage. Et j'emporte les deux boîtes de Nembutal. Il me reste onze jours mais je préfère ne pas les laisser à Paris.

Au Bourget, nous passons par le hall minuscule de Falcon Services, la société d'exploitation des jets privés de Dassault Aviation. Une hôtesse nous accompagne directement à l'avion. Je soutiens Eva. Elle peut à peine marcher.

L'intérieur de l'avion est d'un luxe de bon goût. Je l'installe dans un confortable fauteuil en cuir, incline son siège en position allongée et je m'assois en face d'elle. Je lui prends la main.

Nous décollons instantanément.

Moins d'une heure et demie plus tard, nous atterrissons à Nice. Une limousine nous attend sur le tarmac des avions privés ; elle nous conduit directement à l'Eden Roc.

J'ai réservé la même chambre que l'année dernière quand j'étais venu seul.

La température affiche trente degrés. La vue est toujours aussi belle.

Eva me demande de l'installer sur le balcon.

J'y déplace le fauteuil le plus confortable de la pièce.

Je la regarde.

Elle semble apaisée. Heureuse.

Elle fixe la mer un long moment puis se tourne vers moi :

— Quel bonheur d'être dans ce paradis avec toi. Merci, mon amour. Je voulais voir la mer… encore.

Nous restons côte à côte sans dire un mot. Le soleil se couche lentement. Je lui ai posé une couverture sur les jambes.

Je fais monter quelques fruits. Des fraises. Son fruit préféré. Même ça, elle n'en veut pas.

Nous nous couchons vers minuit. Serrés l'un contre l'autre.

J'ai du mal à m'endormir puis je finis par sombrer dans un sommeil profond.

Vers 3 heures, je l'entends se lever et se diriger vers la salle de bains. Difficilement.

— Tu as besoin de moi, Eva ?

— Non, chéri, rendors-toi. Je reviens.

Samedi 20 juin
J – 10

J'ai passé une nuit merveilleuse. Je regarde ma montre. Il est 9 heures passées. Eva est toujours endormie. Elle aussi fait la grasse matinée. Tant mieux. Elle se repose. Je me dirige tranquillement vers la salle de bains. À moitié endormi encore. Un détail me frappe : ma trousse de toilette est ouverte. Je vérifie l'intérieur. Les deux boîtes de Nembutal sont toujours là. Je vais les planquer. Je ne veux pas qu'Eva tombe dessus. Je les saisis. Il me faut quelques secondes pour comprendre. L'une est entièrement vide ! Je me précipite vers la chambre. Eva ne dort pas… Elle a devancé la maladie. Elle est partie. Dans sa main, je remarque une petite feuille de papier pliée en deux : « C'est mieux ainsi. Merci pour ce bonheur immense. Tu dois vivre et m'oublier… Je t'aime. »

Sans réfléchir, je prends la deuxième boîte de Nembutal. Je m'allonge à côté d'elle. Attrape une bouteille d'eau. Nous ne sommes pas le 30 juin mais l'heure est venue…

Imprimé en France par

MAURY-IMPRIMEUR
à Malesherbes (Loiret)
en janvier 2011

POCKET – 12, avenue d'Italie - 75627 Paris cedex 13

N° d'impression : 160710
Dépôt légal : janvier 2011
S20986/01